こんな異世界のすみっこで

ちっちゃな使役魔獣とすごす、ほのぼの魔法使いライフ

2

いちい千冬

Illustration
桶乃かもく

CONTENTS

CHARACTERS

宮瀬木乃香(ミアゼ・オーカ)

本作の主人公。異世界に転移し
魔法研究所を出て、王都で働き始める。
規格外の能力を持つ使役魔獣を次々と召喚し、
周囲を驚かせるものの本人は無自覚で
ほのぼのした生活を送っている。

木乃香の使役魔獣

一郎(イチロー)

子鬼。おっとり甘えん坊。
ヒトの言葉が話せるだけでなく、
他の魔法使いの
使役魔獣とも話ができる。

二郎(ジロー)

子犬。健気な甘えん坊。
魔法探知犬で危ない魔法を
探知したときしか「わん」と吠えないが、
いつも尻尾がぴこぴこと動いている。

三郎(サブロー)

小鳥。おしゃべりでマイペース。
くちばしから火を吐く以外に、
簡単な怪我や不調なら
治せる治癒能力もある。

四郎(シロー)

子猫。気まぐれな小悪魔。
氷を出して涼める以外に、
魔法の効果を止める(凍結させる)
能力もある。

五郎(ゴロー)

ハムスター。臆病で人見知り。
魔法、物理を問わず、
大抵の攻撃は跳ね返すか
吸収してしまう最強の"お守り"。

◇◇◇◇◇◇◇◇◇◇◇ マゼンタ王立魔法研究所 ◇◇◇◇◇◇◇◇◇◇◇

ラディアル・ガイル

木乃香を拾い
弟子にした最上級魔法使い。
魔法研究所の所長も務めるが、
だらしないところがある。

シェーナ・メイズ

木乃香のお姉さん的存在。
しっかり者で
魔法研究所内では常識人。

ジント・オージャイト

木乃香を観察する
魔法使い研究員。
一度思考に入ると
なかなか戻ってこない。

ジェイル・ルーカ

国王の下で働く
中央官でシェーナの弟。
軽薄そうな雰囲気を持つ。

クセナ・リアン

魔法使い見習いの少年。
面倒見がよく
見習いの先輩として
木乃香に基本を教える。

ルビィ

クセナ・リアンが
召喚した使役魔獣。
炎属性のドラゴン。

STORY

異世界の荒野に転移した元OLの宮瀬木乃香(みやせこのか)は、
最上級魔法使いラディアルに拾われ魔法研究所に居候することになった。
研究所で過ごすうちに召喚術に適性があると判明し、
木乃香はペット感覚でちいさな使役魔獣を次々と召喚していく。
使役魔獣の能力も木乃香自身の魔法力も規格外で周囲を驚かす日々。
その噂は王都まで広がり、中央官として働くジェイル・ルーカが勧誘しに訪れる。
それでも日々を穏やかに過ごしたい彼女のため
ラディアルをはじめとする魔法研究所の協力者たちは、
目立たない下級の魔法使いとして木乃香が認定されるよう、裏で工作するも……。
木乃香は、異世界で自立するために王都で働くことを決意するのであった。

フローライド王国　組織図

国王

外務大臣
内務大臣

地方領主
セルディアン・コルドー（シルベル領領主）

統括局
◆タボタ・サレクアンドレ
ジェイル・ルーカ
ミアゼ・オーカ（宮瀬木乃香）

学術局
◆ティタニアナ・アガッティ
ジント・オージャイト

軍務局
シェブロン・ハウラ
ルーパード・ヘイリオ

法務局

会計局

衛生局

地方局

王籍局

◆＝長官

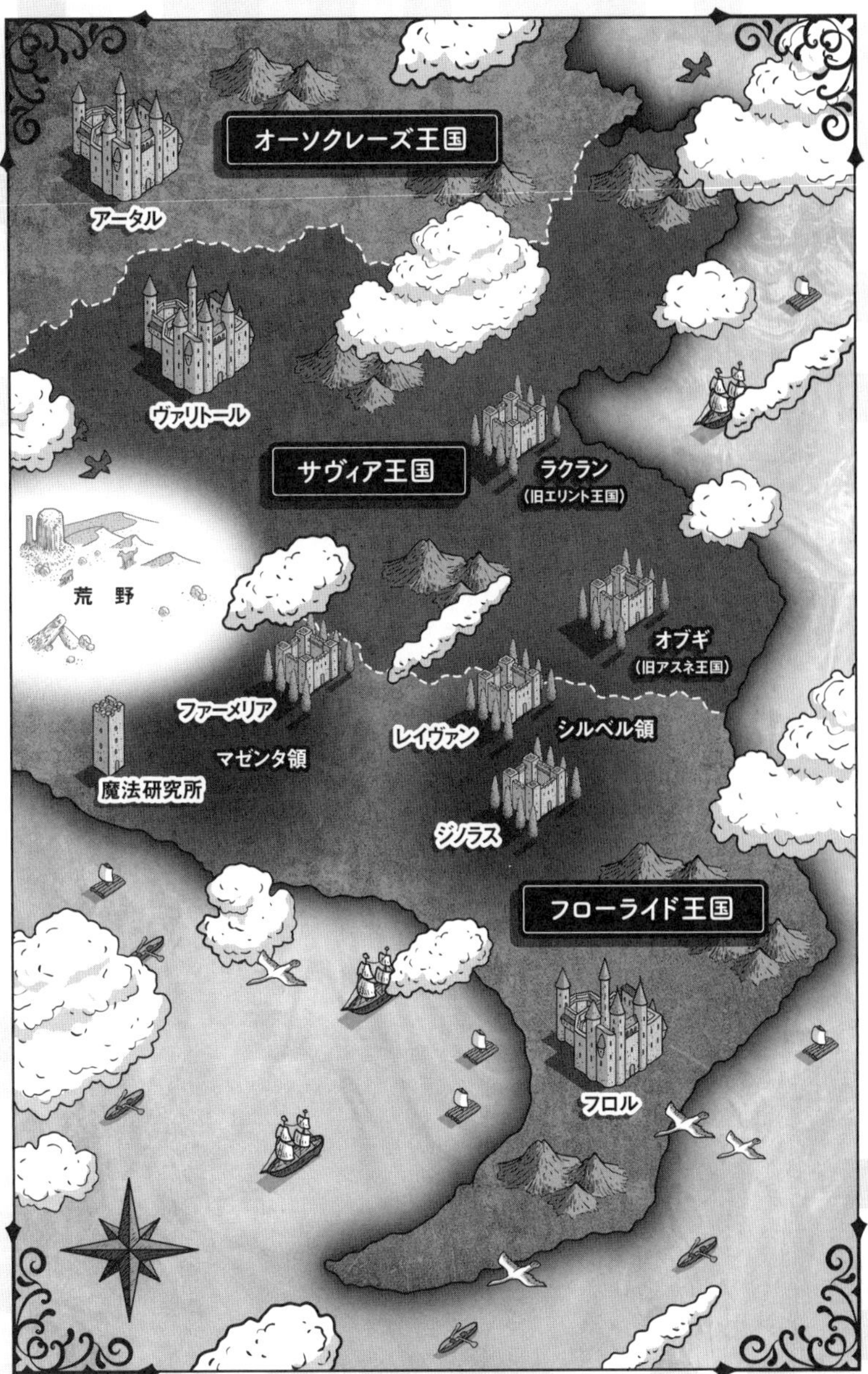
オーソクレーズ王国
アータル
ヴァリトール
サヴィア王国
ラクラン
（旧エリント王国）
荒　野
オブギ
（旧アスネ王国）
ファーメリア
レイヴァン
シルベル領
マゼンタ領
魔法研究所
ジソラス
フローライド王国
フロル

プロローグ
Prologue

「いき、どまり……」

どうして、と呟く声はか細く、そして途方に暮れたものだった。

視察だ、といってこの街に連れてきてくれたのは、兄だ。

話を聞くだけでなく、自分の目で見て確かめることも重要だ、と言って。

この兄は普通に話をしてくれるから好きだ。普通に、分かりやすく言葉をくれる。その兄が重要だというのだから、重要なのだろう。そう思った。

初めて訪れた異国の街は賑やかで、思っていいたのと違って行き交う人々の顔は明るく見えた。楽しそう、でもあった。

スリや強盗もいるから気をつけろ、と注意されてはいた。が、兄たちが付き添ってくれていたし、いざとなれば魔法を使えば良いと思っていたのであまり気に留めていなかった。お前はあまり魔法を使うなと、言われてもいたのだけど。

……自分も少し、ふわふわとしていたのだと思う。

彼女はふと、小さな露店に並べられたアクセサリーに目を留めた。

子供のおもちゃのように小さくて安価なものだが、とても丁寧に作られていて、なによりデザインが可愛い。

彼女は、魔法道具としての装飾品しか身につけたことがない。大事なのはその効果で、色形など気にしたことはなかった。差し出されたものを、身につけるだけ。

けれどこの露店に並べられたペンダントのひとつが、魔法道具でもないのに妙に気になった。丸くカットされたガラスの薄いピンク色がきれい。木材を彫って作られた小さな鳥のモチーフが可愛い。

「どうぞ、手に取ってみて」

あまりにじっと見ているものだから、露店の店員がそう言って彼女の手のひらにペンダントを載せてくれたくらいだった。

そんな風に足を止めてしまったから、兄たちと少し離れてしまった。

そしてその隙を狙って、彼らは彼女のもとにやってきたのだった。

灰色の外套をまとったこの国の〝魔法使い〟たち――――彼女の〝敵〟に囲まれそうになったとき、彼女はすぐ近くの路地に駆け込んだ。

この街の路地は迷路のようだから、入らないこと。

そう聞かされていた彼女は、ほんの少し入って、そして隣の路地から出てくれば大丈夫だと思っていた。

彼女が飛び込んだ路地は、隣の道には通じていなかった。いや、通じていたのかもしれないが、何度も角を曲がっている内に、自分がどこにいるのか、どの方向へ向かっているのか早々に分からなくなってしまった。

最初は聞こえていた兄たちが自分を呼ぶ声も、いまはもう届いて来ない。

道があるならまだしも、道と思われる場所に堂々と荷物が置かれていて通れなかったり、比較的広い道でも急に民家の壁にあたって行き止まりになっている場合もあった。

そしてそんな行き止まりに当たって焦っていたとき。

「いたぞ！　ここだ！」

彼女を追ってきたらしい灰色の〝魔法使い〟が、背後で声をあげた。

「……っ」

彼女はとっさに手のひらをかざした。

どーん、という音と震動とともに、彼らのそばに雷が落ちる。

彼らの驚きと、そしてなぜか若干の歓喜が交じり合った悲鳴を聞きながら、彼女はまた別の小道に逃げた。

「……っ」

怖い。執拗に追ってくる灰色の彼らが怖い。

そしてなにより、自分の力がいちばん怖い。

呼吸が荒いのは、おそらく路地裏をさまよっていることだけが原因ではない。

自身の魔法力が、制御しきれなくなっているのだ。

先ほど魔法で雷を落としたときに、魔法力を抑える魔法道具が砕けてしまっていた。気休め程度の効果しかない道具ではあったが、それでもなくなってしまったという事実がよりいっそう彼女の不安を煽る。

おそらくもう魔法は使えない。

下手に使おうとすれば、まったく無関係の周囲まで巻き込んでしまうかもしれない。

「……っ」

身体がずいぶんと熱い。頭がぼうっとする。

このままでは、壊してしまう。

ここは〝敵地〟だが、この街やここの人々を壊したいとは思っていないのに。

かくりと膝の力が抜けて、思わず近くの石壁に手をついたときだった。

「ぴっぴぃー！」

鋭い鳴き声とともに、彼女の目の前を小さくて黄色い何かが通り過ぎた。

「え……」

「ぴっ、ぴぃー！」

それは見たこともないほど小さな鳥だった。

あの、とっさに露店に放り返してきたペンダントのモチーフのような。

「ぴぴっ、ぴっぴぃ！」

繰り返し繰り返し、彼女の目の前を飛んでは囀（さえず）っている小鳥は、まるで彼女を「がんばって」「もうすこし」と励ましているかのようだった。

そして「こっちだよ」と言うように、より細い路地へと入っていく。

小鳥の声を聞きながら少しだけ熱が引いたように感じる身体をどうにか動かして、彼女は小鳥のあとに続いた。

細い路地の先。

大通りとそこを通る人々が見えたとき、彼女は思いきりそこに飛びこんだ。

小鳥が導いてくれた、明るくて賑やかなその場所へ。

第１章

こんな彼女のお役所仕事

Episode 1

Konna Isekai no Sumikkode

フローライド王国統括局長官タボタ・サレクアンドレ。

もっとも〝最上級魔法使い〟に近い〝上級魔法使い〟とか、次期国王だとかを自称しているその人物と顔を合わせたとき。

彼は、新しく自分の部下となった新人を頭のてっぺんから靴先までをじっとりと眺めた後、つまらなそうにふんと鼻を鳴らした。

「〝下級〟の女なぞ、期待しておらん。迷惑だけはかけてくれるなよ」

〝下級魔法使い〟の、ミアゼ・オーカこと宮瀬木乃香。

ここの世界でも、もといた世界でも、初対面でこんなに腹の立つ男に出会ったのは初めてだった。

「ミアゼ！　ミアゼ・オーカはいるか！」

ただでさえ声が響く石造りの廊下から、がつがつ、がしょんがしょんという足音とともに大声が近づいてくる。

はあー、と重いため息を吐いて、木乃香はハイハイここですよー、と口の中だけで返事をした。

もちろん、彼女を捜しているらしい大声の主には聞こえていない。

同じ部屋にいた者たちから、ちょっと憐れむような視線が飛んできたが、それだけだ。むしろ何気なく、少しずつ彼女から離れていく。

あー用事を思い出したー、と白々しく声を上げて、部屋を出て行く者すらいた。

しかし、そんな同僚たちに薄情者、と嘆くつもりはない。

何故なら、木乃香だって他の者の名前が呼ばれたらそうするからだ。

ばたん、と乱暴にドアが開けられる。

ちなみに開けたのは大声の主ではなく、彼の魔法によって召喚された使役魔獣である。

がしょんがしょんという足音の主である全身鎧の人型使役魔獣は、ソレの召喚主にして木乃香が所属するこの部署の長でもある〝上級魔法使い〟タボタ・サレクアンドレの自慢であった。

「ミアゼ！　いるなら返事をしたらどうだ！」

「はい、長官さま」

そりゃ居ますよ。

そう突っ込みたくなるのを我慢して、木乃香は澄まして答えた。

彼女は自分の部署の自分の机に向かって、真面目にお仕事をしているのだ。

ほとんど自分の部署の自分の席にいない長官じゃあるまいし、廊下から他部署にまで響き渡るような大声で呼ばれる筋合いはない。

が、しかしそれを本人に言ったことはない。

理由は簡単。面倒くさいからだ。

「よくもまあこんな所でのほほんと座っているものだなミアゼ・オーカ！」

「……はあ」

雷を落とすという表現がぴったりのがらがらと良く響く声で、長官は怒鳴る。

もっとも、怒られる理由はまったく分からない。

しかしそれもいつものことであった。

彼曰くの「こんな所」とは、フローライド王国王城の執務棟にある〝統括局(とうかつきょく)〟。

他の部署を取りまとめ調整する役割を担った、重要な部署の執務室である。

そして「こんな所」の長官を務めるのが、目の前の〝長官さま〟なのだが。

全身を重くてごつい鎧で包んだ使役魔獣の真後ろに立ってさえ、はみ出て見える豊かな腹回り。

身に着けた魔法使いの外套(マント)が妙に小さく窮屈そうに見える。

ろくに運動しない上に暴飲暴食当たり前、という生活をしていればそうなるだろうな、というメタボ体型の見本のような男である。

ろくに運動しないけど研究に夢中になると食事もおろそかになる、もやしのような魔法使いばかり見ていた木乃香にしてみれば、彼の体つきは少々驚きだった。

その割にいまいち貫禄が乏しいというか……小物な感じがするのは、ついつい〝最上級魔法使い〟のお師匠様と比べてしまうからだろうか。

普段は面倒見の良いアニキだが、黙ってふんぞり返っていれば貫禄じゅうぶん、魔王様もかくやという威圧感を放つお師匠様・ラディアル・ガイル。

それと目の前のメタボを比較すること自体が間違っているとは、思うのだが。

「聞いているのかミアゼ・オーカ！」

この上司、部下に対して怒鳴るのが大好きだ。それが唯一のカロリー消費方法だとでも思っているのかもしれない。

しかし相手の反応が薄いと、どうも調子が狂うらしい。

タボタ・サレクアンドレは眉間にしわを寄せた。

「きさま、何をしたか分かっているのか!?」

「……はい？」

わざとゆっくり、「ワタシワカリマセン」とばかりに首を傾げて見せると、彼は大きく膨らんだ腹だか胸だかを突き出して、いっそうの大声を張り上げる。

「こんなところでサボっている暇があったら、たまにはわたしの仕事に同行したらどうだ！」

「………………はい？」

今度はついうっかり、低い声が出た。

理不尽なことでこの上司から怒られることはよくある。そんなときは適当に聞き流し反省しているように適当にうつむいて見せれば、下手に反論するよりは早く終わる。

が、ここまで何から何まで見当違いだと、さすがにちょっと言い返したくなってしまう。

木乃香はサボっていたわけではない。全然サボっていない。

繰り返すが、彼女はちゃんと仕事をしているのだ。

座っているのは山になった書類を片づけていたからで、そしてその書類は上司から押し付けられたり押し付けられたり、ずっと放置されているから仕方なく引き受けたりしたものなのだ。

積み上がった仕事は、頼りにされているというより、たぶん嫌がらせである。

そして木乃香の記憶が確かならば、この上司から同行しろと言われたことは一度もない。「下級魔法使いなど、恥ずかしくて連れて歩けるものか」と嘲笑われたことはあるが。

もちろん、勝手について行けるものでもないし、ついて行きたいとも思わない。

何でまた突然、そんな摩訶不思議なことを言い出したのか。

口には出さずにそう思っていると、長官が語り出した。

いや、喚き出した。

「くそっ、またあの学術局の若輩だ！　ちょっと王に気に入られているからと図に乗りおって……っ！」

「……」

「若い女など、あの場で物珍しく映っただけではないか！　妃に上げたところですぐに忘れられて放り出されるのがオチだ！」

「…………」

――――長官サマの言葉から推測すると。

おそらく、さいきん目の敵にしている学術局の長官が、若い女性を伴って国王陛下の前に現れた

のだろう。

そしてその若い女性が、王様はいたくお気に召したらしい。

学術局は魔法使いと魔法知識の管理を行う部署で、魔法使いの認定も行っている。

珍しいモノが大好きな王様が興味を示すような面白い魔法を使う女性でも見つけて連れてきたのかもしれない。

いい歳したオジサン連中の中に若い女性がひとりいれば、それは嫌でも目立つ。

なので、自分も女性を連れていけばあちらが目立たず済んだのに、と部署内で唯一の女性職員である木乃香に当たっている。

……とまあ、そういうことだと思われる。

なんて見事な八つ当たり。完璧なとばっちりであった。


この職場に限らず、働いている〝魔法使い〟の女性は男性に比べてかなり少ない。

〝魔法使い〟の女性は魔法の素質のある子供を産む可能性が高いので、働きだしてもすぐに貰い手がついて結婚・出産のため退職、というパターンが多いのだ。

女性のほうも、仕事に来ているというよりは有望な結婚相手を探しに来ている、という態度があからさまな者が多かったりする。仕事を頑張って出世していく女性もいるにはいるが、男性に比べれば圧倒的に少ない。

木乃香が入って来た頃は部署にまだ二人いた女性職員も、結婚が決まったとかで早々に辞めてし

まった。

まあ、そんな社会的背景はあるにしても。

こんなセクハラとパワハラとモラハラの模範のような上司のいる職場なんて、誰だって長居したくないよなあとは思う。

慢性的な人手不足になるはずである。

いつも上司の後ろには「そうだそうだ」と囃し立てる、それが自分の仕事だと勘違いしているような取り巻き連中がいるのだが、いないということは〝女性じゃない〟ことで八つ当たりされたのか、される前に逃げたのか。

居たら居たでイラッとするが、居なかったら居なかったでイラッとする男共である。

長官のお守りもせず部署にも戻らず、ほんと使えないやつらだわ、と。

なんかどんどん心が荒んでいくわー、とちょっと遠い目になっていると、また聞いていないと思われたらしい。長官様の顔つきがさらに険しくなった。

そして「はああー」とこれ見よがしなため息を吐きだす。

「まったくこれだから〝下級〟は。十一階級など採用した者の気が知れない。使えないにも程がある」

「はあ」

「だいたいその紙束は何だ。数日前に見た時からまるで減っていないではないか！」

机の両側に積まれた書類の山を指さして、長官は言う。

数日間、自分の職場である統括局に顔を出していないと堂々と宣言しているようなものである。山の高さは変わっていなくても山の中身は変わっているのだが、木乃香はあえて困った顔で「はい」と答えた。

ここでちゃんと仕事してます、とかなんとか反論しようものなら、余計に仕事を増やされるに違いないのだ。

そんな彼女の耳元で、しゃらんと金属が擦れる音がする。がしょんと金属がぶつかる音も。

見上げれば、長官の使役魔獣である全身鎧が、腰に下げていた大きな剣を鞘から引き抜いたところである。

「やれ！」

優越感のにじむ声とともに、全身鎧が剣を振り下ろす。

使役魔獣の剣先は木乃香の目の前を通り過ぎ、机の上の書類をばさーっと払い落とした。

あーあ、と誰かが低く呟く。

周辺に無残に散らばる紙を満足げに見下ろして、長官は大きな腹をくるりと反転させた。足元にあった数枚の書類を靴で踏みにじりながら。

「このようにされたくなければ、今度からもっと早くに片付けるのだな！」

「……はい」

「やれやれ。出来の悪い部下の教育も骨が折れるわ！」

いっそ骨の一本や二本ぽきんといってしまえ――と、物騒なことを考えたのは内緒だ。

一方的に言いたいことだけを喚いて、統括局の長官はさっさと部屋を後にした。

……自分の執務室に置かれた書類には見向きもせず。

それから数歩遅れて、彼の使役魔獣がしょがしょと召喚主の後に続いた。

◇◆◇

なんの理由があってか、そもそも理由などというものがあったのか。ここは違う世界で普通に暮らしていたはずの木乃香は、気がつけばこの世界の荒野にぽつんと立っていた。

後の師匠であり保護者であるラディアル・ガイルがたまたま通りかかって拾ってくれなければ、おそらくそのまま干からびてしまっていただろう。

彼女のような異世界からの来訪者が現れるのは、古今東西ときどき起こる現象であるらしい。そんな彼らは、ひっくるめて〝流れ者〟と呼ばれている。

それなりに多くの記録が残っている〝流れ者〟の存在だが、しかし珍しいことには違いない。

最初に保護された辺境の魔法研究所では、一部の研究者たちから珍獣扱いされ研究対象にもされていた。

珍しいが故に、国王の妃になどという話までちらりと出た。まあ、これは本当にちらりと出ただけで、実際に何か起こったわけではないのだが。

〝流れ者〟というだけで有り難がる人々に申し訳ないくらいに普通である木乃香は、特別扱いをされるのが嫌だったし、極力目立ちたくなかった。

見た目はここの国の人々とほとんど変わらない。国家認定の〝魔法使い〟にはなれたが、使えるのは召喚魔法のみ。ほかに特殊な能力を持っているわけでもない。

多少の不都合や問題はあるにしろ、命の危険にさらされたわけではないし、召喚魔法で召喚できた使役魔獣たちは可愛い。ものすごく可愛い。

平和で平坦な日常。それがあれば、木乃香は満足なのだ。

異世界に来たからといってその部分は変わらないし、変えようという気もなかった。

のだが。

「間違えたかもしれない……」

〝魔法使い〟の証である外套。そこにきらりと光る銀色の留め具(フィブラ)は、王都で働く官吏の証である。

現在。少なくとも精神的には平和や平坦とはほど遠い、そんな生活を彼女は送っていた。

「いやー〝はい〟だけで乗り切るとか。オーカちゃんもアレの対処方法が分かってきたよね」
がつがつがしょんがしょんという騒がしい足音がじゅうぶんに遠ざかってから、木乃香に声をかけてきたのはジェイル・ルーカ。
仕事上の先輩であり、彼女をこの統括局に引き込んだ張本人である。

まったく助けてくれない先輩をぎろっとひとにらみしてから、木乃香は書類を拾いはじめた。ジェイルやほかの同僚たちも、ある者は苦笑いで、ある者はため息をつきながら一緒になって片付け始める。

「〝はい〟と〝いいえ〟と〝おっしゃる通りです〟。うちの長官には、だいたいこの三つさえ返しておけば問題ないから」

統括局にやってきた初日。彼から受けた最初の教えがこれで、この人は真面目な顔で何を言ってるんだろうかと首を傾げたものだった。

しかし統括局に在籍して半年くらいが経過した現在。木乃香はその三種類の言葉以外を使ってやろうという気も起きない。

いま新人が入ってきたとしても、木乃香は自分が言われたことと同じことを後輩に言い聞かせるだろう。

使ったところでちっとも意思の疎通ができない。たぶん、する気もないのだろう。

あれだけ好き勝手に叫んで人を罵倒していれば、きっとストレスなんか溜まらないに違いない。

羨ましいことである。ああなりたいとは思わないが。

「今日はまた、記録的に短い滞在時間でしたねえ。自分の執務室に少しも入らないとか……」

あんなに広い長官執務室はいらないんじゃないかと思う木乃香である。いや、統括局の誰もがそう思っている。

ジェイル・ルーカが半笑いで言った。

「また国王陛下の〝視察〟があるらしいから、付いて行くんじゃないかな」

ここの長官ほど本来の仕事をほったらかしてまで張り付いている者も少ないが、大抵の高官たちは国王のそばに侍っていることが多いようだ。

タボタ・サレクアンドレは、陛下をお守りするため、とかなんとか言ってあの使役魔獣を召喚して必ず同行している。

ちなみに、護衛は別にちゃんといる。

自分の居住区からほとんど出て来ないと聞いていたフローライド国王陛下だが、最近はよくお城の外へお出かけされる。

〝視察〟という言葉を使っているが、そのほとんどが日帰りで帰って来れるような近場。

そして周辺の街や施設を見るでもなく、高官たちの別宅などで歓待を受けて帰ってくるというのが多いらしい。

おかげで、高官たちは何とかして自分の屋敷に国王陛下を招こうと、そしてお気に召していただこうと必死になっており、そんな彼らは余計に仕事場に顔を出さなくなっていた。

「視察があると、結果として仕事がはかどってものすごく助かるんですけどね」

ため息をつきながら、彼女は集めた書類の端をとんとんと揃えた。

「上司がいないほうが仕事がはかどるって何なの……」

王様の目的が、いまいちわからない。

しかし、誰もが「いつもの王様の気まぐれか」で納得するくらいには、もともと行動に予想がつかない人ではあったらしい。

こちらとしては、その気まぐれが終わるまでに、せいぜい頑張って仕事を片付けられるだけ片付けておくだけだ。

木乃香の何気ない言葉に、普段から「だって王様だもの」と片付けていたひとりであるジェイル・ルーカは、ひくっと顔を引きつらせた。

〝魔法使い〟の認定試験の際に、彼女と国王は会っているのだ。

もっとも、彼女は魔法力の使いすぎで意識を失っていたので、王様が一方的に知っているだけなのだが。

そのとき。木乃香が〝流れ者〟だからか、彼女が召喚した使役魔獣たちが珍しかったからか、王様は彼女に非常に興味を持ったようではあった。

だからといってその後に接触してくるようなことはなく。もちろん臣下の誰かが言い出した「〝流れ者〟をお妃に」とかいう話が再燃することもなく。普通の〝下級魔法使い〟の下っ端文官として、彼女はここにいる。

誤魔化す自信がある上でここに誘ったのはジェイル・ルーカだが、その彼でもときどき上手くいきすぎていると感じるときがある。

今回の視察ブームだって、そういえば口だけ達者な上司の嫌味と溜まりに溜まった未決済の書類にそろそろ木乃香の限界がきそうだった、そんな時に始まった。

「……ま、まさかなー」

そんなの偶然ぐーぜん、運が良かっただけだーと、急に笑い出した先輩を、木乃香は不思議そうに眺めていた。


「はい、このかー」

拙い言葉とともに、数枚の紙が横から差し出される。

小さな小さな褐色の手の持ち主は、木乃香が召喚した使役魔獣第一号〝一郎〟である。

ふわふわの赤い髪と、同じ色のくりくりした大きな目。小さな子供のような姿だが、頭のてっぺんには白くて小さなツノがちょこんと生えていた。

「いっちゃん、ありがとう。あーもう。ウチのコたちは本当に良い子だよねえ」

赤い頭を撫でながらしみじみと呟けば、使役魔獣はくすぐったそうに「ふふっ」と笑った。ああ可愛い。荒んだ心が癒やされる。

「そんなにヨロイさんを見せびらかしたいなら、マゼンタの荒野かサヴィア王国との国境付近ででも暴れさせればいいのにねえ」

武官じゃあるまいし。いくら大きかろうと強かろうと、書類の一枚も運べないような使役魔獣は、この職場に必要ないと思う。

そのほうがあの使役魔獣も、思う存分大きな剣を振るえるに違いない。

「国境はともかく、荒野で暴れたって誰も見てないよ。……っていうか、ヨロイさんってもしかして長官の使役魔獣？」

「そうですよ」

「それ、名前？」

「いっちゃんがそう言ってましたけど」

「………あ、そう」

深く突っ込まない。

他人の使役魔獣と意思疎通ができるとか聞いたことない、などと絶対に突っ込まないが、ジェイル・ルーカは自分のこめかみをぐりぐりと揉みほぐすような仕草をした。

そう、あの大きな甲冑姿の使役魔獣〝ヨロイ〟も、以前に比べれば優しくなったのだ。一郎が〝お願い〟してくれたおかげで、召喚主の命令には逆らえないものの、暴れ方を手加減してくれるようになった。

今だって、床に散らばった書類は散らかり方が派手ではあるが、剣の風圧で吹き飛ばされただけだ。ぜんぜん傷ついていない。

それでさえ、剣を振るう時には剣先がためらうように揺れたり、去り際に申し訳なさそうにこちらを見ていることに気が付いてしまえば、気を遣わせて逆に申し訳ないくらいである。

いつものことなので、もともと本当に大事な書類は机上に置かないようにしている。多少汚されたところで問題はない。

いちばん被害がひどかった長官に踏まれた書類も、どうせ長官の取り巻きから押し付けられたどうでもいい案件である。長官に破かれたと言えば文句も出ないだろう。

一郎だけではない。いつの間にか彼女の小さな使役魔獣たちが湧いて出て、散らばった紙を集めてくれればすぐに辺りは元通りきれいになった。

お片付けスキルは、とある王立魔法研究所の所長室で習得済みである。

「よし。今日も被害は最小限だわ」

良かった良かった、と胸を撫で下ろしていると、ふわりと風が室内を通り過ぎた。

大声の上司による騒音被害を和らげるためだろうか。いつの間にか開け放たれていた大きな窓から入り込んだようだった。

それは整えたばかりの書類をくすぐり、それからジェイル・ルーカにまとわりつくようにくるくると渦を巻いて、そして消える。

ふむ、とジェイルはうなずいた。

「はやいな。長官たちはもう城を出たみたいだよ？」

柔らかい風は自然のものではなく、彼の魔法だ。

城にはもともと、内外からの強力な攻撃魔法や国王その人に対する盗聴・盗撮などの偵察魔法を無効化する結界が敷かれている。

しかし〝それとなく〟相手の様子を窺ったり〝なんとなく〟会話を聞いたりする程度のふんわり

漠然とした魔法は見過ごされているようだ。

彼だけでなく木乃香や他の同僚たちも、この風魔法のおかげで上司らが持ち込む面倒事や八つ当たりの一部から上手く逃げることができている。

城を出たということは、おそらく今日はもう長官様は来ない。ジェイルの言葉に、木乃香を含めた統括局の職員たちはほっとため息をついた。

上司ら上級魔法使いには「弱い」とせせら笑われる魔法だが、何でも使いようなのだ。

〝下級魔法使い〟ミアゼ・オーカの、一般的には評価が低い小さな使役魔獣たちもまた。

上級魔法使いにして統括局の長官タボタ・サレクアンドレは、他の部署の長官たちに比べればまだ単純で扱いやすいほうである。

と、少なくともジェイル・ルーカは思っている。

「はい」と「いいえ」と「おっしゃる通りです」。

話しかけられてもこの三つを適当に返しておけば、だいたいやり過ごすことができるからだ。人の話を聞かないし聞く気がないので、黙っていてもしゃべるだけしゃべったらある程度満足して去ってくれる場合もある。

しかも、怒鳴るだけ怒鳴ったらもうその件は忘れてしまうらしく――そもそも、大した用件でもないのだ――後から蒸し返してネチネチ言われることもない。
新人いびりだって、一、二か月もすれば飽きて落ち着いてくるに違いないと思っていたのに。

ミアゼ・オーカが〝魔法使い〟の認定を受けてすぐ後、学術局の長官が代わった。

この新しい長官が、恐ろしく優秀であった。仕事ができ人望もあり、言葉巧みに国王の気を引いて、瞬く間にかの人の信頼まで勝ち取ってしまう。

当然、タボタ・サレクアンドレやほかの側近たちは面白くない。

面白くないが、足を引っ張ったり排除したりしようとしてもどうにも上手くいかない。

そんな苛立ちを、タボタは身近なところにぶつけることにしたようだった。

自分よりもずっと階級が低い〝魔法使い〟で、自分に逆らえない部下。そして学術局の長官と同じ〝女性〟であるミアゼ・オーカに。

本当にもう、つくづく迷惑な上司であった。

この時ほどジェイル・ルーカは彼の部下であることを嘆いたことはない。

せっかくなんだか面白そうで使えそうな人材を引っ張ってきたというのに、あの長官のおかげで彼女の顔つきは日増しに冷たくなっていくのだ。

「はあぁ……」

ため息を吐く木乃香を少し困ったように眺めてから、ジェイル・ルーカはへらっと笑った。

軽くて薄い、いつもの笑い方だが、我ながら少し引きつっているような気がする。

「ほらほらオーカちゃん。今日はお休みだから。仕事のことは忘れて気分転換しようね」

「……」

彼女は隣に立つジェイルの顔をちらりと見て、そして何も言わずに目を伏せた。

「きょうはこの優しいセンパイが何でもおごってあげるから！　屋台限定だけどね！」

「……」

「おにーさまに何でも言いなよー」

「……」

「……あの、オーカちゃん」

「……はあ」

返ってくるのは、小さなため息だけだ。

彼女の外套をきゅっとつかんでいる使役魔獣の一郎も、きょとんとした顔つきで彼をじーっと見上げている。

「せめて何か言って欲しいんだけど……」

居たたまれない。非常に居たたまれない。

ジェイルは大げさなほどに、けれども真面目な気分で肩をすくめた。

「オーカちゃんさ。おれに文句とかないの？　騙されたー、とか話が違う、とか。ねーちゃんみたいに一発殴らないと気が済まない、とか」

「……」

質の悪い詐欺に引っかかったような気分であることは否定しないが。

少し考える素振りをして、木乃香は答えた。

「騙されたと文句を言っても、そんなつもりはないよーとか誤解だよーとか、ルカ先輩は軽く流しそうだなあと思って」

じっさいジェイル・ルーカは、嘘は言っていなかったと思う。

ああいう横暴上司がいるとか、その上司のおかげでろくに仕事が回っていないだとか、彼女に伝えなかった事があるだけで。まあ、言わないだろうが。

むしろ、詳しい話を聞かずにのこのこと王都に出てきてしまった、自分の認識が甘かったと思っている。

だって国王のお膝元で働く国家公務員である。変な職場ではないだろうと、つい思い込んでしまったのだ。職場見学ぐらいはしておくべきだったかもしれない。

それに。

「あと、他人を殴るのは自分も手が痛いし嫌なので」

「……オーカちゃんが聞き分け良過ぎてツラい」

ジェイル・ルーカがうっと胸を押さえてみせるが、木乃香は諦めているだけだ。

言いたいことはいろいろとあるが、言い争いたいわけではない。そんな元気もない。

そう。彼女は、けっこう疲れていたのだ。

せっかくの貴重な休日。城下に出るくらいなら部屋で寝ていたいと思うくらいには。


急に腕を引っ張られた。

よろけた木乃香のすぐ傍を、見知らぬ男が急ぎ足で通り過ぎていく。

聞き間違いでなければ、ちっと舌打ちをこぼしながら。

「……危なかったねー」

「先輩？」

「あれ、スリだよ。さいきん多いから、気をつけてね」

思わず、外套の上から鞄を押さえた。

そういえば、国境付近がごたついているせいで、あちこちの都市で治安が悪化していると聞いた気がする。国境から遠く離れた王都も例外ではないようだ。

「使役魔獣（ごえい）を連れていっていっても、今日はイチローだけなんでしょ？」

「いえ。ごろちゃんもいますよ」

「きう」

外套の隙間から、薄いピンク色をした小さな毛玉、ではなくハムスター型の使役魔獣〝五郎〟がちろっと顔を出す。

現在、木乃香には五体の使役魔獣がいる。その内の一、二体は常に彼女に張り付いていた。マゼンタの王立魔法研究所でお世話になっていた頃からの習慣である。

ちなみに、五郎であれば伸びてきたスリの手を跳ね返すくらいはできるのだが。

「……」

小さな子供よりいっそう小さなハムスターを眺めて、ジェイルが眉をひそめた。

〝大きい〟〝強い〟〝外見が怖い〟使役魔獣の評価が高いこの国では、彼女の小さくて、弱そうで、むしろ守ってあげたくなるような見た目の使役魔獣はものすごく頼りなく映る。

小さな子供が誇らしげに薄い胸を張っても、小さなハムスターが任せろとばかりに前足をくっと上げても、なんだか微笑ましいだけだ。安心感は、残念ながら湧いてこない。

「……慣れるまで、街に出るときはおれが付き添うよ」

「え？　いえ、そこまでしてもらわなくても」

ジェイル・ルーカが問答無用で木乃香の腕をあらためてつかみ直したときだった。

「えっ、ジェイルさん？」

背後から、驚いたような弾んだような声が聞こえた。

振り返れば、コーラルピンクのふわふわの三つ編みと大きなオリーブ色の瞳が可愛らしい、小柄な少女がそこにいた。

買い出しの途中なのか、大きな袋を抱えている。

「おっ、リンちゃん。久しぶり。ちょうど今から君のとこの屋台に行こうと思ってたんだ」

知り合いらしい。

木乃香もジェイルの横で、少女に向けて軽く会釈をした。

そんな二人を遠慮なく眺めながら、リンと呼ばれた少女は大きな瞳をきらきらさせた。

「も、もしかしてその人、ジェイルさんの彼女さん!?」

「え？」

ぱっとジェイルが腕を離した。

「あー違う違う！　同じ部署に来た後輩。もともと研究所にいたから、ねーちゃんの知り合いでね。頼まれてるんだ。ただの後輩。ほんとうに、本当に違うからね？」

「……」

その通りなのだが、そこまで念を入れて否定しなくても。

木乃香が少し呆れた気分で隣を見れば、先輩の顔色があまりよろしくない。口調は軽いままだったが、表情もなんだか強張っているようだ。

「いやいや無理。あの過保護者連中を相手にするとか、半端な覚悟じゃ絶対に死ぬ。噂だけでも知られたら終わるって」

ぼそぼそと、隣にいてもよく聞き取れないくらいに何やら小さく呟いているが、よほど誤解されたくないらしい。

もしかして目の前の〝リンちゃん〟が好きで誤解されたくないのかなとも思ったが、隣の先輩か

らそんな浮ついた雰囲気はかけらも感じなかった。ただ、なぜか必死である。

少女も変だと思ったのだろう。

「あ、そ、そう」

とりあえず相槌を打って、これ以上しつこく聞いてくることはなかった。

「……後輩のミアゼ・オーカです。ルカ先輩にはお世話になってます」

「わわっ。キャロッテ・リンカです。キャロでもリンでも、好きなように呼んでね。……うん？」

軽く会釈した木乃香に、慌てて少女が頭を下げる。

と、下げた視線の先。木乃香の白っぽい外套に隠れるようにして、赤い頭の子供がいることに気がついた。

「お子さん？　……あれ、でも」

子供の姿だが、普通の子供ではないような気がする。

何より、木乃香の真似をするようにぺこりとお辞儀をしたその頭のてっぺんには、白くて小さなツノが生えていた。

「しえきまじゅうの、いちろーです」

「しえき……使役魔獣!?」

キャロッテ・リンカが大きく目を見開く。

そして先ほどのジェイルよりよほど青い顔で後ずさりしかけたところに、ジェイルが待ったをかけた。

「リンちゃん大丈夫！　コレは大丈夫だから！　ほらっ大人しいでしょう？」

少女の視線の先にいる小さな使役魔獣は、相変わらずそこでじっとしている。少し困ったように眉尻を下げて見上げてくるので、木乃香は苦笑して一郎を抱き上げた。

「乱暴な使役魔獣が多いのは知っていますが、この子は暴れたり急に襲いかかったりしませんよ。そんな事できないし」

「……」

キャロッテが赤毛の使役魔獣を見ると、こっくりと頷いた。

いままでに魔法使いが召喚した使役魔獣を見たことは、何度かある。逆に言えば、数える程度しか見たことはないのだが。

自己紹介に加えてぺこんとお辞儀までする使役魔獣は、見た事がない。もちろん、大人しく召喚主に抱っこされているのもだ。そもそも知っている使役魔獣は抱っこ出来るような姿形ではなかったし、抱っこしたくなるような姿形でもなかった。

目の前の使役魔獣はどこもかしこも小さく頼りなく、まだまだ大人の庇護が必要な子供そのものだ。仮に今から暴れて周りに迷惑をかけますよと言われても、その様子がまったく想像できない。

――――でも、〝使役魔獣〟なのよね。

魔法大国フローライドの王都に住んでいる者は、大なり小なり魔法使いによる魔法被害に遭っていることが多い。使役魔獣だって、突然現れては暴れて物を壊す厄介なモノという認識だ。

顔見知りであるジェイルの紹介があるとはいえ、初対面の魔法使いを無条件で信用できるほど、キャロッテは〝魔法使い〟に良い印象を持ててはいなかった。

のだが。

「……こうなると思ったんだよねえ」

目の前の光景を眺めながら、ジェイル・ルーカは苦笑した。

たくさんの屋台がひしめく街の広場。

置かれたテーブルのひとつに案内された木乃香たちは、さっそくキャロッテ・リンカの屋台で売られているカナッツという王都名物の揚げ菓子を頂いたわけだが。

「イチローちゃん、これは干しブドウが入ってるんだよー。食べてみる？」

「うん！」

お日様に負けないくらいのきらきら笑顔で頷いた使役魔獣に、揚げ菓子を差し出しているのはキャロッテ・リンカである。

使役魔獣に向ける満面の笑みには、少し前まで見せていた警戒心はまったく、欠片も見当たらない。

ここ、魔法大国フローライドの王都フロルには、たくさんの魔法使いがいる。

国に認定され階級をもらった〝魔法使い〟だけでなく、これから目指そうとする者、そこまでの実力はないものの魔法が使える者、魔法やそれに関係する職に就いているような者もいる。

そのため、魔法が関係している犯罪や迷惑行為もまた、多かった。

とくに王都の住民たちを悩ませているのが〝迷惑行為〟である。

ちょっとしたイタズラやからかいのつもりかもしれないが、それで物を壊されたり怪我をしたりするほうはたまったものではない。

さらに厄介なことに、彼らは魔法使いの中でもさらに実力のある〝王族〟――に、連なる親族だとか、彼らに取り入っている下級から中級の〝魔法使い〟であったりするので、街の警備隊もなかなか捕まえられないのだ。捕まえても上からの圧力ですぐに解放されるか、逆に捕まえたことを咎められる始末だ。泣き寝入りするしかない。

そんなわけで、住民たちの中に魔法使いに対して良い感情を持っていない者が多くいるのも、仕方がないことではあった。

ただし、魔法使いが悪い人間ばかりでないことも、彼らは分かっている。

キャロッテ・リンカは、カナッツという揚げ菓子屋台の看板娘だ。

魔法使いの男性につきまとわれて困っていた所を、ジェイルに助けてもらった事があるらしい。

「助けたっていっても、口でちょっと脅しただけだけどねー。部署違いだけど同じ中央官だって分かったから、あんまりしつこいとお前の上司に言いつけるぞーって」

それは、なんだかとてもジェイル・ルーカらしい。

彼の姉シェーナ・メイズあたりなら「女の敵、許すまじ！」とかなんとか言って蹴りのひとつやふたつ、入れてそうだが。

それで、木乃香と彼女が召喚した使役魔獣である。

〝魔法使い〟だというのに礼儀正しく、こちらを見下す雰囲気も、横柄な態度も欠片だって見当たらない。

でもって、その使役魔獣は小さくて、弱そうで、まったく怖くない。大人しすぎて逆に心配になるくらいだった。

その上、勧めた椅子にお行儀良くちょこんと座って、それでもそわそわとこちらを見上げてくる様子や、屋台自慢の揚げたてカナッツを目の前に置いたときのぱあっとお花が咲いたような笑顔を見てしまうと。

使役魔獣は乱暴で恐ろしいなどという固定概念は、お空の彼方に飛んでいってしまった。

魔法使いはいろいろ。使役魔獣だっていろいろである。

そもそもこの辺りの人々は、魔法使いの横暴に一致団結して耐え、ときに対抗してきた。助け合い精神が根付いていて、見知らぬ女子供にも親切な者が多いのだ。

「うーん……やっぱりドーナツ」

「か、か、カナッツだってばオーカちゃん」

揚げ菓子をふたつに割りながら呟いた木乃香にジェイルが突っ込みを入れる。

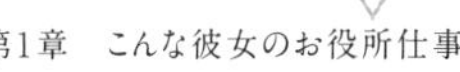

かりっとした表面にしっとりもっちりとした中身。ほんのり甘い生地は、真ん中に穴が空いていないだけで元いた世界の揚げドーナツにそっくりである。なんだか懐かしい味がする。

チーズや香草を練り込んだものもあり、軽食としても食べられそうだ。

割った揚げ菓子をさらに小さく割り、木乃香は自分の手のひらに載せる。

するとそれを小さな前足でつかんだのは薄いピンク色のまんじゅう、ではなくハムスターの五郎である。

「きゅ」

揚げ菓子の欠片を大事そうに抱え、「ありがとう」とでも言いたげに暗紫色の丸い瞳で主を見上げる。

普段は外套の内側ポケットが定位置で、ほとんど人前に姿を現わそうとしない人見知りの使役魔獣五号だが、お菓子の甘い香りに誘われてしまったらしい。

慣れたのか、それほどカナッツが気に入ったのか。最初は外套の襟元から小さな頭をちらちらと見せる程度だったのに、今では堂々とテーブルの上で忙しなく口を動かしていた。

「はあ……可愛い」

「きゅうー」

テーブルに突っ伏したキャロッテにも、五郎は「ごちそうさまですー」と言いたげに小さく鳴いてみせる。

「はぅ……可愛い」

「もぐもぐしてるの、なんか癒やされるよねー」

キャロッテの桃色の呟きに、木乃香も深く頷いて同意した。

基本的に、使役魔獣に食事は必要ない。彼らの栄養源は召喚主の魔法力だからだ。

しかし木乃香の使役魔獣は五体が五体とも、彼女と一緒に、彼女の食べているものを食べられる。

しかも美味しそうに、あるいは楽しそうに食べてくれるのだ。彼らの栄養にはならないとはいえ、いつでもどこでも、自分だけ食べて彼らに食べ物を与えないという選択肢は木乃香にはなかった。

「このか。おみやげしよー」

「そうだね。お留守番のみんなにも買っていってあげようねー」

にぱっと笑う一郎に、へにゃっと笑い返す木乃香。

キャロッテがばっと顔を上げた。

「オーカさん、こんなコたちが全部で五体もいるの？　本当に!?」

「うん。みんな形は違うけど、可愛くて良い子たちだよ」

「みたいー！　見たい！　今度連れてきてください!!」

「う、うん」

胸ぐらを掴まれそうな勢いで迫られて、木乃香は思わずのけ反った。

ちょうどその時。のけ反ったところに木製のコップがとんと置かれた。

「はいはい、隣の屋台の果物ジュースだよ。おばさんのおごりー」

はきはきとした声はカナッツ屋台の女主人。キャロッテ・リンカの母親ジレナである。

ほんのり甘い香りがするふっくらとした手で、テーブルに人数分のコップと、そして追加のカナッツをぽんぽんと手際よく置いていく。

「わあ、ありがとうございます」

「ありがとーございます！」

「きゅっきゅぅ」

元気にお礼を言う使役魔獣たちにへにょんと眉尻を下げたジレナは、その顔つきのままで看板娘に言った。

「リン。あんたはそろそろ店に戻っておいで」

「えー、お母さん」

「後片付けくらい手伝いいな」

「……はい」

仕事を放り出していた自覚はある。素直に席を立ったキャロッテは、しかし木乃香に「ぜったい、絶対また来てね！」と固く手を握って念を押し、それから「イチローちゃんたちもね！」と使役魔獣たちの小さな頭をそうっと撫でてから屋台へと戻っていった。

「すみません、お邪魔してしまって」

「え？　ああ、ぜんぜん良いよ。邪魔どころか、品物はほとんど売れちまったし」

「そうなんですか？」

たしかに、屋台の周辺には常に人だかりが出来ていて、忙しそうではあった。

人気店だからそういうものなのかな、と感心していた木乃香は知らない。

人だかりはもともとカナッツが目当てだったのではなく、カナッツを食べている風変わりな使役魔獣とその召喚主が目当てだったということに。

そして、商機を逃さないジレナが集まった人々に巧みにカナッツを売りさばいていたことに。

「さすがジレナさんだね……」

ジェイル・ルーカも、別の意味で感心していた。

この使役魔獣の食事風景は何度か見たことがある。相変わらず奇妙な光景だなあと思いながらも、彼は女性ふたりのように目と心を奪われきっていなかったので、周辺の状況もそれとなく分かっていたのだ。

気になるのに木乃香たちに直接近寄って来ないのは、見慣れない〝魔法使い〟と見慣れない使役魔獣が怖いから。カナッツ屋台に人だかりが出来ていたのは、その見慣れない魔法使いたちと一緒にカナッツ屋の看板娘がいることに気がついたからである。

いまも、キャロッテが屋台に戻る短い距離で次々に声をかけられていた。

彼女もにこにこと、あるいはにやにやと笑って応対している。

「さすが看板娘。リンちゃんも人気者ですねー」

「いや、あの……うん」

木乃香に何かを言いかけて、ジェイルはけっきょく口をつぐんだ。

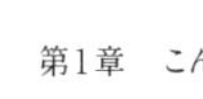

った。

ほとんど売れてしまったというカナッツ屋はともかく、他の屋台も後片付けを始めているようだ

午後のお茶の時間を少し過ぎたくらいだろうか。まだずいぶんと日が高い。

「店じまい、けっこう早いんですね」

「食事ならともかく、カナッツみたいな揚げ菓子は夕方以降はあまり売れないからね」

キャロッテの後にちゃっかり椅子に腰掛け、一郎の頭を撫でているジレナが言った。

彼女も、得体の知れない〝魔法使い〟とそのお供に最初は警戒していたひとりである。

もっとも、どこからどう見ても善良そうな、むしろ簡単に騙され売られそうで心配になるくらいに無害な使役魔獣にその召喚主である。そばにジェイル・ルーカがのんびり付いていたということもあり、彼女も警戒心は早々に手放した。

「それに、暗くなるとここらも物騒だよ。そろそろ夜にやってる屋台が準備を始める頃だけど、最近はそれも少なくなったし。まあ、酒飲んで暴れるような連中が増えたからねえ」

屋台の女主人の言葉に、木乃香はさきほどスリに狙われたことを思い出す。

女性ふたりでやっている屋台ならなおさら、それは確かに怖いだろう。

「警備隊は？」

「いるけど、少ないね。手が回ってない感じだ」

ジェイルの問いかけに、ジレナはため息をつく。

「最近ちょっとバタバタしてるから……」

「ああ、戦だろ」

言葉を濁したジェイルに対して、ジレナはすぱっと返した。

「そっちも厄介だよねえ。おかげで、カナッツに使ってるオブギの小麦が手に入りにくくなったんだ」

小麦の一大生産地であるオブギ地方は、隣の国の領土だ。

そしてその隣国、以前は〝アスネ〟という名前の国だった。

ここ最近、急速に国土を増やしているサヴィア王国にかの国が占領されたのは昨年のこと。そしてその勢いのまま、ここフローライドにも攻め込んできたのだった。

瞬く間に制圧されてしまったアスネとは違い、フローライドは国境付近でサヴィア軍を食い止めているようだ。

しかしその影響で、侵攻前まではあった隣国との交易はもちろん無くなっている。

「でもまあ、マシになったほうだよ。前は、酒飲んで暴れてる連中の中に、警備隊のやつらもいたんだから」

「うわあ……」

木乃香は思わず遠い目になる。

「魔法が使えるヤツがいたら、なお悪い。火魔法が原因のボヤ騒ぎだけで何回あったことか」

「それは、魔法使いが嫌いにもなりますよね……」

「そいつらを何とかしてくれたのも、魔法使いなんだけどね」

改善されたのは、軍務局の長官が代わってからだという。

問題のあった隊員は、地方へ配属替えになったり解雇されたり、より悪質な場合は犯罪者として捕縛されたりしたそうだ。

ただし、その影響で警備隊の人数が一時的に減ってしまい、治安維持にも影響が出てしまっているのだという。

「皆がみんな、オーカちゃんみたいな可愛い魔法を使うんだったら良かったのにねえ」

ジレナの視線の先には、子供姿の使役魔獣とハムスター姿の使役魔獣がいる。

にぱっと笑った一郎に、にへっと彼女は笑い返した。

フローライド王城、中央庭園。
とっぷりと日が暮れたある日の仕事終わり、花びらが舞い散る〝さくら〟の木の下に、木乃香たちは来ていた。
この〝さくら〟は昔、〝虚空の魔法使い〟という異名を持つ〝流れ者〟が魔法で作ったという。
木乃香のもといた世界の桜に非常によく似た、ピンク色の花をふんわりもっさりとつける華やかな木だ。

ただしこれは年がら年中、今日も今日とて花が咲いていて、そして散っている。

この木から緑の葉っぱが出てくることはないし、もちろん紅葉も、落葉もない。

花びらの掃除が大変そうだと思っていたら、それも一日ほどすれば地面に溶けて無くなるのだという。

ここまでくると、もう桜とは別物のような気がするのだが、この世界ではこれを〝さくら〟と呼んでいるのだから、まあ仕方ない。

つくづく不思議な木だと思って眺めていると、後ろから声がかかった。

「オーカちゃんー。準備できたよー。どうぞ！」

ジェイル・ルーカに言われてその〝準備〟を見た木乃香は、ぱちぱちと瞬きをした。

「……何が始まるんですか？」

「え？　ええと、なんだっけ。シンカンセーン？」

「は？」

「〝しんかん〟だ。正しくは〝しんじんかんげーかい〟」

ジェイル・ルーカに淡々と訂正を入れたのは、ジント・オージャイトである。

「これを最初に提唱したのは、〝流れ者〟にして〝シャチクの魔法使い〟トムだ。彼が伝えた異世界の決まり事は実に興味深い。我が国では定着はしなかったが、彼の備忘録によれば、〝しんかん〟とは――――」

「もしかして〝新人歓迎会〟のことですか？」

長くなること間違いなしの説明をばっさりと遮って、木乃香は突っ込みを入れた。

「というか〝シャチクの魔法使い〟って……そんなのも居たんですか。シャチクって、まさか〝社畜〟……？」

「シャチクの意味は分からないが、彼は自らその二つ名を名乗ったと言われている。〝さくら〟を見て、この木の側ではヒトが飲食を共にし騒ぐことこそ礼儀だと説いたのは彼で、その手段のひとつとして〝しんかん〟が――」

「はいはい。そんなわけで今日はオーカちゃんの〝しんかん〟でーす！」

ジェイル・ルーカが無理矢理割り込んで話を終わらせた。

そう。ジント・オージャイト。

王都から遠く離れた辺境マゼンタにある王立魔法研究所の研究員であった彼は、現在フローライド王城に勤務する中央官となっている。

研究所で木乃香の就職内定が知られて間もなく。

相変わらず何を考えているのか分からない無表情――いや、少しだけ得意そうな顔で、彼は似たような内定の書類を皆の前で広げてみせたのだった。

「中央に戻ってきたら」と軽い感じで誘いをかけていたジェイル・ルーカも、この早業にはびっくりしたらしい。

ジントまでが王都に来た理由は、彼が木乃香の王都行きに対して何かしらの責任を感じているとか、木乃香という目下の研究対象を追いかけてきたとか、単にそういうことだけでもないらしい。要因のひとつではあるのだろうが。

なにしろ、彼が就いた職は学術局所属、王城内の大書庫の管理人。

書物の管理や修復が主という、〝地味〟な仕事で、中央の官吏たちの間では〝閑職〟と呼ばれ嫌がられている。

人の出入りが極めて少なく、あえて人と接する必要もなく。

しかし禁書だろうと何だろうと貴重な資料は読み放題。仕事に支障がなければ、空いた時間で他の事——例えば自身の研究に没頭していても、文句を言われない。

研究者ジント・オージャイトにはぴったりのお仕事であった。

どこから持ってきたのか、集まった人数プラス使役魔獣五体が座っても余裕がある大きな絨毯を地面に敷き、その上には飲み物や、簡単につまめる菓子や果物が無造作に置かれている。

この国ではテーブルに椅子というのが一般的なので、敷物の上に座って飲み食いをするというのはなかなか珍しい。少し居心地が悪そうにもそもそと足を動かしている者もいた。

これが本式の〝花見〟だと胸を張るジント・オージャイトは、ひとりひとりの前に、大きめの深皿を置いていく。

皿の中身は、彼の十八番(おはこ)〝カレーライス〟であった。

なんだか覚えのあるスパイシーな香りがすると思ったら。

「なんでカレー……」

「異世界で、みんなが喜ぶといえば〝かれい〟だと」

大真面目な無表情で、どこかの市販カレーのキャッチコピーのようなことを言う。

しかもだ。

「なんだか、前に食べたのと違うんだけど」

スプーンを握ってカレー皿をのぞき込んだジェイルがぼやく。

「ドライカレーになってる……」

木乃香も呟いた。

野菜を細かく刻み、挽肉多め、汁気が少なめでご飯の上に盛られているそれは、ここでは初めてお目にかかる種類のカレーだ。

「調べを進めていくと、何と〝かれい〟の記述は〝虚空の魔法使い〟だけではなく、ほかの〝流れ者〟の記録にも残されていたのだ。年代と内容の類似性から〝虚空の魔法使い〟がその文献を参考にした可能性もある。これほどの情熱でもって再現される〝かれい〟とは、〝流れ者〟たちにとってよほど重要かつ欠かすことのできない料理であるに違いない」

「はあ」

そうなのかなあ、と木乃香は首を傾げる。

ジェイル・ルーカがスプーンをくるくると回して「ほっといて食べよー」とほかの参加者に合図を送った。

「――その古い文献をもとに改良してみたのが、この〝かれい〟だ。どろどろとした見た目に抵抗を感じる者が一定数いたし、加えて屋外に持ち出すなら水分量が少ないほうが運びやすい。比較的に軽いという利点もある。さらにこの具材だが、全体のバランスと食感を考えて――」

滔々と語り出し止まらなくなったジント・オージャイトは、確か〝流れ者〟についての研究をしていたはずだが。いつからカレーの研究者になったのだろうか。

彼の新しい職場は、彼がこれまでお目にかかれなかった貴重な資料や希少な書物に溢れている。溢れすぎて浮かれすぎて目移りしすぎた結果、さいきん少々迷走気味のような気もする。

まあ、いまは研究員ではなく学術局の職員なのだから、本人が楽しいならそれで良いのかもしれないが。

そもそも、今日が〝新人歓迎会〟だというならジントだって歓迎される側のはずである。カレーを作って皆に振る舞っているあたり、歓迎する側に回っている感じだ。

〝しんじんかんげーかん〟だから良いのだろうか。

いろいろと突っ込みたい箇所はたくさんあるのだが、木乃香は黙ってドライカレーを口に運んだ。この花見が彼女を励まそうとして計画されたものであることくらい、分かっているのだ。

「美味しいです、ジントさん」

「そうか、それは良かった」

久しぶりに食べたカレーは、やはり普通に美味しいカレーだった。

「カレーに使うスパイスとか、よく分かりましたよね」

木乃香は呟いた。〝流れ者〟の先達たちと、目の前のジント・オージャイトの両方に向けてである。

もといた世界では便利な市販のカレールーでしか作った経験がない彼女は、香辛料の名前もあやふやだ。

ジントは、なにやらびっしりと文字が書き込まれた紙片を懐から取り出して見せた。

「もともと別の料理にも使われていた香辛料もあれば、過去の〝流れ者〟がどこからか探し出したか、あるいは創造したものだと伝わるものもある。王都の市場に行けば大抵の食材は手に入れることができるが、今回は探すのに時間がかかってしまった。数が少ない上に高く付いたな」

「あー、北の交易ルートが使えないからか。いろいろと物価が上がってるな」

厄介だなとうんざりしたように呟く誰かの言葉に、他の面々も頷く。

北というと、サヴィア王国の侵攻でごたごたしているという国境である。

「長いよなあ。軍の幹部に攻撃魔法が得意なやつら、たくさんいただろう。そいつらでも押し返せないくらいにサヴィアって強いのか？」

「それがさあ。行ってなかったらしいぞ」

「え？」

「軍務局の連中、誰も行きたがらなくて、かなり揉めていたらしい。日頃はあんなに魔法自慢がうざいのに、半数は体調不良で自宅療養しているとか。キレた軍務局長官が自分が行くって言い出したところを、さすがにそれはって国王が待ったをかけて、けっきょく副長官が軍を引き連れて行くことになったとか。それでも、向かったのが少し前」

「ええー。それじゃあ地方軍だけで頑張ってたってことか」

「地方も地方で中央に対抗意識とかあったりするからな。現地からの報告や、援軍要請すらもなかなか来なかったらしい。被害も過小に報告している可能性があるって諜報部が言ってたぞ」

――――大丈夫だろうかこの国。

と、不安になったのは木乃香だけだろうか。

もといた世界に比べれば、情報が遅いし少ないのはまあ仕方が無いとは思う。が、自分たちの国の事だというのに、どうにも危機感が足りないように感じる。

遅いだの不甲斐ないだのと文句を言っている彼らだって、どことなく他人事のような口ぶりだ。

サヴィア王国に絶対負けないという根拠がどこかにあるのか。

あるいは、サヴィア王国に占領されてもべつに構わないと思っているのか。

中央官としても、この国の住民としてもまだまだ新人である木乃香には、よくわからなかった。

それは、ほんとうに何気ない言葉だった。
ふと疑問に思って口に出ただけで悪気はなかったし、聞かれているとも思っていなかった。

「魔法使いって、何がそんなに偉いんですかね」

そんな小さな呟きを、よりによって上級魔法使いでありそれを何よりも誇りに思っている上司に聞かれてしまったのだ。


魔法大国フローライドは、完全魔法実力社会と言われている。

魔法が使えても、国から〝魔法使い〟の認定を受けているか否かで待遇がまるで違う。たとえば、〝魔法使い〟でなければ中央で官吏として働くことはできない。地方でも、管理職以上は〝魔法使い〟だ。

そして〝魔法使い〟であっても、その階級が上級と下級ではまた大きく違う。

全部で十二ある階級のうち、下級と呼ばれる階級九以下の〝魔法使い〟が管理職にまで出世できた例はない。

それどころか、最近まで中央では下級魔法使いの採用自体が無かったほどだ。

もといた世界でも、採用条件に「○○資格があること」と明記された求人を見たことがある。だから、〝魔法使い〟のみを採用すると国が決めているのなら、それに文句を言うつもりはない。

のだが。

魔法が使えるからといって、別に書類仕事が早くなるわけではない。ちょいっと指先を動かせば仕事が終わっているとか、提出先にまとめて飛んでいってくれるとか、そんな便利な魔法はない。

用紙や羽根ペンを動かせる魔法はあるが、紙に正確な文字や文章を書くとなると自分の手で書いた方が断然早い。

だから。

「上級魔法使いであるわたしに〝下級〟が意見できると思うな！」

こんな決まり文句を上司から聞く度に。そもそも〝魔法使い〟資格って、この仕事に関係あるのだろうか、と考えてしまう。階級以前の問題である。

山ほどの資料を投げるように渡され。それをすぐにまとめて提出しろと無茶ぶりをされ。まだ出来ないのか無能者め、などと責められ邪魔されながらどうにか仕上げた提出書類が二週間、上級魔法使いの長官様の机の上に放置。そのうえ一枚も見た形跡がないとくれば。

しかもこれがつい先日、花見で話題になった遠征中の中央軍への追加の物資輸送許可に関する書類だったものだから、なおさら。

つい、言ってしまったのだ。

「魔法使いって、何がそんなに偉いんですかね」と。

それを聞いたジェイル・ルーカらが苦笑交じりに頷こうとして。

そして、固まった。

滅多に寄りつかない統括局長官タボタ・サレクアンドレが、よりによってこのとき、使役魔獣の〝ヨロイ〟も伴わずに入ってきたからだ。

「――――ミアゼ・オーカ」

背後からの低い唸り声に、木乃香もぴたりと口をつぐんだ。

「わたしに意見するとは、なかなか良い度胸ではないか、〝下級〟」

「……いえ」

恐る恐る振り返れば。顔を赤黒く染めた、分かりやすく怒り心頭という形相の長官タボタ・サレクアンドレがいる。

別に彼女はタボタ・サレクアンドレの名前を出して愚痴っていたわけではない。

そう、ただ愚痴っていただけで、意見するつもりなどなかった。そこに居るとすら思っていなかった。

「フローライドは魔法使いが建国した魔法使いの国だ。魔法使いがいなければこの国は存在していなかったし、大陸でも最古の歴史を誇るのはこの魔法という素晴らしい〝力〟のおかげだ。貴様はわが国を、その成り立ちから否定しようというのか！」

「いえ」

「そもそも貴様ら〝下級〟は最初から――」

まるで国家反逆を企んでいたと断罪するかのような口ぶりだが、軽い呟きをここまで壮大に騒げるのはたぶんタボタ・サレクアンドレだけだ。

半ば呆れ、そして半ば冷ややかな気分でジェイル・ルーカはタボタ・サレクアンドレを見ていた。

残っているジェイルたち職員は、上司と会話することをとっくに諦めている。

理不尽で無駄に大きな罵声に耐え、諦めの境地に達した者だけが、ここ統括局でそれなりの平穏

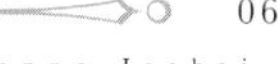
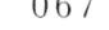

を手に入れることができるのだ。

このフローライドにおいて、魔法使いの階級差は絶対のものである。

たとえ「統括局の長官なんだから、国王の後ばっかり追いかけてないで統括局の仕事をして下さいよ」という真っ当な指摘であっても、それが格下の魔法使いから言われたのであれば、上級魔法使いタボタ・サレクアンドレは聞く必要がない。

上級魔法使いに逆らってはいけない。彼らが黒だと言えば、白だって黒だと言わなければならない。

少なくとも、タボタはそう思っているらしかった。

ミアゼ・オーカの疑問への答えを返しているようにも聞こえるが、長官は気付いているだろうか。自分に意見したと言いがかりを付けながら、国と魔法使いとの関わりを、建国時にまで遡ってまくし立てている。

偉いのはかつての魔法使いたち。自分たちは過去の魔法使いの栄光にしがみついているだけ。

自分の功績を語れない時点で、そう堂々と言っているようなものだということに。

もっとも、ジェイルが自分の上司を冷静に観察できているのは、怒鳴り声を直接向けられているのが自分ではないからだ。

ミアゼ・オーカは口をつぐみ、じっとこの騒音に耐えているようだった。

早く助けてあげたいのは山々だが、この場にタボタ・サレクアンドレより上か、せめて同等の地位を持つ魔法使いがいない以上、タボタの言葉に反論せず同調もせず、かといって無反応にもなら

ずに見守っているのがいちばん早く終わる方法である。

彼女はしぶとく頑張っていると思う。

が。こんな状態が続けば、いつ辞めると言われてもしょうがないとも思う。

いままで辞めていった者たちと同じように。

いやむしろ彼女の場合、別の仕事を見つけたほうが国の為なのではないかとすら思えた。

こんな扱い、彼女の過保護者連中が黙っているわけがないのだ。

どちらにしろ、マゼンタの研究者たちが束になってかかってきたら、たぶん鉄壁の防御魔法を誇る王城もグシャグシャに潰されてしまう。あそこの魔法使いたちは、なんというか……所長ラディアル・ガイルを筆頭として、いろいろとやばいのだ。

それをたぶん、薄々は彼女も分かっているのだろう。

いまは彼女があえて伝えていないのか、彼らを抑えているのが彼女なのか。

「――あれ？　もしかしてこのまま行けば本気で反逆？」

思わず小さく、口に出してしまったのとそれは同時だった。


「統括局長官タボタ・サレクアンドレ殿！」

ジェイル・ルーカの聞かれるとちょっと危ない呟きと、さらに長官の口から止めどなく流れ出る騒音をもかき消すような鋭い声が統括局に響いた。

暗めの灰色外套を纏った男は、ジェイルらよりは階級が上のようだが、中級魔法使い。

外套の色を見て不快げに片眉を上げたタボタは、しかしその顔を認識するなり慌てて彼に向き直った。

「ひっ秘書官殿!? なぜこちらに――」

秘書官と呼ばれた小柄な男は、大きなタボタ・サレクアンドレを見上げて言った。

「長官、国王陛下がお呼びです。あなたの使役魔獣について聞きたいことがおありになるとか。至急陛下のもとへお越し頂けますか」

「もちろんすぐに伺いますとも！」

口調は丁寧だがどこか慇懃無礼な秘書官の要請に、国王陛下いちばんの臣下を自称するタボタ・サレクアンドレは速攻で頷いた。

「お忙しいところ申し訳ない。陛下は現在、王庭園にてお過ごしです」

「了解した！」

お忙しい、のあたりが嫌味に聞こえたのはジェイルだけだろうか。

身だしなみでも整えたいのか、いったん長官室に飛び込んでいったタボタ・サレクアンドレを見送りながら、ぼそりと国王付きの秘書官は言った。

「……さすがにうるさいので」

「え?」

秘書官はため息をついた。

「さきほどまで、陛下は中央庭園をご散策でした。そこに長官の怒鳴り声が届いたものですから、少々気分を害され。我ら側近が勧めて静かな王庭園へ移っていただいたのですよ」

「たしか王がお呼びだと」

「ええ。騒いでいたことをお咎めになるのか、ほんとうに使役魔獣について聞きたかっただけなのか、分かりかねますが」

「……国王陛下は――」

ジェイル・ルーカが言いかけたときに、長官室の扉がばたーんと全開になった。

「お待たせいたしました！　参りましょう！」

声ばかりか行動まで騒がしいタボタ・サレクアンドレは、意気揚々と統括局を出ようとして、しかしふと思い出したようにくるりと振り返る。

「そうそう。それで途中になったがミアゼ・オーカ！　悔しければ上級まで階級を上げてくるのだな！　〝下級〟ふぜいが、わたしに意見するなど百年早いのだ。わははははっ」

いかにも頭の悪そうな捨て台詞を残して、彼は上機嫌にどすどすと部屋をあとにした。

ちなみに。

仲間たちに「上手くやったな」と肩を叩かれたジェイル・ルーカは、このとき得意の風魔法を一切使用しておらず。

統括局の窓も、ぴっちりと閉まっていた。

歩く騒音公害が去って行ったあとも、木乃香はしばらく俯いたままだった。

何かほかに気に入らないことでもあったのか、あるいは奥様とケンカでもしているのか。今回の騒音はいつもより長く続いた気がする。途中で秘書官が現れ〝国王〟の名前を出さなければ、まだ続いていたかもしれない。

「あー、オーカちゃん。大丈夫？」

相手を威圧する大声に加えて、人を貶したりイラッとさせたりするのも大得意な男である。

ある程度慣れているジェイルたちが側で聞いていてさえ疲れるのだ。かなり精神的に参っているだろう。

今日は早く帰っていいよ、と仲間のひとりも彼女に声をかけた。

その直後である。

「ふ、ふ、………っく」

うつむいた彼女の口から、くぐもった声が漏れ出たのは。

嗚咽を堪えるかのように、口元に手を添え、耐えきれないというようにきゅっとすくめられた肩が震える。

「………っ」

「オーカちゃん――」

ああ、彼女はもう限界かなと、ジェイルは思った。

……思ったのに。

「ふっふっふふふ………」

彼女は泣いていたわけではなかった。

なんと笑い出した。

「も、もしもし……オーカちゃん?」

「ふふふふっ。いつもいつも人のことを下級下級って、それしか言葉知らないのかってのよ」

不気味な笑い声に、思わずジェイル・ルーカも一歩後ずさる。

「ルカ先輩、あのですね」

ゆらりと、彼女が顔を上げた。

浮かぶのは、ここ統括局に配属されてから初めて見たかもしれない満面の笑み。

ヤバイ壊れたか。と、誰かが呟いた。

環境が環境なので、この職場、精神を病む者も少なくないのだ。

「あのメタボ長官、もう我慢できません」

「あーうん。激しく同意するけど、えーと、いちおう言っとくけど名前はタボタ長官だよ?」

「どっちも同じ意味です」

「そ、そう」

よく分からないが、逆らわない方がいいような気がする。

ジェイルはもう一歩、後ろへ下がった。

「先輩、あのメタボ長官、さっき下級魔法使いに出来るものならやってみろって言ってましたよね? 言ったはずです」

「え、言ってた？　……ええーと、めちゃくちゃ意訳すればそうとも取れないこともない、かなあ。それで何をやるって……」

もそもそと呟くジェイルには答えず、彼女は低く呟いた。

「やってやろうじゃないの」

「みんな出ておいでー」

ぽん、と木乃香が手を叩く。

すると統括局のなんの変哲もない床に小さな魔法陣が出現し、彼女の小さい使役魔獣たちがわらわらと出てきた。

いわゆる〝召喚〟ではなく、彼女の部屋にいた使役魔獣たちをこちらへ移動させるだけの〝転移〟だ。だけ、とはいっても気軽にできるような単純な魔法陣ではないのだが。

そうして出てきたその数、全部で五体。

王城内でもふだん彼女が連れて歩くのはせいぜい一、二体なので、統括局でこれだけ勢揃いするのは珍しい。

「ルカ先輩、メタボ長官がどこに行ったか、こっちに戻って来ないか探れますか？」

「ああ、ちょっと待っててね。――――庭園に行ったきり、そこでなんか宴会が始まったみたいだからしばらくは帰って来ないと思うよ」

「ちっ。仕事しろよ」

ジェイルのなんちゃって偵察魔法の結果に、他の同僚が舌打ちする。

大いに同意するところだが、今はむしろ好都合でもある。

木乃香は次々に自分の使役魔獣に指示を出した。

「いっちゃん、お城の他の使役魔獣の様子を見ててね。こっちに近づいて来る人がいたら教えて欲しい、ついでにできればなるべく時間を稼いでって〝お願い〟しておいて」

「うん」

小さな子供の姿に頭に小さなツノをくっつけた〝一郎〟が、神妙な顔つきでこっくりと頷く。

「みっちゃん、お空から長官たちが帰って来ないか見張ってて」

「ぴっぴぃー！」

開け放たれた窓の外へ元気よく羽ばたいて行ったのは、スズメ大の黄色い小鳥〝三郎〟。

周囲は、その小さな姿を呆然と見送るだけだ。

「ごろちゃんはお部屋の見張りね。あと、もし罠とかが発動しちゃったら防いで」

「きゅ」

薄ピンクのハムスター〝五郎〟は「わかったー」と言いたげに小さな鼻をひくつかせた。

そして。

勇ましくぴこんと丸い房飾りのような尻尾を立てる黒い子犬〝二郎〟と。

楽しそうにゆらんと猫じゃらしのような尻尾を揺らす白い子猫〝四郎〟を両側に従えて。
「じゃあ、お邪魔しますか」
木乃香は、意気揚々と統括局長官執務室に、足を踏み入れた。

それは、世にも奇妙な光景であった。


大きな執務机の横で木乃香がぺたんと座り込み。

その周囲で、黒い子犬が「わんわん」と吠えては彼女を見上げてぴこぴこ尻尾を振っている。

膝の上で丸くなっている白い子猫は、主の声と子犬の鳴き声に合わせるようにふわふわと尻尾を振っては「にああー」とのんびり鳴いていた。

小動物が飼い主にじゃれて遊んでいるようにしか見えない。

薄暗い長官執務室などではなく、それこそ中央庭園の陽だまりの中ででも見かければ微笑ましく思うような光景だっただろう。

彼女らの会話が聞こえてこなければ。

「わんわん」

「ふーん。ってことは、ここがコレでそれはこうなって……。あ。ここは罠かな？　はあ。組み合わせが何通りもあるんだねえ、ここのセキュリティ。昔の〝魔法使い〟は細かくて疑り深くて謙虚だったんだろうね」

「にゃあ」

「あ、ごめん。ええと、だからしろちゃん、最初はコレを〝凍結〟して――」

話しながら、かりかりとメモを取り、そして使役魔獣に指示を出す木乃香。

「なあ、あの子……大丈夫かなあ」

木乃香とその使役魔獣たちの様子を唖然として、あるいは何度も目を擦りながら見つめている同僚に、見ていられないとばかりに俯いて力なく首を振る同僚。

それらの仲間たちの背中をぽんぽんと叩き労りながら、ジェイル・ルーカは彼女の一挙手一投足を眺めていたのだが。

ほどなく。本当に大した時間もかからず。

かちゃん、と軽い音がした。

「よし。開きましたよー」

ちょっと立て付けの悪い窓が開きましたよー、くらいの口調だったが、もちろん執務机の横に窓なんてついていない。

彼女たちの目の前にあるのは〝金庫〟。

統括局長官専用の、統括局長官にしか開けられない――はずの、〝鍵〟付きの収納箱であった。

魔法を使って厳重に閉められているそこを、木乃香は使役魔獣たちの力を借りて開けたのだ。

目的は、そこに収められている統括局長官の〝長官印〟である。

ハンコさえ押せば片付くその書類にいつまでもハンコが押されないのは、押す役目の長官にその気がないからだ。

　そのくせ自分に都合の良い案件や自分が主導した案件には、電光石火の早業でぺたんとハンコを押して通していく。

　そのついでに溜まった書類の数枚にも適当に印を押す、というのが統括局長官タボタ・サレクアンドレのお仕事状況であった。

「わん」

　ハンコ自体に変な仕掛けはないよー、と教えてくれる二郎の鳴き声に、木乃香はにんまりと笑って〝長官印〟を手に取った。そして執務机の上にどんとそれを置く。

「あっ！」

　まさかそれは、と誰もが目をむく中で、彼女は黙々と机の上の紙の山を漁り。

　件の遠征に関する書類を見つけると、それを机の上に丁寧に広げて。

「えいっ」

　長官の認可があれば――――長官印さえ押せば通せるその書類に、木乃香はためらいもなくぽんとハンコを押した。

　落ち込んでもう立ち上がれないのでは、と心配していたのに、その直後に予想のはるかナナメ上をぶっちぎっていった。

　そんな後輩の行動を見て、ぱかっと口を開けたまま固まっていたのはほんのわずかの間。

ジェイル・ルーカは現在、長官用の執務机に座って書類に長官の署名を書いていた。

そして木乃香は、その横でサインの終わった書類にぽんぽんと景気よく長官印を押している。

「最初はビクビクしてたけど、このスリルがなんかクセになりそうだ」

「もうお前が長官でいいんじゃないか？」

「おいおい、自分の名前は書くなよー」

処理済みの書類を運んでいた同僚らが突っ込み、周囲がくすりと笑う。

こそこそと小声での会話になるのは、さすがにばれたらやばい事をしている自覚があるからだ。

実は、サインの偽造だけはかなり前から横行していた。

統括局だけでなく、他の問題のある上司を持つ他部署もだ。

どれだけ筆跡を似せても、魔法などで調べれば本人のサインでないことなど簡単にばれる。

が、普段から書類の筆跡を調べられるのはせいぜい国王くらいで、よほどのことがない限り、長官以下のそれはほとんど確認もされない。

数が多すぎるし、何より偽造は珍しくも何ともないので、黙認されているのだ。

それに、本当に重要な案件は、サインだけで通すことができない。

長官のハンコが必要なのである。

逆に言えば、長官印さえ押してあれば、それが重要案件であっても誰も不審に思わず、すんなり書類が通せてしまう。

ハンコがしまわれた〝金庫〟を守るための防御魔法は、自動でころころと、しかも不定期に変わる。

その内容はどれも複雑怪奇。すべての魔法を解除しても開かないし、もちろん力ずくでどうにかなる代物でもない。下手をすれば罠が発動して怪我を負いかねない。

木乃香はそれらを〝二郎〟の〝魔法探知〟能力で調べ、〝四郎〟の〝凍結〟能力で必要な魔法のみを一時無効化して鍵を開けてみせたのだった。

〝凍結〟を解除すれば元通りになり、金庫が破られたことなど分からない。

念のためと魔法や物理攻撃を防ぐ〝五郎〟を待機させてはいたが、幸いなことに五郎の出番はまったくなかった。

これはさすがに不味いのでは、と顔色を悪くした者は、いちおう居るには居た。

しかし木乃香はにっこりと、非常にいい笑顔で答えた。

「ばれなきゃいいんでしょう?」

――――と。

「どうせ中身だって見てないんだから、重要案件のひとつやふたつやみっつやよっつ、勝手に通したって気付かないでしょうあのメタボ」

彼女はふんと鼻で笑う。

そして白いマントをばさりと後ろに翻し、ぺったんぺったんと豪快にハンコを押していく。

たぶん、いろいろと吹っ切れたのだろう。いや、振り切れたというべきか。

根が善良で真面目なくせに行動が大胆で思い切りがいいのは、たぶんおそらく絶対にマゼンタの魔法研究所所長を務める彼女の保護者の影響に違いない。

血のつながりがないはずなのに、こんなところだけ〝お父さん〟に似るのはホント止めて欲しい。

ジェイル・ルーカが頭を抱えていたのも、ほんの一瞬だけだ。

彼女を見ていて、彼もすぐに吹っ切れた。

あのいけ好かないメタボ……ではなく、タボタ・サレクアンドレを出し抜けるのだ。こんな面白いこと、絶対に止めたくない。

もともと、金庫破りは実際に見なければ信じてもらえないような突飛なことである。

言いふらしたいのは山々だが、言ったところでたぶん誰も信じてくれないだろう。


〝流れ者〟を入れることで、この閉塞し淀んだ職場が少しでも変わらないかと、ひそかに願ってはいた。

あの長官は変わらないし、職場環境も変わらない。

しかし。

横からどかんと大きな風穴を開けられたような、そしてそこからびゅっと吹き込んだ風に横面をはたかれたような。そんな衝撃と爽快感は、間違いなくミアゼ・オーカがもたらしたものだ。

ジェイル・ルーカは万感の思いをこめて――ははは っ、と笑った。

ほんとうに、本当に正直、ここまでとは思わなかった。

フローライド王国、王都フロル、とある広場。

毎日のように多くの屋台や露店がひしめき合う場所。

そこの、カナッツという名前の揚げ菓子を売る屋台の陰で。

白っぽい灰色の外套を羽織った魔法使い、つまり木乃香がしゃがみこんでいた。

「これと同じのが、前にもあったの？」

「わん」

彼女の傍らでは、彼女の使役魔獣〝二郎〟が「そうだよー」と肯定するようにぴこぴこと尻尾を振っている。

こういう薄暗がりでうずくまっている人といえば、大抵は体調が悪い人か怪しい人物かのどちらかである。

そしてその人が〝魔法使い〟のマントを纏っているとなれば、怪しい……というか危険人物でほぼ間違いない。

少なくとも王都フロルの人々は警戒して誰も近づかない。

できることなら関わりたくないので、見て見ぬふりをするか、近くに警備兵がいればいちおう通報に走るくらいが一般的な対応だ。

しかし、彼女たちを心配そうに見つめる人々は、そこまでの警戒心や拒否反応は持っていないようだった。

魔法使いの連れている使役魔獣といえば、でかくて怖くて暴れん坊、現れるとロクなことがない、とだいたい相場が決まっている。

そんな〝強い〟使役魔獣が良いとされているからだ。

しかし彼女の使役魔獣たちは小さく可愛く大人しく、見ているだけでなんだかほっこり癒されてしまう。

今だって元気にぴこぴこと尻尾を振るだけで、恐怖どころか緊張感のかけらもないのだ。

たとえ威嚇してきたとしても、この使役魔獣なら恐怖を感じるどころか微笑ましくて仕方ないかもしれない。なんだかそれはそれで見てみたい。

この風変わりな使役魔獣とその主は、今では知る人ぞ知る、ちょっとした有名人なのだ。

すぐそばのカナッツ屋台を切り盛りするジレナとキャロッテの母娘だって、この小さな使役魔獣が自分のところのカナッツを美味しそうに食べる姿とか、揚げているのをそわそわと、しかしお行儀よくお座りして待っている姿とか、それを見るのを楽しみにしていたのだ。

木乃香とその使役魔獣が見つめる先。

石畳から屋台の車輪の端にまで立体的に広がる、明らかに不穏な魔法陣がなければ。

「――――と、いう事らしいんですけど。どうでしょう」

木乃香と使役魔獣たちに害がないと分かってはいても、その先にある魔法陣は別だ。

いくら大丈夫だと言っても、彼らは一定の距離を取り決して近づいてこなかった。

どうでしょう、と振り返った木乃香に、屋台の母娘も周囲の人々も首をひねる。

「いや、どうと言われても……」

その種類や製作者の力量などにもよるが、通常、魔法陣は目に見えない。

誰もが形を見ることが出来るのは、製作途中か魔法陣が発動するほんの一瞬。

その道に長けた者や感覚が鋭い者も見る、あるいは感じることが出来るが、他人のそれが分かるのは魔法使いの中でもほんの一握りである。

だから、これは製作者がわざわざ見えるように作ったのだろう。おそらくは、魔法陣を見た人々が怖がるように。

趣味の悪いことである。

製作者の思惑通り、ふだん全く見る機会のない魔法陣に、母娘はもちろん周囲もおっかなびっくりであった。

ちなみに国王の魔法でころころと色が変わる王都フロルの石畳の色は、本日はコバルトブルー。

火属性の魔法陣であることを示す赤い文様が、嫌味なほどによく映えて見えた。

むう、と木乃香は眉間にしわを寄せる。

使役魔獣を呼び出す召喚陣を扱ったことがある木乃香なので、文様さえ見れば多少のことは分かる。

これは、火を出す仕組みの魔法陣。製作者が近くに居て最後の〝仕上げ〟をしなければ発動しない仕組みになっているようだ。

無理に屋台の車輪を動かしても、発火するらしい。製作者がそう言って脅していったという。大量の油を使うカナッツ屋台のそばに発火装置が置いてあるようなものである。いま発火の心配がないからといって、放っておくことはできない。

が、残念ながら木乃香や彼女の使役魔獣たちに直接魔法陣を消すことができる能力はない。魔法陣の専門家であるシェーナ・メイズに相談したいところだが、残念ながら彼女がいるのはここから遠く離れた辺境マゼンタの研究所である。

外野から、「〝下級魔法使い〟に何が出来るのか」という声が聞こえて来た。

まったくその通りである。魔法陣の中身がわかったところで、対処できなければ現状は変わらない。

と、途方に暮れかけた木乃香だったが。

「にああ」

マントの陰から、白く小さな猫がそろりと姿を現した。

いままでどこにいたのか。いや小さすぎて目に入らなかっただけか。

子猫姿の使役魔獣〝四郎〟は、子犬姿の〝二郎〟と並んで何かを訴えた。

「にあー」

「うーん。しろちゃんが〝凍結〟しても、壊したことにはならないでしょう」

「にゃん」

ねこじゃらしのような尻尾が、ゆらんと優雅に揺れる。

一部の野次馬の皆さんの視線が、赤い魔法陣よりも白い尻尾に釘付けになった。

木乃香も余裕たっぷり自信たっぷりな使役魔獣の尻尾を目で追いながらも、「えっ」と声を上げた。

「えっ。できるの？　そんなことで？」

「にあー」

「わん」

二体の使役魔獣は、それぞれに主（あるじ）にまとわりついている。

ねえねえやってみようよー、と木乃香の足に身体を擦りつけていた白猫が、ひょいっと彼女の肩に飛び乗れば。

黒犬は、ふんふんと鼻先で魔法陣をつついてはその場でくるんと小回りし、彼女を見上げる。

「……じゃあ、やってみますか」

小さく頼もしい彼らの様子（アピール）をほっこり眺めてから、木乃香はよいしょと立ち上がった。

「というわけなので、皆さんちょっと手伝ってもらえますか？」

「……いやあの、だからね。何がどういうわけなのか、さっぱり分からないんだけど」

女主人の言葉に、頷く一同。

何だか自信ありげにしているのは分かるが、使役魔獣が何を言っているかまでは木乃香以外には分からない。

「っていうか、あれ使役魔獣？　使役魔獣ってあんなんだっけ？」

「近づいて大丈夫なのかよ」

「え、あんたアレ知らないの？」

「アレは大丈夫なんだよ」

「そうそう。アレがヒトに悪さするように見えるかい？」

「ああー今日はシロちゃんまでいる！　すりすりってわたしにもしてくれないかなあ……っ」

……見物人は増え続けている。

これ以上騒ぎにならないうちに、なんとかしたほうがいいだろう。

「ええと、おばさん。魔法陣を壊すには屋台をちょっと動かさないといけないので。難しいことではないので、手伝ってもらえますか？　ほんとうにちょっと動かすだけです」

「え、でも……」

動かしたら、発火するんじゃなかったのか。

周囲の不審げな顔つきに気付いているのか、気付かないふりをしているのか。

木乃香はさっさと「じゃあやってみようか、しろちゃん」「にああー」と使役魔獣とやりとりをしていた。

四郎が鳴いたその直後のことだ。

――――きぃん。

澄んだ音が響いたかと思うと、赤く広がっていた魔法陣は、瞬く間に青白い霜に覆われていった。

「えっ。うわっ」

「はい皆さんー、屋台持って下さいね。あ、油とか気を付けてー」

言いながら自分も屋台の端を持つ木乃香。

彼女と、彼女の使役魔獣たちのつぶらな瞳に急かされるようにして、屋台の持ち主である母娘とその周囲の皆さんが魔法陣を避けるようにして屋台を持つ。

「屋台に傷がつかないようにちょっと浮かせて、ここの魔法陣のところを、こっちへより大きく動かします。いちにの」

さん、と皆で声を合わせて屋台を浮かせる。

すると、魔法陣からぴしっと分厚い氷にひびが入ったような音がした。

すぐにかしゃん、と繊細なガラス細工が砕けたような音が続き。

そして屋台を再び石畳に置いたときには、魔法陣はかけらも残さずきれいさっぱり消えていた。

「にゃあ」

ほら出来たでしょ、と言わんばかりに白猫が鳴いた。

召喚主の肩の上で得意気に尻尾を揺らめかせている。

「おー。本当にできた！　凍結粉砕、っていうのかな?」

「いや、なんであんたが驚いてるんだい」

ぱちぱち、と思わず手を叩いた木乃香の隣で、ジレナが呆れた声を出す。

が、その表情はどこかほっとしたものだ。

それはそうだろう。自分の屋台が無傷で、発火の魔法陣から解放されたのだから。

手伝ってくれた隣近所の屋台の主や通りすがりの人々も、何も起きなかったことに安堵しつつ、魔法使いが作った魔法陣を自分たちで壊せたという興奮と充実感に包まれているようだ。

カナッツ屋台の母娘の証言と二郎の魔法探知によれば、屋台に悪質な嫌がらせをしていたのは、王城勤めの〝魔法使い〟である。

以前ジェイル・ルーカから、しつこくキャロッテに言い寄っている魔法使いがいた、と聞いたことがあった。どうやら迷惑魔法陣の犯人も、それと同一人物のようだ。

一時期は彼の素性と所業が市井だけでなく王城の中にまで広まり、彼も街へ出るに出られず大人しくしていたようだ。

が、そのうち、国境付近のごたごただの不景気だので周囲が中級魔法使いひとりをいつまでも気にかけていられるような状況ではなくなり。

噂も一段落して、すっかりその存在も忘れかけていた頃のこの魔法陣だった。

この犯人、看板娘に執着しているというよりは、どうも意地になっているようだ。

「助かったよ。二、三日は材料やらお金やらだけ持ち出してたんだけど、いつまでも屋台をここに放置しておくわけにいかないし。あの魔法使いは毎日やってきて指先に炎をちらつかせてるし。そんなに火が使いたいなら、向かいの串焼き屋台に行けってんだ」

「いやいや、ウチだっていらねえよあんな奴！」

お向かいの串焼き屋の主人で、カナッツ屋台を動かすのを手伝ってくれた大柄な中年おやじがすかさず突っ込みを入れる。

そこへ二郎が「わん」と鳴いた。

木乃香がぷっと吹き出す。

「そうだねえじろちゃん。魔法陣でこんな適当な火力調節しか出来ないんなら、カナッツも串焼きも美味しく作れないわー。火加減ならうちのみっちゃんの方が絶妙だよね」

「わん」

「にあー」

ここに三郎がいたら、小さな黄色い胸を反らして「ぴっぴー！」と元気たっぷりに囀るにちがいない。

嘴から炎を吐く彼女の使役魔獣三号〝三郎〟は、かまどなどの火加減調節も上手だ。

電気やガスに慣れた木乃香が食事を作るのに、どれだけ助けられているか。

もっとも、現在の職場にはいつでも使える食堂があるし、最近は忙しくて自分で作る暇もないのだが。

「火加減を魔法に頼るほど腕は鈍っちゃいないよ」

ふふん、とジレナが大きな胸をはる。

その隣でキャロッテもふふふと笑った。

「――でもねえ。まあこれでいいかね」

「そうねお母さん。最後にジロちゃんたちに会えたし」

「……え。最後、ですか？」

彼女たちは穏やかに笑ったままだ。

少しばかり、寂しげに。

魔法陣による火災の心配がなくなった屋台では、さっそく売り物のカナッツが揚げられ始めた。

屋台が無事だったお祝いにと値引きしているのに加え、今日限りでしばらく休業します、と宣言したので、ひっきりなしに客が訪れている。

遠巻きにされていた先ほどとは大違いだ。

木乃香は、カナッツ屋台の後ろに置かれた休憩用の椅子に座っていた。

手伝おうかと思ったのだが、ほかほかの揚げたてカナッツを使役魔獣ともども渡されて「いいからこれでも食べてゆっくりしていきな」と問答無用で座らされたのだ。

すぐそばで可愛い看板娘がくるくると動いては見事な客さばきを見せているので、接客に慣れていない木乃香などむしろ邪魔にしかならないのだろう。

まあ使役魔獣たちが喜んでいるからいいか、と彼らの食べっぷりにほっこりしていた木乃香は気付かない。

彼女と同じように、周囲の人々も小動物がちまちまと食べる姿をほっこり見つめていることに。

そしてそこに居るだけで、彼女たちを見ようとお客が集まってくることに。

テーブル代わりの木箱の上には、カナッツの包み紙だけではない。

なぜか向かいの屋台の串焼きやらお隣のフレッシュジュースやら、買ってもいない他の店の商品が所狭しと置かれていた。

木乃香たちが来ると、大抵いつもこんな感じだ。

不景気だとぼやいているのにこんなに貰っていいのかな、とちょっと申し訳なくなるほどである。

「この調子だと、準備していた分は全部売れそうだね」

鮮やかな手つきで次々とカナッツを揚げていくジレナが呟く。

その嬉しそうな表情に、木乃香が何かを言おうとすると。

「もう、自分が満足のいく材料を揃えるのが難しくなったんだよ」

だから屋台は続けられない、と彼女は言った。

ここのカナッツには、隣国のオブギ地方産の小麦が使われている。他にも白砂糖やドライフルーツなど、輸入品を使っているメニューは多い。

おばさんが素材にこだわり抜いた結果なのだろう。

しかし、これらの輸入品が現在、非常に手に入りにくい。あっても価格が恐ろしく上がっているのである。以前に聞いてから、短期間でまたさらに上がったようだ。

「隣国(オブギ)の小麦を使ってるってだけで、いちゃもん付けて来るお役人だっているしね。材料費に合わせて値上げするにも限度があるし、ここらへんも随分寂しくなっちまってお客も減った。しばらく屋台はたたもうかと話してたところだったんだ」

その矢先に魔法陣の嫌がらせを受けたので、屋台を解体するか、いっそあの発火の魔法陣で焼却処分するかと覚悟していたらしい。

なんとも思い切りの良いことである。

ただ、彼女たちがそれだけ〝魔法使い〟の横暴な行いに慣れているということでもあり、いちおうその端くれである木乃香は微妙な気持ちになる。

「オーカちゃんのおかげで屋台は無事だったし。せっかくだから、またいろいろと落ち着いたら再開するつもりだよ。――――ほい。熱いから気を付けな」

どさっと何かが落ちてきたと思ったら、揚げたての菓子がごろごろ入った厚手の紙袋だった。

あえて小ぶりのものが交じっているのは、もしかして小ぶりな使役魔獣たち用だろうか。

入っていたのは、表面に粉砂糖をまぶしてあるカナッツである。

「……おばさん。さすがにお金払いますよ？」

輸入物の真っ白な粉砂糖がかけられたそれは、ここの屋台でいちばん値段が高い。

カナッツの生地そのものの味や食感が楽しめ、それを粉砂糖の上品な甘さが邪魔をしない。シンプルだが屋台自慢の一品だった。

木乃香がいちばん好きなカナッツでもある。

――もといた世界のドーナツに、味がいちばん似ているのだ。

「それはあたしらの気持ちだから、遠慮なく食べとくれ。ああ、仕事仲間の分も頼まれてるって言ってたろ？　そっちの代金は頂くよ」

「……ありがとう」

遠慮したところで、この気前が良くて押しも強い屋台のおばさんが簡単に引き下がるはずがない。

木乃香は素直に受け取ることにした。

どうせしばらく食べられないのだ。味わって食べよう。

「にゃあ」

中身を確認してから再び紙袋を閉じようとした彼女の右腕に、するんと白い尻尾が絡む。

四郎が、鮮やかな青い目でこちらをじいっと見上げていた。

反対を向けば、房飾りのような尻尾をぴこぴこと振りたくる二郎。こちらはお行儀よく前足を揃え、曇りのない黒い目でこちらを見上げてくる。

「……うーん。あと一個だけだよ？」

二体のおねだりに負けて、木乃香が紙袋から小さめの揚げ菓子を取り出そうとしたときだった。

「あっ、あああああー!?」

屋台に発火の魔法陣を張り付けていった張本人が、姿を現したのは。

素っ頓狂な叫び声に、木乃香はひっそりと眉をひそめた。

視線の先には、白と黒を半分ずつ混ぜ合わせたような灰色マントの魔法使い。中央官であることを示す銀色の留め具(フィブラ)が、その胸にきらきらと輝いていた。

マントに隠れて体型がはっきりしないものの、その身長や声で成人した男性なんだろうなということは分かる。

が。その口調は、小さな子供がお気に入りのおもちゃを壊されたような、そんなものだった。

二郎が「わん」と吠えるまでもなく、屋台の母娘や周囲の人々の警戒具合でコイツが犯人だというのは明らかだった。

「なっなんで………っ」

「おや。いらっしゃいませ旦那。今日は何か買って行かれますか？」

にぃっこり。

営業用の完璧な笑顔で、女主人はそう彼を出迎えた。

さすがの迫力である。魔法力がないにもかかわらず、魔法使い相手に可愛い娘を守ってきただけのことはある。

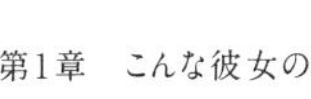

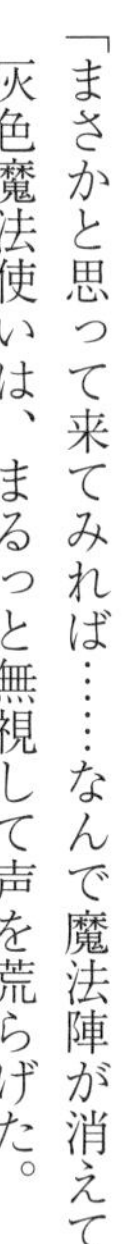

「まさかと思って来てみれば……なんで魔法陣が消えているんだ！」

灰色魔法使いは、まるっと無視して声を荒らげた。

そういえば、魔法陣が発動するか壊されるかして消えたら製作者に伝わるようにしてあったなあ、と木乃香は件の陣を思い出す。タイミング良くやって来たはずである。

「ええ。おかげさまで」

燃えてないでしょう？　と笑う女主人。

とんとんと作業台の隅を叩いて言う。

「皆でここの角を持って、ちょーっと動かしただけなんですけどねえ。ええと、とーけつ？　なんちゃらで」

屋台のおばさんの笑顔は、「にっこり」から「にんまり」に変わっていた。

馬鹿な、と呻いた魔法使いの男の目は、屋台の陰に座る、揚げ菓子の紙袋を抱えた魔法使いの姿をすぐにとらえる。

「お……っおい、おまえ」

上下関係が厳しい〝魔法使い〟社会である。

敬意を払うべき相手かどうかはとりあえず置いておいて、木乃香は大人しく顔を上げた。

「はい？　わたしですか？」

彼女が首をかしげれば、小さな使役魔獣たちも首をかしげる。

そんなお揃いの仕草に、周囲ではいっしゅん場違いにほんわかした空気が流れた。

灰色マントの魔法使いは、苦虫を噛み潰したような顔をする。

周辺にいる魔法使いは彼女だけだ。しかしこんな小さな使役魔獣しか出せないような下級魔法使いに、自分の自慢の魔法陣が壊せるだろうか。いや、あり得ない。

葛藤しながら、彼は噛んだ苦虫をさらに水なしで無理やり飲み込んだような、くぐもった声を出した。

「お、おまえは何者だ」

「はい。統括局所属のミアゼ・オーカといいます」

「統括局か」

ちっ、と舌打ちされる。

それに木乃香はにっこりと笑顔を返した。

こちらは完全な社交辞令用。笑っているのにぜんぜん笑っていない顔だった。

「あなたは軍務局所属のルーパード・ヘイリオさんですね。魔法使いの階級は……ええと、七？」

「六だ！　失礼な！」

よく見ろ！　とばかりに魔法使いは自身の身に着けた外套をばさっと大げさな動作で翻してみせた。

〝魔法使い〟として認定されるとその証として支給される外套は、階級の数字がどこかに書かれているわけではないが、階級によって色の濃淡は違う。色が濃いほど、階級は上である。

たとえば階級六のルーパードと、階級十一の木乃香では、そのマントの色の違いは一目瞭然だ。

が、ひとつ階級が違うくらいなら、並べて見てやっと「違う」と分かる程度の差である。少なくとも木乃香は見分けられない。

「六も七も大して変わらないだろ」とおばさんが呆れていたが、まったくその通りだと思う。

王都に生息している〝魔法使い〟は、とにかくこの階級を気にする。

〝中級〟と呼ばれる階級四から八あたりの〝魔法使い〟はとくにそうで、相手の階級がひとつ上か下かというだけで非常に神経質になるようだ。

なので、余計な刺激を与えないように木乃香は素直に頭を下げた。

「そうでしたか。失礼しましたルーパード・ヘイリオさん」

「……わかればいい」

新しい苦虫を追加で噛み潰したような顔で、ルーパードは頷く。

丁寧に、謝罪はされた。

〝格下〟で、しかもほとんど面識のない相手が自分の名前を省略せずに呼ぶのも、礼儀として当たり前のことだ。それはいい。

しかし彼女がその都度、面倒くさがらずにフルネームで呼ぶ度に、追いつめられているような気分になるのはどうしてだろう。

名前を呼ばれただけなのに、だ。

「それでですね。ルーパード・ヘイリオさん」

「な、なんだ」

ちょっと確認したいんですが、と彼女は前置いて、困ったように眉尻を下げてみせた。

「ルーパード・ヘイリオさん、いまの情勢をご存じです？」

「……………は？」

「サヴィア王国が、ここ、フローライドに、攻めてきたでしょう」

「聞かれるまでもない。それがどうしたというんだ」

子供に言い聞かせるようなゆっくりとした話し方に、中央官である男はむっと顔をしかめる。

誰もが知っている話だ。さすがに中央官、それも軍務局所属であるルーパード・ヘイリオが知らないはずはないだろう。

サヴィア王国がこちらの関所を越え砦まで落としたのは、電光石火の早業だったという。

物理的にも雷や炎がどかんどかんと降り注いでいたらしいので、あちら側にも優れた魔法使いがいるようだ。

魔法に関して大きな自信を持っていたフローライドが、魔法でサヴィアに敵わなかった。

襲撃は不意打ちに近い形で、当時国境付近に上級魔法使いが居なかったとはいえ、これはフローライドにとっては大きな衝撃だった。

と、木乃香はジェイルら先輩方から話を聞いた。

「とはいえ、あちらの国王が急死してから、いまは小康状態だ。それぐらい常識だろう」

「うーん、まあ、そうなんですけど」

そう。彼の言う通り。

サヴィア側の猛攻に、王都に迫るのも時間の問題では、と人々が恐れおののいていたとき。

戦を指示していたサヴィア国王が、亡くなった。

同時期にフローライドへの侵攻もぴたりと止まったのは事実だ。

それほどの混乱もなく新国王が即位してからも、進軍してくる様子がない。

………が。しかし撤退する気配もない。

これを機に占領された土地を取り返そうとするも、まったく歯が立たない。

交渉する気もないようで、何らかの使者も書状も寄越してこない。

このないない尽くしがあまりに不気味で、フローライド側は戦々恐々としているのだ。

これが現在の国境付近のごたごたである。

そして、そんな状況下で。

「ルーパード・ヘイリオさん。あなたの作った魔法陣、いろいろと危ないんです」

「ふん。自分の魔法陣の威力など、自分がいちばん知っている」

素晴らしいだろうわたしの魔法陣は、とでも言いたげに胸を張る中級魔法使い。

遠い国境付近の出来事と結びつかないのか、ぴんと来ていないのだろう。

木乃香は内心でがっくり肩を落としつつ、懇切丁寧に説明することにした。

「威力とかの問題じゃないんです。ああ、いえ。それはそれで問題あるんですけど。ええと、自分が何をしたのかお分かりですか？」

「何だ。下位の……下級魔法使い風情がわたしのやる事に口を出すというのか」

「……はあ。いえ」

ついついため息が先に出る。なんだか最近、似たようなことを上司からも言われたなあ、と。

もう放っておこうかな、と思わないでもないのだが、それで自分はともかくカナッツ屋台に八つ当たりでもされたら困るので、彼女は根気よく続けた。

「サヴィア王国が何か仕掛けてくるんじゃないかとぴりぴりしている状態で、王都フロルの広場から火の手が上がった、となれば、サヴィア王国の仕業かって疑う者がいると思いませんか？」

「――――は？」

「国王陛下のお膝元ですよ。目と鼻の先ですよ。そこで魔法を使った大規模火災ですよ。それってもう宣戦布告ですよね」

「はっ？　えっ？」

発火の魔法陣を敷いた張本人は、最初は不愉快げに眉をひそめただけだった。

しかし話の内容が理解できたのだろうか。見る見るうちに顔から血の気が引いて行く。

「本当に火を出すつもりがあったのかどうかは知りませんが。でも脅し目的か何かで、何度か魔法力を注いで発火寸前まで魔法陣を動かしたでしょう」

これは屋台の母娘に確認済みだ。

平面ではない場所に設置できる立体魔法陣を本人は得意に思っていたようだが、凹凸のある場所に張り付けるだけでも不安定なのに、何度も中途半端に魔法力を注げば。

「魔法陣が、緩んでいました。近いうちに勝手に発火してましたよ。大惨事になります」

「い、いや。だ、大事にはならない……」

「魔法陣の威力自体は、たぶん屋台ひとつ丸焼けにするくらいですが――」

じゅうぶん一大事である。とくに、屋台の持ち主にとっては。

屋台のおばさんと娘さんが、しどろもどろになっているルーパード・ヘイリオをぎろりと睨みつけた。

「ここは揚げたてのカナッツを提供してくれる屋台で、揚げるための油がたくさん置いてあります。火の勢いが増すのは確実なので、実際に燃えたら屋台ひとつで済むかどうか。そのときの風の具合によっては、広場は火の海ですよ？　ここに並んでいる屋台は、ほとんどが木製なんですから」

木乃香は嫌みなほど丁寧に説明してあげた。

まあ、火の海というのはちょっと大げさかもしれないが。

しかしその可能性がないわけではないのだし、それでここに居る人々が怪我をした可能性だってじゅうぶんあるのだ。

他の屋台の店主たちや買い物客もこれには驚き、そして好奇心や野次馬気分が目立っていた視線は、非常に冷ややかなものになっていく。

「人の集まる場所でそんな事件が起これば目立つし、みんな動揺して混乱しますよね。サヴィアにとっては好都合です」

「わっ、わたしは、フローライドの中央官だぞ！」

「官吏の中にあちら側と密かに連絡を取っている者がいるんじゃないかって、噂になっているのを知りませんでしたか？」

「ふえぇっ……？」

知らないいんだろうな、と相手の変な声を聞きながら思う。

軍務局所属、ルーパード・ヘイリオ。

軍事演習中に怪我をして、療養中ということになっている武官である。

ずいぶんと元気そうだが、おそらくまだ仕事に復帰していないのだろう。

そうでなければ、職場からかなり離れたこの広場に、今日だってこんなに早く顔を出せるはずがない。

木乃香だって数少ない休みを利用してたまに来れるくらいだというのに。

職場に居ないから、裏切り者が身内にいるんじゃないかというピリピリした雰囲気や、これを機会に気に入らない奴らを蹴落とそうとギラギラしている上層部の目つきなど。

――たぶん、知らないのだろう。

「ま、魔法陣のひとつやふたつで、なぜ疑われなければならないんだ！　誰でもやっていることだろうが！」

開き直ってしまった。

言われた相手が下級魔法使い、というのも素直に受け止められない理由なのかもしれない。

まあ、人の話をちゃんと聞く姿勢とか、周囲の冷ややかな視線に怖じ気づく繊細さだとかがあれば、そもそも他人様に迷惑をかけるような行動を平気でおこしたりしないだろう。

彼が反論するのは想定の範囲内なので、木乃香は静かな口調で言った。

「……じゃあこれも知らないんでしょうけど。あなたと同じようなことをやっていた人たちは、今頃ほとんどが自宅で謹慎中か牢の中だと思いますよ」

「うへっ？」

「〝誰でもやっていること〟をやっていただけ、なんですけどねえ」

「…………」

別に木乃香も、おそらく周囲の人々も、彼がサヴィア王国の手先だと本気で疑っているわけではない。

本当に王都を混乱させたいのであれば、それこそ広場を火の海にするほど魔法陣の威力を上げるか、数を増やすかするだろう。

主張する通り、彼はいつものイタズラを仕掛けたに過ぎない。

仮に内通者がほんとうにいるのだとしても、彼はない。

いくらサヴィアだって、こんな悪目立ちしたがる頭の軽そうな男を選んだりしないと思うのだ。

それでも信じられない、という顔つきをしていたルーパード・ヘイリオは、しかし王都の治安維持にあたっている警備兵が真っ直ぐこちらにやって来るのを見て、真っ青になった。

どうやら、野次馬の誰かが連絡してくれたらしい。

あちこちで傍若無人に振る舞う困った魔法使いたちは、ほとんどがその背後に権力者の親戚だの後見人だのがついていて、一介の警備兵では捕まえられない場合が多い。

ルーパード・ヘイリオもそのひとりだったようだ。

しかし、いつサヴィア王国が攻めて来るか分からない現在。状況が変わった。

中央の王国軍を取りまとめる軍務局の長官が代わり、その新長官を筆頭にして「王都の治安を脅かす行為は、背後にサヴィア王国の関与の疑いあり」として取り締まりを強めたのだ。

サヴィア王国の名前は、影響力が抜群だった。

問題行動を起こす者たちに対して、自分が疑われては堪らないので親戚や後見人たちもあからさまに庇おうとしなくなったし、やる気のなかった警備兵たちも職務に励むようになった。

そういえば、以前のルーパード・ヘイリオには取り巻き、もしくは後始末係のような側近が数名付いてきていたらしいが、いまは彼ひとりだ。

置いて来るくらい慌てて広場に駆けつけたのか……あるいは見限られたのか。

「ち……っ違う！　わたしは違う！」

「はいはい。お話は軍務局で伺いますから」

「わ、わたしは軍務局の……っ」

「軍務？　ぜんぜん見ない顔ですけどね」

背後にどんな大物がいたのかは知らないが、ルーパード・ヘイリオ自身は軍務局のヒラ武官に過ぎない。そして木乃香の前で威張ってはいてもしょせん〝中級魔法使い〟。

加えて前科持ち。多数の証言アリ。自分がやったと公言もしている。

ついでに言えば、ズル休みしていたこともばれるだろう。

警備兵たちに、彼への遠慮はなかった。

「やれやれ。今頃になって、やっと仕事し始めたねえ」

「ほんとになあ」

「やっとかよ」

余計な手間をかけさせやがって、という態度があからさまな警備兵たちを見送りながら、屋台のおばさんがため息を吐く。

彼女のぼやきに、他の人々も同意の声を上げた。

サヴィアの侵攻に加えて、これまで放っておいた一部の横暴な魔法使いたちへの対応を同時に迫られた形の軍務局は、現在てんてこ舞いである。

ルーパードを連行する兵士たちの顔にも疲れが見えた。

とはいえ、ここまで放っておいたのは彼ら自身。

見て見ぬふりどころか、一緒になって一般人に迷惑をかける兵士までいたというのだから同情の余地はない。

街を守ってくれているはずの警備兵に街の人々が厳しい目を向けるのも、仕方のないことだろう。

「まあまあニアナ奥様、おひさしぶりですねえ！」

その人を見て、カナッツ屋台の女主人ジレナは嬉し気な声を上げた。

消炭色の衣の上に落ち着いた葡萄色の大きめのガウンをゆったりと羽織る、優し気な雰囲気の小柄な女性。その女性が、彼女の呼びかけににこりと微笑む。

彼女は、大手物流商会の奥方だ。お得意様でもある。

「ええ、ちょっと忙しくしていたものだから。……ジレナ、とうとう屋台をやめてしまうのね？」

「残念ながら、そうなんですよ。でも」

親し気に名前を呼ばれた屋台の主は、それでもにかっと笑う。

残念と口にしながらも、その笑顔は彼女らしい、たいそう勝気なものだった。

「この通り屋台は無事ですからね。落ち着いたら、また再開しますよ」

「え、〝無事〟とは……？」

「そうなんですニアナさん！」

不思議そうに首をかしげた女性の前に、屋台の看板娘キャロッテが身を乗り出した。

「ちょっと嫌なヤツに逆恨みというか付きまとわれて、屋台もダメになるところだったんです。でも、オーカさんとお供のジロちゃんたちが助けてくれたんですよ！」

「オーカさん、お供……？」

そういえば、さっき白っぽい外套を羽織った〝魔法使い〟の女性が屋台から離れるのを見た。

もしかして……、と女性が去っていった方向を指させば、彼女らは「そう！」と大きく頷いた。

「奥様は知りませんか？　最近、よく買いに来てくれてた王城勤めの魔法使いなんですけどね。こ

の辺りじゃちょっと有名なんです」

下級魔法使いが有名とは、なかなか珍しいことである。

しかも悪い意味での〝有名〟ではなさそうだ。魔法大国フローライドの王都といえども、市井でここまで気安く名前を呼ばれる魔法使いも多くはない。

「王城勤め……」

ニアナと呼ばれた女性は、顎に二本の指をとんと添えて思案する。

オーカさん、という魔法使いは、おそらく階級は十か十一。

白に近い灰色のマントを身に着けた階級の魔法使いたちの王城勤めは、まだまだ少ないが、最近増えてきたところだ。

増えた理由は簡単。人手不足である。

完全魔法実力社会のフローライド王国だが、現在、中央は〝魔法使い〟の階級にこだわっていられないくらいに人材が不足している。

あまり快適とは言えない労働環境の上、国王の選り好みが激しすぎるのだ。

そんなわけで、国王の目が届かない――というか興味がない――地方に始まり、中央でも目立たない末端のほうから少しずつ、下位の〝魔法使い〟の採用が進んでいる。

魔法使いとしての能力は低くても、官吏としての能力が高い者はいる。

逆に、魔法使いとしての能力が高いからといって誰もが優秀な官吏になれるわけでもない。

考えてみれば当たり前のことが、ようやく国の上層部にも浸透し始めてきたところだ。

と、まあそんなわけで。

王城勤めの下級魔法使いは、多くはないが珍しいわけでもない。

城の外であれば、下級魔法使いを目にする機会はもっとあるだろう。

にもかかわらず、彼女が〝有名〟だという理由は。

「オーカさんの使役魔獣、めちゃくちゃ可愛いんです！」

これであった。

ミアゼ・オーカという魔法使いの顔が分からなくても、彼女の使役魔獣は知っている。そんな者が居るくらいに彼女の使役魔獣は有名だ。

全部で五体いるらしいソレは、どれもがやたら小さくてやたら可愛い。

しかも人懐こくてお行儀もよく、無差別に威嚇も攻撃もして来なければ、近寄っても、その上さらに体を触ってしまっても、大人しくしている。

むしろ撫でられると嬉しそうな素振りさえ見せるのだ。

見た目も中身も人畜無害。製造工程が一緒とはいえ、他の魔法使いたちの〝使役魔獣〟とは真逆の存在を同じくくりにしていいのかどうか、首を傾げるところではある。

単なる動くヌイグルミというわけでもなさそうだが、魔法にそこまで詳しくない人々にはよく分からない。

先程の魔法陣騒ぎを屋台の母娘から聞かされた奥方は、「ほう」とため息をついた。

それは、無事だった屋台はそれとして件の使役魔獣がとにかく可愛くて可愛くて、と語る人々の

熱気にあてられたわけではなく。自身も話の中の使役魔獣たちの可愛さにやられたわけでもなく。

「……そう。ルーパード・ヘイリオが」

以前から市井の皆様にご迷惑をかけていたという魔法使いの名前を、彼女は呟いた。

その声がいつもより少しばかり低く、剣呑なものだったことに周囲が気付く前に、いつものおっとりとした口調で続ける。

「わたしは何の力にもなれなくて……申し訳ないわ」

「えっ、いえいえそんな！　奥様が謝ることじゃないですよ！　こんなのはこの辺りじゃ日常茶飯事で、慣れっこですから」

「なれっこ……」

「屋台もわたしらも無事！　だからもういいんですよ！」

「……」

女主人は慌てて手を振るが、女性はしゅんと眉尻を下げたままだ。

この奥様、普段は落ち着いていて優雅で、いかにも大店の女主人という感じなのだが、ときどき少女のようなあどけない、無防備な表情をする。

そのギャップに、おそらく彼女の旦那はやられたに違いない。

ここの夫婦、こちらが胸やけするほど仲が良いのだ。

「奥様のその気持ちだけでじゅうぶんですよ！　ほら、ウチの自慢のカナッツ、食べていってくださいな！」

「ええ……」

「持ち帰り用に包みましょうか？」

「……香草入りのと白砂糖のものを、お願い」

ちらりと笑顔が戻った奥方に、ジレナもほっとした笑みを浮かべる。

はいはい喜んでー、と元気よく返事をして屋台に戻っていく女主人を眺めて、奥方はぽつりとつぶやいた。

「やっぱり、前線送りよね？　いまの軍務の長なら話が通じるから、言うだけ言ってみようかしら。人手が足りないのはどこも同じだもの」

葡萄色の上品な外套の下に重ねた、消炭色の衣。黒に近い灰色のそれは階級三、上級魔法使いの外套の色である。

大店の奥方にして学術局長官ティタニアナ・アガッティは、ほう、と冷たいため息を吐き出した。

「貴様など前線送りにしてやったわ！　きりきり働いてフローライドの役に立ってみるのだな！　ふははははっ」
高笑いのおまけ付きで上司の口から放たれた騒音に、木乃香は無言で首を傾げた。
この人は、これまた突然何を言っているのかと。

統括局長官タボタ・サレクアンドレがばばーんと掲げているのは、出張命令書である。

場所は、シルベル領リュベク。出張するのはミアゼ・オーカ。つまり、木乃香ひとりだ。

そこへ行って働いてこい、ということらしい。

にやにやと笑いながら突き出された命令書に、ぽかんとしている本人よりも周囲の同僚たちが驚いていた。

木乃香の背後に居たジェイル・ルーカが、うわ言のように呟く。

「リュベク……よりによってなんでリュベク」

シルベル領というのは、辺境と呼ばれるマゼンタ領の東隣。

旧アスネ、つまり現サヴィア王国と接している国境の領地だった。

リュベクはその中でも国境近くの小さな町だ。

本来であれば国境までに大小いくつかの集落と砦の町レイヴァンがあったが、すでにサヴィアに落とされてしまっている。

現在リュベクの先は、もうサヴィア王国の支配下なのだ。

なんとなくの休戦状態とはいえ、なるほど最前線である。

「………はあ」

当然ながら、木乃香はそこへ行ったことがない。

いまいちピンと来ないので、少しばかり首をかしげつついつも通りの曖昧な返事をした。

反応が薄いことがお気に召さなかったのか、他に嫌なことでもあったのか。長官はいっそう眉間にしわを寄せる。

「きさま、余程わたしの下にいるのが嫌だったようだな」

「……はあ。あ、いえ」

「よりによって学術局の長に媚を売っていたようではないか！」

「……はい？」

「今朝、学術局の長官に出くわしたのだ！」

ああなるほど、と木乃香は少し納得した。

朝っぱらから天敵に遭遇するとは、なるほど機嫌が悪いわけである。

しかしその天敵・学術局長官に木乃香が媚を売っていたとは、どういうことだろう。

かの長官はとても仕事熱心で、用があるとき以外は学術局の長官執務室に籠ってほとんど姿を見せないと言われている。同じ長官職でも、執務室に居ることのほうが珍しいどこかの長官さまとは大違いだ。

噂だけなら、主に目の前の上司からよく聞いている。

といっても内容はほとんどが根も葉もない、ただの悪口か妬み（ねた）か僻み（ひが）だ。

口と素行は悪いが魔法力と権力はピカ一というタボタ・サレクアンドレにここまで敵認定され、しかも張り合っているくらいだ。きっとたぶんすごい人なのだろう。

――木乃香の学術局長官の認識といえば、この程度だ。

あとは、面倒くさい人に睨まれて気の毒だなあ、とこっそり同情しているくらいで。

同じ長官職なら、学術局長官の好感度は間違いなくタボタ・サレクアンドレより上だが。

要するに、木乃香はその実物に会った事がない。顔すらも知らなかった。

ジェイルたち同僚にちらりと視線を送るが、みんな首をすくめるか傾げるかするだけだ。

そんな部下たちの困惑をよそに、その上司はいっそう大きな声で怒鳴った。

「あの者、わたしに何と言ったと思う!?」

怒りのあまり真っ赤にした顔でふらりと右足を持ち上げたかと思えば、どすんと音を立てて踏み下ろす。

血圧の上がり過ぎでふらついたのかな、と少し心配になったその直後。

床と靴との接点から、白く光る魔法陣がぶわりと広がった。

「わたしの、この、最高傑作を木偶の坊と抜かしたのだ！」

多角形の中に緻密な文様が描かれた召喚魔法のための陣。

そこからぬるりと湧いて出たのは、長官ご自慢の使役魔獣だった。

人型の使役魔獣、全身鎧のその名も〝ヨロイ〟は、大仰に勇まし気に、やたらと大きな剣を胸の前で掲げて見せる。

がっしょんという、少し間の抜けたような、ちょっと寂しげな音とともに。

「体がでかいだけの、その辺のハリボテと一緒にされてたまるか！　この〝ヨロイ〟は御前に召喚するのも許された使役魔獣だぞ！」

長官が自慢するのも、分からないわけではない。

大きくて強いのが、優れた使役魔獣と世間では言われている。

が、王城に持ち込むとなると、それだけでは足りない。

頻繁にお城を壊されてはたまらない。危険な魔法が規制されているのと同様に、むやみやたらに暴れたり周囲に迷惑をかけたりしない——木乃香の言葉で言うなら、ちゃんと躾(しつけ)がされた——使役魔獣でなければ許可が下りないのだ。

体の大きさと力の強さ、見た目の怖さ。そして王城への出入りを許される程に制御された〝ヨロイ〟は、世間的にとくべつ優秀な使役魔獣と言えるだろう。

主に似ず良い使役魔獣だと、木乃香も思う。

召喚主の命令をちゃんと聞く従順さと、その主からの命令が無ければ周囲に迷惑をかけない賢さ、ついでに木乃香の使役魔獣たちと（こっそり）仲良くしてくれる機転と思いやりまでヨロイさんは持っているのだ。

ちなみに、木乃香の使役魔獣たちだって、許可を得てこの城内に居るわけだが。

全員が全員、彼女が説明するまでもなくひと目見られただけで許可が出た。

理由は、どう頑張っても周囲に害を与えられそうにない見た目であったこと。

許可を出す役人に「こんなモノを持ち込んでどうするんだ」と聞かれたとき、「仕事中の癒しなんです！」と彼女が断言したことに理解と同情が得られたこと。

それから、役人側が「こんなちまっとしてぽやっとした使役魔獣たちにびびって許可を出さなか

った、と周囲に思われたらイヤだ」と体裁を気にした、というのもあったようだった。

……まあ、それはともかく。

ばしばしと自分の使役魔獣の小手を叩きながら、タボタ・サレクアンドレはさらに続ける。

「多少の魔法攻撃などではびくともしない頑強な体に、その一振りで岩をも砕く大剣とそれを振るうに適した剛腕、しかしながらもこの重量に見合わぬ俊敏さ！　何より泣く子も黙る威風堂々たる姿！　これほどの使役魔獣は、魔法大国フローライド中を探してもなかなか見つかるまいというのに！」

「…………」

フローライドで良い使役魔獣と評価されるその全てを、ヨロイは持っている。それは間違いない。

同じ召喚魔法を使う魔法使い相手であれば、なるほど自慢したくもなるだろう。

しかし。

「わたしの使役魔獣の良さも分からんとは！　どれだけ節穴なんだあの女！」

ここ、統括局という文官しかいない部署において。

長官が力を見せつけるためだけに召喚される彼は、羽根ペン一本、書類一枚持ったことがない。

その強い力も、ごつくて頑丈な鎧も、重く大きな剣も、そして威圧的な見た目も、まったく役に立つことはなかった。

そう。まことに残念ながら、役に立たないのだ。

大人しく、しかし勇ましく背後に控えていながらも、実はヨロイさんが自らの存在理由について

密かに悩んでいるのを、木乃香は自分の使役魔獣経由で知っていた。

使役魔獣の心、召喚主知らず。

タボタ・サレクアンドレは吐き捨てるように言った。

「きさまの使役魔獣なんぞが！　いいとあれは言うのだ！」

「……………」

木乃香は、何か言いたいけど言いたくない、といった微妙な顔つきをした。

そりゃそうだろうな、と他の誰かがひっそり呟く。

呟きが聞こえたのか微妙な空気を読み取ったのか、騎士姿の使役魔獣の肩がしゅんと下がったかのように見えた。

「羨ましいとさえ口にしたのだぞ。あれが、私に対して！　こんな使役魔獣を持つ部下を持っているわたしが羨ましいと！　おのれわたしをこうまで愚弄するとは……っ」

「……はあ」

「あげく、きさまのような下級魔法使いを学術局に譲ってほしいとまで言い出す始末だ！　下級魔法使いなんぞを部下に持たねばならんわたしへの当てつけか！　信じられん！　そうまでしてわたしを貶めるかっ」

「……………」

いやどうしてそうなる、とまた誰かがこっそり突っ込んだ。

もともとあまり人の話を聞かない長官さまには、これも聞こえなかったようだ。

……統括局長官タボタ・サレクアンドレには、困ったクセがある。

自分の気に入らない、あるいは敵視しているような者だった場合、その相手の言葉はとことん悪い方へひねくれた解釈をする。そして一方的に悪感情を増大させてしまうのだ。

敵に塩を送られても、それを毒でも入っているんじゃないかと疑い決めつけ、「なんと卑劣な！」と声高に叫んで当たり前のように突っ返す。

逆にどんなに見え透いた、下心満載のお世辞でも、それが味方だと判断した者の言葉であれば素直に受け止めて、上機嫌になったりもする。

一部では非常に扱いにくいが、一部では非常に扱いやすいのがタボタ・サレクアンドレであった。

どういう理由かはわからないが、もしかしたら学術局の長官はほんとうに木乃香を褒めてくれたのかもしれない。

が、聞かされたのは天敵の学術局長官から。

褒めた対象が〝下級〟魔法使い。

自分が取るに足らない、むしろ役立たずと決めつけていた部下だったものだから、タボタ・サレクアンドレはいたく自尊心を傷つけられ、全部が全部嫌味だと受け取ったようだった。

もし彼の言う通り、これらが彼を嫌な気分にさせたいが為だけの言葉だったとしたら、あちらの長官もこちらの長官に負けず劣らず相当ねちっこい、いや徹底した性格の持ち主ということになる。

……なんて迷惑な。

仲良くしろとは言わないが、他人を巻き込んでまでケンカしないで頂きたい。

「そこでだ！」

木乃香と周囲の同僚たちがちょっと遠い目になったところで、長官さまはひと際大きな声を上げた。

「ミアゼ・オーカ！　きさまが優秀だというのなら、まずはそれを上司であるわたしに示すべきだと思うだろう！」

ええー、とまた誰かがうんざりしたように呟く。

出張命令書を突きつけられた木乃香は、とりあえず突きつけられた命令書を渋々ながらも受け取って、読んでみた。

しっかりと統括局長官印と直筆サインがされたそれは、文句の付けようがない正式なものだ。

作成したのが学術局の長官に遭遇した今朝なのか、あるいはその前からなのか。前者だったとすれば、驚きの仕事の早さである。

ハンコ、どこかに隠しておけば良かったかとちらりと考えたが、もう遅い。

「これまで大人しかったサヴィア王国軍に動きがあるとの情報が来た。ミアゼ・オーカ！　きさまはシルベル領へ行き、サヴィア側の様子を探ってくるのだ！」

「………あの、長官」

横から命令書をのぞいていたジェイル・ルーカが、さすがに口を開いた。

後輩に教えた通り、彼が上司の前で「はい」と「いいえ」と「おっしゃる通りです」以外を口にするのは、非常に珍しいことだった。

しかも、なんだかとても深刻な顔つきをしている。

「あちらの様子を探るのは、軍務局の諜報部の仕事では？」

「軍務の脳筋馬鹿共に任せておけぬから、ミアゼ・オーカが行くんだろうが！」

「いや、えっと……」

タボタ・サレクアンドレは軍務局の武官たちとも仲が悪い。

でかい騎士姿の使役魔獣を召喚し国王のそばにナメクジのように張り付いては警護の邪魔をして、そのくせ近衛を嘲り「当てにならない」と言い放つ文官を、本職の武官たちが快く思うわけがないのだ。

それはそれとしても。

新人のいち文官が前線に行くこと自体がすでにおかしいと、気付かないのだろうか。

何か考えがあるのか、何も考えていないのか。

タボタ・サレクアンドレは堂々と分厚い胸と分厚い腹を張って、言い放った。

「きさまの使役魔獣なら、小さすぎて見つかることもあるまい。うははははっ」

「………」

もう、突っ込みの言葉も出て来ない。

さすがにこの上司の能天気な高笑いには、「はい」も「いいえ」も「おっしゃる通りです」も、誰も言う気にはなれなかった。

◇◇◇

フローライド王城、大書庫。その管理人室。

ジント・オージャイトの理想の職場であるそこは、木乃香たちヒラ官吏が面倒くさい仕事や面倒くさい上司から逃げる避難場所としても、たいへん都合の良い場所だった。

ひと気はないが、そのぶんどこぞの長官さまのように無駄にうるさい人も来ない。

むしろ、出世コースから外れた人や権力争いに負けた人が行く場所というイメージがあるために、どこぞの長官さまは近寄りもしない。

もちろん、仕事で必要な書物を取りに来ることもあるし、管理人に手伝ってもらって資料を探すこともある。

そのついでにちょっと息抜きしても、罰は当たらないはずだ。

大きな書庫である。在籍している管理人はジントを含めてそれなりに居る。

が、真面目に出勤しているのはジント・オージャイトを含めたほんの数名だ。

机も椅子も余っているし、他部署からの避難者のひとりやふたり、居たところで仕事の邪魔でさえなければ誰も文句は言わない。

むしろ滞在費を兼ねた甘いお菓子や軽食の差し入れは、とてもありがたいのだ。

泊まり込むほどに仕事熱心（?）で、仕事場からちょっとも出たくない筋金入りの引きこもりであるジントにとっては、特に。

なので、彼もまた木乃香たちを迷惑に思ったことはなかったのだが。


「――というわけで。シルベル領に出張することになりました」

勝手知ったる給湯室でお茶を淹れ。持参したお茶菓子をつまんで。

まるで他人事のようにのほほんと話す木乃香には、さすがのジント・オージャイトも「いやお茶飲んでる場合じゃないだろう」と文句を言いたくなった。

「何だそれは。統括局長官は本気で言っているのか。いや、そもそも正気か」

眉間にしわを寄せて、彼は呟く。

こちらに話しかけているのか独り言か、相変わらずよく分からない平坦な口調である。

「どうしてこうなった。ジェイル・ルーカは何をやっているんだ」

「うーん。うちの長官さまからはいろいろ言われましたけど、正直さっぱり分かりません。ルカ先輩は真っ青になって新たな脅威が、とか魔王降臨がどうとかぶつぶつ言ってたみたいですけど」

「……なるほどな」

質問されているようだったので、ありのままの様子を答えてみたのだが。

……いったい、どの辺が「なるほど」なのだろうか。

なんだろう〝魔王降臨〟って。やっぱりこの異世界には恐怖の大魔王のような存在がいるのだろうか。

上司も先輩も、そして目の前の書庫の管理人の反応も、木乃香にしてみればまったく意味不明だった。

「それで。マゼンタに帰ることにしたのか？」

「へっ？　いえ帰りませんけど？」

彼女は本気で首をかしげる。

そんな彼女の様子を見て、ジント・オージャイトも本気で首をかしげた。

「何故だ。そこは帰るだろう」

「ええー……」

実はジェイル・ルーカにもほかの同僚たちにも、同じことを言われた。

むしろ勧められたのだが。

「任された仕事が嫌だから帰りますーって、できるわけないじゃないですか。どれだけ仕事なめてるんですかそれ」

「……いや」

もしかして、そんな人間だと周囲から思われているのだろうか。

自分なりに仕事を頑張ってやってきたつもりなのだが。

ちょっとショックを受けたような木乃香に、ジントは内心でため息をつく。

実は、彼女いわくの〝仕事をなめている〟役人は、残念なことに珍しくない。

自分の子供や被保護者の人事に口出ししてくる〝親馬鹿〟だっている。

大抵は生まれつきの〝王族〟かその親族で、現在とくに横暴なのが現国王の親戚筋だった。国王陛下本人は、身内びいきなどしていないのだが。

というか、あのお方も贔屓はするのだが、贔屓の基準はいまいち謎だ。

ジントも、そしてジェイル・ルーカも、そんな状況がおかしいと思っていないわけではない。

しかし、今回に関してだけは別だ。

「気持ちは分からないでもないが。それでミアゼ・オーカに何かあった場合、黙っていない連中がいるだろう」

彼らが危惧しているのは、そこだ。

とくに恐ろしいのが、彼女の保護者ラディアル・ガイル（魔王様）。

彼を見て、「あれが〝親馬鹿〟というモノなのだな」とジント・オージャイトは納得したものだった。

なるほど行動や言動が常と違って馬鹿っぽいな、と。

本人には絶対に言わないが。

よく分からない理由で――納得できる理由があっても、かもしれないが――義娘（むすめ）が戦にでも巻き込まれようものなら。

そしてそれを、あの過保護者が知ってしまったら。

……たぶん絶対に暴れる。

腐っても親馬鹿でも、ラディアル・ガイルはフローライド屈指の最上級魔法使い。

しかも、世にも恐ろしい武器を召喚して自ら振るう攻撃特化の肉体派である。

辺境マゼンタの研究所周辺に広がる荒野で魔獣相手に八つ当たりするくらいならともかく、万が一王都フロルか、サヴィア王国との最前線で怒りに任せて暴れた場合、ちょっと被害の予想がつかない。

いや、考えたくもない。

ラディアル・ガイルだってもちろん分かっているはずだ。

が、何しろ〝親馬鹿〟である。何をしでかすかわからない。

――ところで。

ここにもジェイル・ルーカから「あんただって立派な保護者面(づら)してるんですけど」と呆れられている男がいるのだが。

「もちろん、危ないことなんてしませんよ。したくないし」

男の前で、木乃香は笑いながら「文官ですからー」とひらひら手を振る。

能天気にもほどがある、とジント・オージャイトは眉をひそめた。

文官と言えど魔法使い。いざ戦になったら、敵が見逃してくれるわけがないのに。

「最前線だぞ。行く場所がすでに危ないだろう」

「大丈夫ですよ。さっと行って、調べること調べたらさっと帰ってきますよ」

「調べる……まさか、サヴィア軍をか?」

「いえいえまさかー」

さすがにそれは無理だろう。木乃香が苦笑する。

幸い、命令書にはシルベル領リュベクに行けと書いてあるだけだ。密偵の真似事をやれとまでは書いていない。

言ってみれば、上司が勝手に喚いているだけに過ぎないのだ。

そもそも、魔法大国と呼ばれるフローライドの砦を、魔法を使って圧倒したサヴィアである。どこぞの長官様じゃあるまいし、小さいだけの使役魔獣で内情が探れるとは思っていない。

「だいいち、サヴィア軍の情報って、専門機関だって上手く情報を集められてないんでしょう？」

「うむ？　それをどこから」

「ルカ先輩からですけど」

「……………」

「わたしみたいな素人が出て行ったところで、何が出来るっていうんですか。ねえ？」

「……………」

仮に、何らかの機密情報を手に入れたとして。

彼女の上司であるあの統括局長官がそれを有効に使えるかというと、これも怪しい。

別にあの上司から褒められたいとも思わないし、素直に褒めてくれる性格でもない。

むしろ、嫌みかダメ出しが返ってくる想像しかできない。

やっぱり冗談でも密偵ごっこは止めておこうと木乃香は改めて決意した。

「……………そういえば」

ぽつりとジントが言った。

黙っていても話し出しても、彼は何を考えているかわからない安定の無表情である。

「シェブロン・ハウラが帰ってきているらしい。シルベル領に行くなら、現地の話を聞いていったらどうだ」

「シェブロンさん……？」

木乃香はああ、と声をあげた。

シェブロン・ハウラ。

彼も、もとマゼンタ王立魔法研究所の研究員だった男である。

木乃香より年下だが兄貴分の魔法使い見習い、クセナ・リアンの師でもあった。

シェブロンが研究していたのは召喚術。自身も召喚魔法の使い手である。

彼の持つ植物の蔓のような、触手のような使役魔獣〝草〟は、地中にこっそりと潜むことができ、どこでもうねうねと侵入できる特性を持つ。

その辺を評価されて、彼は中央へ異動になったのだ。

自分の召喚した使役魔獣に活躍の場があるのは嬉しい。が、研究所を出てしまえば、今までのように周囲を気にすることなくなりふり構わず、研究に没頭することはできなくなる。

この異動、普通に考えれば栄転なのだが、本人にしてみれば微妙なところであった。

「そうか。シェブロンさん、諜報部に行ったんでしたっけ」

「しばらく国境付近の様子を探っていたらしい」

「……よく知ってますね。部署が違うのに」

　クセナもときどき手紙をやり取りしていたようだが、職務上の問題と自分の魔法や使役魔獣の話以外になると途端に筆不精になる性格から、あまり返事は来ないと言っていた。

　地方回りが多いので、クセナの手紙が本人のもとに届いているかも怪しい。

　しかし、たまに変なお土産品は弟子あてに届くようで、少し困ったように、少し嬉しそうにしているクセナと、「きゅおうー」と楽しそうに鳴いていた使役魔獣のルビィが微笑ましかったのを、木乃香は覚えている。

「召喚魔法ひとつとっても、ここフローライドの主流と他国とはまた違う。シェブロン・ハウラとは変わった召喚魔法や召喚陣を見つけた場合、お互いに連絡を取り合うようにしているんだ」

　当然だろう、と胸を張るジント・オージャイト。

　魔法の種類や召喚陣の状態などはもちろん。いつ、どこでその魔法を見つけたか、それはもう事細かに報告があるので、なんとなく近況も分かるのだという。

　諜報部って、これでいいのだろうか。

　もっとこう、行動を秘密にしているものじゃないんだろうか。

「何を隠そう、二日後に意見を交換する予定だ」

「……そうですか」

　そう、ここにも居るのだ。

　普段はそうでもないのに、魔法や使役魔獣の話になると途端に饒舌に、積極的になる魔法使いが。

「というわけで、ミアゼ・オーカも来るといい。ああ、もちろん使役魔獣も連れて来るんだぞ」

「えー……」

言われなくても、たぶん木乃香の使役魔獣たちはついて来るだろう。

あの使役魔獣たちは、見た目はぽやぽやでも紛れもなく使役魔獣である。王城内を歩くときも、彼らの内の一、二体は必ず護衛役としてくっついていた。

まあ、多少離れていてもすぐに呼び出せるので、常に張り付いている必要はないのだが。

そこはストレス社会で癒しを求める木乃香と、隙あらば主に構って欲しい使役魔獣たちとの希望が一致した結果であった。

ジント・オージャイトは、たぶん彼なりに木乃香のことを心配してくれているのだろう。

が、しかし。

……面倒臭そうだなあ。

安定の無表情ながらなんだかわくわくしているっぽいジント・オージャイト。

彼を見ながらついそう思ってしまった木乃香は、たぶん悪くない。

余話1 木乃香からの手紙

いろいろありまして、仕事で出張することになりました。

シルベル領のリュベクというところです――』

『――ところで。

「……はぁ」

可愛い妹分からの手紙を眺めながら、シェーナ・メイズはため息をついた。

ミアゼ・オーカは、異世界から迷い出た〝流れ者〟だ。

文献に残る他の〝流れ者〟たちと同様、しかし最初から、こちらの言葉で会話ができれば文字だって書けた。

ただし、ぼーっとしていると、もといた世界の文字が交じってしまうこともあるようで、気が抜けないとも話していたが。

こちらの筆記具も、彼女にとっては使いづらいようだ。

時間がかかったのだろうなと思わせる丁寧な文字。ところどころインクが滲んでいるのはご愛嬌である。

それでも一生懸命手紙を書いて送ってくれるのを、シェーナはとても嬉しく思っていた。

しかし。

今回の手紙に関しては、どうしたものかと頭を抱えてしまう。

お元気ですかわたしは元気です、という定型句で始まった手紙。

それは、いつものように王都のお天気や街の話、当たり障りのない仕事の話、研究所の皆がちゃんと寝ているのかご飯を食べているのかという、出稼ぎの息子を案じる母親のような、けれども的確な心配をして。

最後に、いきなり出張の話が来た。

見間違いかと思って何度も読み返したが、何度読んでもやはり出張に行くと書いてある。

しかも行き先はシルベル領。リュベクといえば、侵攻してきたサヴィア王国軍と対峙している最前線ではなかったか。

こっちが心配しないようにと配慮はしたのだろう。

そしてどう書こうか迷ったのかもしれない。

だからといって、「いろいろありまして」だけで済ませるのはどうなのだ。

これでは素っ気なさ過ぎて、逆効果である。

何があったんだと勘繰って、余計心配になってしまう。

さすがにマズイと思ったのか、滅多に手紙を寄越さない弟ジェイル・ルーカも、転移の魔法陣を使った特急便で手紙を寄越してきた。

しかしこちらも内容は薄く似たり寄ったりで、「絶対オレのせいじゃないから」「どうしようもなかった」という言い訳が増えているくらいだ。

もちろん、弟への返事は無しだ。ラディアル・ガイルにそのまま手紙を見せないだけ優しいと思って欲しい。

シェーナあてに送られてくるオーカからの手紙を、彼女以上にやきもきしながら待っているのがオーカの師であり保護者であり義父となった魔法研究所所長ラディアル・ガイルである。

彼女は、ラディアルあてには手紙を送って来ないのだ。

実はこれもオーカなりの配慮である。

ラディアル・ガイルは片付けが苦手だし、やろうとも思っていない。書類の山から数か月前の重要書類や手紙など――しかも未開封――が当たり前のように見つかり、そして当たり前のようにけろっと放置している執務室の主を間近で見て来た彼女である。

手紙を送っても読んでくれないだろうな、迷惑だろうな、と思ってしまうのは当然のこと。

そして、読まない確率の高い手紙をわざわざ書いて寄越すほど、彼女も暇ではない。

悪いのはラディアル・ガイルの日ごろの行いである。

恨めし気にシェーナと手紙を見比べている暇があるなら、変に意地を張ってないで自分から手紙を出してみればいいのだ。

……その辺に埋もれ放っておかれている書類と自分の手紙の価値を同等に考えている時点で、オーカも大概だと思うのだが。

シェーナに出来るのは、手紙に書かれた内容を伝えてやるくらいがせいぜいだ。

いつも「お師匠さまによろしく」という文章を添えるオーカだから、彼女はそれも見越しているのだろう。

でもしかし、である。

「コレを、所長にどう〝よろしく〟伝えろっていうのよ……」

頭を抱えても、特大のため息をついても、文面は変わらない。

途方に暮れて机の上に突っ伏しかけたときだ。

「ぴっぴっぴぃーっ！」

小さな、けれども甲高い鳴き声が響いた。

開け放した窓辺に、黄色い小鳥がちょこんと止まっている。くりっとした赤い目が、じっと彼女を見つめていた。

「……ああ、ごめんねサブロー。返事待っててってお願いしたんだったわね」

「ぴっぴぃ」

はやくはやく、と急かすように、ぱたぱた羽を動かす〝三郎〟。

問題の手紙を王都フロルから運んできたのは、この使役魔獣第三号であった。

この小さな体と小さな翼のどこにそんな力があるのか。

さすがに転移魔法陣を使って王都から送られてくる〝速達〟には敵わないが、この小鳥は民間の配達業者より格段に早く手紙を届けてくれる。しかも当たり前だが無料だ。

小さいので手紙くらいしか運べないが、逆に言えば手紙のやりとりくらいならこれでじゅうぶんである。

召喚主から離れてのお役目は、さぞかし大変だろうと思いきや。

もともと空のお散歩が大好きなこの使役魔獣は、この〝遠出〟も結構楽しんでいるようだった。

「返事……うーん、返事、ねえ……」

「ぴぃー」

ついいつもの調子で「すぐに書くから待っててー」と気楽に引き留めてしまった。

三郎にしても、研究所には顔見知りも多いし、いろんな人にたくさんちやほやしてもらえるので、普段は快く待っていてくれるのだが。

「ルカの手紙からして、オーカはもう出発してるのかしら」

「ぴぃ」

「そっか。サブローは早く合流したいのよね」

「ぴっぴーっ」

ひときわ元気に囀る小鳥。

何を言っているのかは皆目わからないが、その声や態度が非常に分かりやすいのが三郎だった。

……この使役魔獣たちがついている限り、オーカは大丈夫だ。

本人だってフローライドの中央官を務める、立派な社会人。

多少の理不尽や困難は、ものともしないはず。

そう思ってはいるが、心配なものは心配である。

だって隣国サヴィアとの最前線なのだ。

「……ねえ、サブロー。ちょっと、お願いしてもいいかしら」

黄色い小鳥は、ぱたたたっと羽ばたいて彼女の肩に留まる。

そして、なあに？　とでも言いたげに、ちろりと首を傾げてみせた。

第2章

そんな隣のお国事情

Episode 2

正直、ここまでとは思わなかった。

ほんとうに、ここまでひどいとは思わなかったのだ。


「ユーグさま！　あなたさまとの婚約、この場で破棄させていただきます！」

壇上で宣言したのはオーソクレーズの王女エレニテ・アンジェディーナ。

豊かに波打つ黄金色の髪を振り乱し、大きな琥珀色の瞳に涙をいっぱいに浮かべている。

その華奢な身体から一生懸命といった風情で張り上げられた声は、居合わせた者たちの哀れを誘うものだ。

しかし。

じっさい、彼女を後押しするように彼女の周囲に陣取る青年たちは、ひどく痛々しい眼差しで彼女を見守り、そしてこちらを射殺しそうなほどに睨みつけて来る。

ここはサヴィア王国王城の大広間。国王と王妃のための椅子が置かれただけのその壇上に、誰の許しを得て大人数で上がり込んでいるのだとか。

国内の貴族たちだけが集まるささやかな夜会とはいえ、果たして唐突に大声で宣言するような内容だったのかとか。

そもそも破棄するような婚約がいったいどこにあったのか、とか。

いろいろ突っ込みたいことはあるのだが、つまりは。

――いったい何を言ってるんだこの女は。

どうやら〝婚約破棄〟されたらしい当人、ユーグアルト・ウェガ・サヴィアの正直な感想は、これであった。

オーソクレーズは、サヴィアよりさらに北にある国だ。

かつては貴重な鉱石や魔石、良質の宝石が採れることで大陸一の富と絶対的な権力を誇っていたオーソクレーズだが、資源の枯渇と同時に衰退し、かつてほどの勢いはない。

そして近頃サヴィアに侵攻され制圧された、元・大国である。

サヴィア王国は、オーソクレーズを国として存続させるための条件を出した。

そのひとつが、前国王の一人娘にして唯一の後継者である王女エレニテ・アンジェディーナの配偶者をサヴィアの王族、もしくは貴族の中から選ぶことである。

その候補の中に、〝王弟ユーグアルト・ウェガ・サヴィア〟の名前があったことは事実だ。

あくまで、婚約者の候補である。

候補者は他にもたくさんいたし、彼らを押しのけて正式な婚約まで進んだ覚えはない。

そもそも、ユーグアルトにそのつもりはまったく無かった。

先代国王からの命令とは言え彼が軍を率いてオーソクレーズを落とした張本人であり、その後もかの国であれこれと処理を任されていて、王女のお相手の最有力候補と言われていてもだ。

王女様の婚約者選びに「箔付けに名前だけ貸してくれ」と頼まれただけ、なのだから。

他の貴族たちも、いったい何が始まったのかと困惑気味に、あるいは好奇心をむき出しにしてユーグアルトと王女たちを見比べている。

いくら兄王の頼みとはいえ、こんなおかしなことになるのなら名前だって貸さなきゃよかった。

彼はちらりと息を吐きだし、あらためて壇上を見上げる。

「……いちおう確認しますが、エレニテ・アンジェディーナ姫」

「やだ、エリィとお呼びくださいと申し上げたではないですか」

「……」

直接言葉を交わしたのは、まだ数えるほどしかない。

が。ユーグアルトは頻繁に、この王女の話す言葉を理解できなくなる。

同じ大陸公用語で会話しているはずなのに。奇怪なことである。

「……これは、余興か何かですか」

「えっ……い、いいえ！　わたくしは本気です！」

王女は胸の前で両手を組み合わせて、訴える。

先ほどのわざとらしい声の張り上げ方といい、大げさな仕草といい、なんだか舞台女優のようだ。

本気と言いながらも嘘くさく見えてしまう。

が、そう思っていたのはユーグアルトだけだったのか。

王女を勇気づけようとするかのように、組まれた手を横から自分の手で包み込んだのはルーファイド・スティル・サヴィア。サヴィア王国王弟で、ユーグアルトにとっても弟にあたる青年である。

続いて彼女を労わるように左右で細い肩に手を添えたのは宰相家の三男と、王国第一軍軍団長のところの次男。

後ろに流しただけの黄金色の髪をひと房すくい取って口づけたのが南方領主の弟で、ひらひらと無駄に広がる淡い色のドレスの裾をすくい取って胸に抱いたのは東方領主の三男であった。

彼らそれぞれと目を合わせ、こくんと頷いてから彼女は再び口を開いた。

「わたくしもう……もう、辛くて耐えられないのです」

「はあ」

男たちに囲まれて、華奢な王女の姿はもうほとんど見えない。

ユーグアルトは適当に返事をした。

「わ、わたくしにオーソクレーズの王女としての価値しかないのだと、わかっております」

「そうですね」

「……っ」

うっかりはっきりと頷いてしまった。

誤魔化すようにこほんと咳払いをして、ユーグアルトは言った。

「続きをどうぞ」

「……う。わ、分かっているのですが……こうしてお顔を拝見するのは、幾日ぶりでしょうか。お城にいらしても何のお言葉も頂けず、笑みのひとつも下さらない。わたくしの事を疎んじていらっしゃるユーグさまを夫とすることは、できません！　ユーグさまには、わたくしなどよりもっとふさわしい、心休まる女性が……いらっしゃるでしょう？」

辛そうに顔をしかめる王女。

それを労わるように見つめ、親の仇のようにこちらをにらむ総勢五名の青年――婚約者候補たち。

「ああエリィ、なんと健気な」

「あなたがこの者のためにそこまで心を痛める必要はないのですよ」

――おまえら、暇でいいな。

つい口から出そうになった嫌味を、彼はどうにか呑み込んだ。

取り巻きのひとり、日ごろから何かと張り合ってくるひとつ年下の弟王子が優越感をにじませてこちらを見下ろして来る。少しイラッとしたが、それよりもいまの問題はエレニテ・アンジェディーナだ。

要は、他の候補者たちのように会いに来ないのが王女には不満だったのだろう。

ユーグアルトが悪いと言わんばかりだが、ここ一年の彼のどこにそんな暇があったというのか。

オーソクレーズを落としてから早々に王女の身柄はサヴィアに送られたが、戦後の後始末と国の立て直し、それに反乱分子への警戒で、彼はしばらくオーソクレーズに留まるしかなかった。

そして国に帰ってきたら帰ってきたで、オーソクレーズの件に加えて不在の間に溜まった仕事が山積みである。

その上でわがまま王女様のご機嫌伺いに行って意味のない会話であはははうふふと笑える余裕など、彼にはない。

王女の部屋どころか、自室にだってほとんど帰れていないのだ。

身体的にも精神的にも、どう頑張っても無理であった。

ユーグアルトは、横目でちらりとサヴィア国王を確認した。

王は、王妃とふたりで貴族たちと歓談していた隙に壇上を奪われた形である。

日頃のちょっと軽薄そうに見えるすまし顔はどこへやら、呆気に取られてうっかり口が開いたままになっていた。

彼と目が合えば、遠目で分かるほどびくっと肩を波打たせる。

そして青い顔でぶんぶんと首を横に振って見せ。

次に、一度は跳ね上がった肩をがっくりと落としながら、ひらひらと手を振った。

――自分はいっさい知らないことだから、あとは勝手にやってよし。

兄の身振り手振りを、そうユーグアルトは解釈することにした。

「――そうですか」

サヴィア国王に対してか、オーソクレーズ王女らに対してか。淡々と、ユーグアルトは返事をした。

そして見事に左右に開いた人混みの先、オーソクレーズ王女とその取り巻き連中をひたと見据えて、言う。

「わかりました。姫のご意思に沿い、わたしは婚約者候補を降りましょう」

「えっ」

変に驚いたような声を上げたのはエレニテ・アンジェディーナ王女その人だったが、ユーグアルトは気にしなかった。

王女の言動や行動が意味不明で理解不可能なのは、いまに始まったことではない。

「あなたの境遇を慮れば、訴えは当然のものかと。誰に何を言われたのかは知りませんが、わたしはただの候補に過ぎぬ身ですから、捨て置いて下さってよかったのですが？」

「えっ、いえ、あの」

「それでも気になさるなら、仰って下さればこのような場を借りずとも早々に辞退申し上げたでしょう」

「そ、そんな」

「複数の候補を立てたのは、国王陛下が姫のご意思をできる限り尊重しようとされてのことです。わたしなどに遠慮なさらず、どうぞお好きな候補者をお選びください」

「……」

なぜか不満そうな顔つきの王女。

一方のユーグアルトは、徹底的に無表情だった。

丁寧というよりむしろ慇懃無礼な言葉と、にこりともしない顔。親しくない者でも「ユーグアルト・ウェガ王子は怒ってるな」と分かるような冷ややかな態度である。

王女の婚約者候補を降りることが不本意なのだな――と。この場面だけを見れば、とれないこともない。

が、国王夫妻をはじめとしたこの場の半数以上の貴族たちは、彼が憤っている理由がそんなもの

でないと理解していた。

そう、彼は怒っていたのだ。

将来伴侶となる候補者たちを侍らせるだけ侍らせ、一向に絞ろうとしないどころか他の見目の良い男たちにも愛想よく声をかけては思わせぶりな態度をとる。

我が物顔でサヴィアの王宮をうろつき、我儘放題の贅沢三昧に過ごす。

あげくの果てに、サヴィア国王主催の夜会で国王の許しも得ずにこの馬鹿騒ぎだ。

エレニテ・アンジェディーナの振る舞いは、敗戦国の王女としての在り方とも、戦の最中に父親を亡くした娘のそれとも到底思えない。

オーソクレーズの現状を目の当たりにしていたからこそ、なおさら。

この能天気な王女に彼は心底呆れ、そして失望していた。

サヴィア王国は、もともと内陸の貧しい小国だった。

気候が厳しく土地は肥沃とは言い難い。これといった産業があるわけでもなく、ほとんどの民は荒れ地に家畜を放って自給自足に近い暮らしをしていた。

例年よりも少し雨が降らなかっただけで、あるいは雨が多かっただけで。例年よりも寒い冬が、暑い夏が来ただけで。あっという間に生活が困窮し餓死者まで出る。

そんな現状を、先代国王フォガルト・サーヴェント・サヴィアは何とかしようと考えた。

すなわち、他国を侵略して豊かな土地を自国の領地に加えたのだ。

国民の生活を安定したものにしたい。

国民を支えられる程、強く安定した国を作りたい。

きっかけはただ、それだけだったはずなのに。

もう少し、もう少しと欲を出さなければ。

「大陸の覇者になる」などという夢物語を、声高に叫ぶ愚か者が居なければ。

いっそ、欲に憑りつかれた先王がもう少し早く死んでくれたなら。

いまのサヴィア王国の憂いは無かっただろう。

少なくとも、絶対に手を出さなかったはずである。

北のオーソクレーズと、南のフローライド。この二国にだけは。

夜会の翌日。
「お前には、オーソクレーズを治めてもらいたかったんだがなあ」
サヴィア国王の執務室に呼ばれ、国王その人から出た言葉にユーグアルト・ウェガは顔をしかめた。

「兄上、おれはあなたから何か恨まれるような事をしましたかね？」

「え。いやそういうわけでは。ただお前もそろそろ落ち着くべきだと」

「名前を貸すだけだと言っていましたよね」

「実際に婚姻を結んでいいとも言ったぞ」

人払いをした執務室という空間では、話の内容はともかく、やりとりは王と臣下ではなく兄弟のそれである。

人前よりも随分とくだけた口調の兄王を前に、ユーグアルトも容赦なくため息を吐く。

「なんの嫌がらせですか」

「いやいや。エレニテ・アンジェディーナ王女はなかなか美人だっただろう」

「あれくらいの美人ならその辺にいくらでもいます。気に入られたのなら兄上が側室にでもなされればいいのでは」

「いやいやいや無理！　わたしはカナリー一筋だから！」

真っ青になって王妃の名前を叫ぶ国王。

この兄が王妃一筋なのはよく知っている。

が、話が話だけに嫌味のひとつも言いたくなるのだ。

「だいたい、あの非常識な王女と結婚してあの特殊な国を治めるのに、落ち着ける要素がどこに？むしろ波乱万丈じゃないですか」

「…………そうだな。すまん」

弟の冷ややかな眼差しの前に、ウォラスト・エディリンは素直に頭を下げた。

「わたしも、あそこまでアレだと思ってなかった」

「……まあ、あの環境では多少歪んで育ってもおかしくないと思いますけどね」

この戦を最初にしかけたのはサヴィア側――サヴィアの前国王だが、オーソクレーズが負けたのはほとんどオーソクレーズ自身が原因である。

大陸一の繁栄を誇っていたのはひと昔前の話。

しかしその栄耀栄華を忘れられない者たちは以前と同じかそれ以上の贅沢を繰り返し、現状から目を逸らし続けた。

城外の荒んだ有様と城内のきらびやかさとのあまりの差に、聞き知っていたはずのユーグアルトもさすがに言葉を失ったほどだ。

そして、あらためて思ったのだ。

オーソクレーズに侵攻したのは間違いだったと。

大陸でも指折りの穀倉地帯であるアスネのオブギ地方や、他の大陸や周辺の島国とも交易を行っていたエリントのラクラン港を手に入れたまでは良かった。

そこで止めておけば良かったのだ。

その後も無駄に繰り返された戦に関する出費は膨れ上がり、増え続ける領地の管理だって追い付かない。現在も国内が安定しているとは言い難いというのに。

その上、斜陽の大国まではとても背負えない。

話し合いに話し合いを重ねた結果。

オーソクレーズはサヴィア王国に取り込むのではなく、多少の内政干渉をするものの、国として存続させることになった。

しかし国の立て直しを任せられるような人材はかの国で見つけることができず。

王女エレニテ・アンジェディーナを飾り物の女王とし、その伴侶をサヴィアの王族、もしくは高位貴族から選んで実務を執らせることにしたのだった。

「兄上の選んだ王配候補たちですから。誰を選んでも立派に国を治めてくれることでしょう」

「……それこそ嫌味か」

ため息混じりに国王が呟く。

婚約者候補として挙がっていたのは、いずれも家の跡を継ぐ可能性が低くしがらみの少ない、オーソクレーズへ移っても問題がない者。

そしてかの国を治めるだけの力量を持つと思われた者である。

彼はあの王女に「伴侶を選べ」と言ったはずだった。

候補者全員が伴侶だとは、断じて言っていない。もちろん候補者たちにも言っていない。

「建国以来、王が男だろうと女だろうと大規模な後宮にたくさんの側室愛妾を抱えるのがオーソクレーズだ。王女の感覚はそうなのかもしれないが」

サヴィアでも、正妻以外に妻や愛人を持つ者はいる。

彼らの父である先代国王がそれだった。おかげで彼らには上は三十路から下は物心ついたばかりの幼子まで、異母兄弟姉妹がたくさんいる。

ちなみに。それ以上に大規模な後宮を持っていたはずのオーソクレーズの前国王の嫡子はエレニテ・アンジェディーナ王女たったひとりである。

それがオーソクレーズにとって良かったのか、悪かったのか。

「あの王女に、彼らをうまくまとめ上げられるだけの力量はないだろう」

「そうですね」

あの王女は、相手が自分に対して甘い言葉を囁いてくれる存在でさえあればいいという、大変に素直で幼い性格をしている。

いくら姿かたちが優れていても、あれは人の上に立つには不適格だ。

「あの候補者たちがそこまで分かっていて王女を籠絡しようとしているのか、あるいは揃いも揃って恋に狂っているだけなのか。……兄上、そんな顔してもおれは無しですよ。皆の前で辞退したんですから」

きっぱりはっきりと断る弟王子に、国王は口をへの字にゆがめた。

やがて机の上に行儀悪く肘をついて、はあーとため息をつく。

「わけがわからん。王女は、お前のことをいちばん気にかけていただろう」

「いちばん寄って来ない候補者だから逆に気になっていただけでしょう」

あの〝婚約破棄〟の現場で、王女もそれらしいことを言っていた。

それにだ。

「おれは〝王殺し〟ですからね。オーソクレーズに留まらないほうがいい」

この言葉には国王が渋い顔つきをする。

「おまえ、実は読んでいただろう」

「オーソクレーズを落とした後、戦後処理の担当官がなかなか派遣されてこない時点で妙だなと思いましたね」

「……親父が死んでから間もない。使い物になる臣下だってまだまだ少ないんだぞ」

恨みがましい視線にも、ユーグアルトはしれっと目を逸らすだけだ。

兄のために働くつもりはあるが、一国を背負うつもりはない。

野心にあふれた者はたくさんいるのだから、彼らに任せてみればいいのだ。

きっと、誰がやっても前の国王よりはマシだろう。

「……あんな騒ぎになったんだ。しばらくはこの王宮から離れてもらわねばならないかもしれんぞ」

「オーソクレーズの王女の伴侶が決まるまで、ですかね。願ったり叶ったりです」

「………なあ、ユーグ」

ふと、王ではなく兄の顔になったサヴィア国王ウォラスト・エディリンは呟く。

「冗談ではなく、ほんとうにお前ももう落ち着いていい頃だと思うんだ。オーソクレーズの件はともかくとしてだ」

兄がこんなことをユーグアルトに言い始めたのは、父王が亡くなってからだ。

いままでそんな気分にはなれなかったし、なにより暇がなかった。

「誰か気になる女性はいないのか？」

顔を合わせればこんな事を聞いて来るということは、兄のところにどこからかの縁談が来ているのかもしれない。単純に独身の弟王子を心配しているだけなのかもしれないが。

オーソクレーズ王女の婚約者候補を外れれば、今度はそちらに煩わされるのかもしれない。

しかし。

「あいにく、まだそんな気にはなれませんので」

そう答えたユーグアルトは、苦笑を浮かべるだけだった。

「というわけで。今度はフローライドに行くことになった」

サヴィア王国王都ヴァリトール。

ここは、その端にある王国軍第四軍の詰所である。

軍団長を任されているユーグアルト・ウェガ・サヴィアの言葉に、集まった幹部たちは一様にため息をつく。

「……………また、急なことですね」

「やっと帰ってきたのに、また遠征かよー」

訝し気な表情で低く呟いたのは、この場でいちばん大柄で、いちばんいかつい顔をした副官、バドル・ジェッド。

その横でばたっと机に突っ伏したのが同じく副官を務めるサフィアス・イオルで、こちらは対照的にすらりとした細身で柔和な顔立ちをしている。

「あれ。フローライドって確か第二軍が行ってて、そろそろ撤退してくる予定じゃなかったですか？」

首をひねったのは、魔導部隊を束ねているカルゼ・ヘイズル。他の者たちに比べてゆったりとしたチュニックを身に着けているが、それでも分かるほどひょろりと細い。背丈はバドルに次いで高いのだが、痩せた身体がよりいっそう強調されて見えるだけだった。

ちなみに。

軍団長のユーグアルトを含め、幹部たちの年齢は全員が三十以下だ。

彼らだけではない。この軍に所属する兵士たちは、他の軍に比べて非常に若い。

サヴィア王国軍〝第四軍〟とは、もともとそういった部署であった。

第一軍は王都ヴァリトールの守護。

第二軍、三軍は国境の防衛と領土の拡張、つまりは他国への侵略。

そして第四軍は、他の軍の補佐と若手の育成を主な役割としていた。王国軍に入ったほとんどの者が最初に入れられるのが、ここである。

とはいえ、それは設立当初の話だ。

先王が他国への侵攻を本格的に開始すると、戦況に応じてそれぞれの軍の役割も柔軟に変化したが、四軍に若手が多いのは、この名残だ。

少し前までは第四軍にも年かさの参謀が居たのだが、腰痛の悪化で長期遠征は無理と判断され、第一軍に異動になった。

血気盛んな若者たちばかりの軍にいる年かさの参謀といえば、彼らのお目付け役か抑制役だろう。実際、そんな役割を期待されていたと思うのだが。

いざ戦になると、誰よりも派手で過激な戦法を提案してくるのがあの参謀だった。

基本、穏やかな気性の持ち主ではあるのだ。普段は年相応に落ち着いていて、陣の奥でどっしりと構えている。

が、あんまり長続きしない。

ちょっと戦況が膠着してくると、すぐに焦れて戦場へ飛び出して行こうとする。「何をちんたら戦っとるんじゃああっ」と周囲の若者たちに一喝することも忘れない。

腰痛持ちなのに、単騎で敵方へ突っ込もうとする彼を何度説得し引きずり戻したことか。

その後、案の定ごつい手で腰を押さえてうんうん唸る参謀の姿に、若い兵士たちは「忍耐って必要なんだな」としみじみ教えられたものだった。

基本的に王都から出ない第一軍に配属されたのは、彼にとっても周囲にとっても良かったのだろう。

まあ、それはともかく。

「――落とすので？」

静かな声でバドル・ジェッドが問う。

その短い言葉に、場の空気が少しばかり張りつめた。

緊張。落胆。覚悟。高揚。嫌悪。諦め。さまざまな思いが複雑に混ざり合う沈黙の後。

ユーグアルトは、ため息とともに答える。

「それは王も決めかねているようだ。現地からの報告を受けても、どうも状況がつかめない」

「……うわあもっと面倒くさい」

先のサヴィア国王が亡くなったとき。

王国軍全軍に向けて、新しく即位したウォラスト・エディリンから撤退命令が下された。

しかしすでに北のオーソクレーズは陥落寸前で、かの国内の状況もあって引き返せなかった。

対して南のフローライドへの侵攻は、まだ国境付近をつついた程度だったはず。撤退しようと思えばできたはずなのだが。未だに第二軍は帰ってきていない。

現王ウォラストが「決めかねている」というのも妙だ。

「ひとつ、確認させていただきたいのですが」

カルゼ・ヘイズルが軽く右手を上げた。

「団長がフローライドへ行くことによって、オーソクレーズの件はどうなりますか？」

「他の者に任せることになる。それは王にも確認済みだ」

「ああ、それは良かったです」

ほ、と肩まで落としてカルゼは息をつく。

ユーグアルトの言葉に、副団長ふたりの表情もそれぞれに緩んだ。

「公の場で、あれだけはっきりと王女の婚約者候補から外れたのだから大丈夫だとは思うが。まさかオーソクレーズからフローライドまで使者を寄越しては来ないだろう」

「ですよねえ」

「……そういうことなら、遠征も悪くないかな」

オーソクレーズの戦後処理と暫定的な統治は、サヴィア王国から派遣されて来た担当官に引き継がれたはずだった。

が、ユーグアルトのもとには、いまだにかの国から相談事を持ちかけたり判断を仰いできたりする使者が頻繁にやってくる。

サヴィアとは勝手が違うかの国に担当官が苦戦しているという理由の他に、ユーグアルト・ウェガの名前がオーソクレーズの王女の有力な婚約者候補、つまり次期王候補として挙げられていたからでもあるのだろう。

ともあれ、おかげでただでさえ忙しいのに余計に忙しくしていたのがユーグアルトだ。

本人にオーソクレーズの王になりたいという野心だとか、王女への恋心とかでもあればまた違ったのだろうが、あいにくそんなモノは欠片も持っていなかったので彼は疲弊するばかりだった。

それを腹心の部下たちもよく分かっていた。

むしろひどく同情的で、彼の置かれた状況に本人よりも呆れ腹を立てているのが彼らだった。

「巻き込んで、すまないな」

わずかに目を伏せた軍団長に、その部下たちは「とんでもない」とそれぞれに首を振る。

「あの国との縁が切れるんだったら、むしろ喜ぶべきかも」

「まさか遠征に行ったほうがまだマシだと思える日が来るとは、ですよねえ」

サフィアス・イオルが突っ伏していた机から顔を上げれば、カルゼ・ヘイズルも苦笑をこぼす。

彼らの言葉に、バドル・ジェッドも無言で頷いた。

上司を間近に見て案じつつ、なおかつ自身も仕事を増やされて苛々としていた彼らは、これでちょっとでも楽になるのなら、とフローライド行きを快く了承したのだった。

「皆、ご苦労」

ルーファイド・スティル・サヴィア。

前サヴィア国王の第六王子である彼は、王国第四軍の元軍団長。つまり、現軍団長ユーグアルト・ウェガ・サヴィアの前任者であった。

そんな縁で王都の端にある第四軍の詰所に、我が物顔でたまにやって来る。

たまにしか来ないのは、現在は第一軍に所属している身であることと、住んでいる王城から遠いこと。加えて着任期間が短く、第四軍には大した思い入れもないこと、などが理由だと思われる。

なのだが。

「遠征の準備は進んでいるのか、ユーグアルト・ウェガ軍団長？」

自分よりも後に軍団長に就いたひとつ年上の兄王子を見下すために。

当時王太子であった現国王の側近から外され、第四軍に〝左遷〟されたユーグアルトを嘲笑うために、彼はわざわざこの詰所まで足を運ぶ。

第一軍の本拠地は王都の一等地。第四軍の本拠地は王都の端っこ。

第一軍は国王の身辺警護も担うが、第四軍は地方回りが多い。

単なるお役目の違いなのだが、少なくとも、ルーファイド・スティルは第一軍のほうが第四軍よりも上と決めつけているようだ。

上から目線でねぎらいと嫌味を吐きだして帰っていく元軍団長のことは、第四軍の団員たちも良く思っていない。

――別に来なくていいのに。呼んでないし。

そんな気持ちを押し殺し、毎度無礼に思われない程度で適当にあしらっている現軍団長以下団員たちである。

ただし、今日は違った。

ユーグアルトは、黒に暗い緑が混じる、冷たい蒼黒の瞳で弟を一瞥する。

「用件は」

なにしろ急に決まった遠征である。慌ただしく準備をしているとき、さすがに弟王子の暇つぶしに付き合う義理はない。

用がないならとっとと帰れという声なき声に気付いたのか、彼と団員たちの素っ気ない態度に驚いたのか。

ルーファイドは一瞬怯んだ様子だった。

が、すぐに得意そうな顔つきになり、懐から一通の封書を取り出す。

「これを、頼まれたものでね」

落ち着いた薄青の地に、金粉と赤い小花が散る独特の模様の封筒。

それを包み込むようにして、無駄にきらきら輝く精緻な文様が浮かび上がっている。

上流階級がよく使う、魔法を用いた手紙の簡易封印であった。

「……それは」

わざとらしく掲げられたそれを見て、ユーグアルトは眉をひそめる。

家や個人、地位などによって簡易封印の文様の形は様々で、誰から来たのか分かりやすいようになっている。

そしてこの主張の激しい魔法印に、彼は非常に見覚えがあった。

そもそも一国の王子に手紙の使い走りをさせることができる人物など、ものすごく限られている。

「エレニテ・アンジェディーナ・オーソクレーズ。エリィからの手紙だ」

「……」

やっぱり。

全力で顔をしかめたユーグアルトの前で、ルーファイドは口の端を上げ胸を張った。

どうしてそんなに偉そうなのか。どうしてそんなに得意そうなのか。

ユーグアルトには、皆目わからない。

あの王女からの手紙だ。どうせろくなことが書かれていないに違いないのに。

渡されたきらきらしい封書を開けてみれば、案の定である。

「〝婚約破棄〟の取り消し……？」

「はああ？」

思わず出た言葉に素っ頓狂な声を上げた副団長サフィアス・イオルが、横から手紙をのぞき込む。

手紙の見えない位置にいた魔導部隊長カルゼ・ヘイズルは、もどかし気に顔を左右に動かしていた。

「団長、何と書いてあるんですか？」

「エリィは、お前が今までの行いを反省し態度を改めるならば、婚約者に戻してもいいと考えている」

「はああ!?」

ユーグアルトより先に概要をさらっと暴露したのはルーファイドだ。

その内容に、今度はそれなりに分別のあるカルゼまでが驚愕の声を上げる。

壁のように無気配無言無表情で背後に立っていた副団長バドル・ジェッドも、声こそ出さないもののの「え」の形に口を開け目を見開いていた。

便箋三枚にわたってくどくどと書かれた文章は、余計な言葉を省けば弟王子の言う通りの内容だった。

公開〝婚約破棄〟をやらかしたあの場で喚いていた通り、ユーグアルトの〝不実〟を嘆き、けれどもそのせいで彼の立場が悪くなり、王都に居づらくなったことを案じ、サヴィア国王にお願いしてフローライド行きを取り消してもらうので心を入れ替えて彼女のもとに戻ってきてほしい、というもの。

……彼の置かれた状況に関して一割、いや一分くらいはまあ合っていると思う。が、しかし残り九割九分は勘違いと妄想の産物としか言いようがない。

これは本気なのだろうか。それとも冗談なのだろうか。

あまりにもあんまりな内容に、ユーグアルトはしばらく真剣に悩んだ。

――そしてどちらにしろ馬鹿馬鹿しいという結論に至る。

「本当はエリィ本人が行くと言ってきかなかったんだが、説得して止めさせた。まったくお姫様のワガママも困ったものだな」

「……当たり前だ」

呟いたユーグアルトが、自分のこめかみを指でぐりぐりと押す。

頭が痛い。ものすごく、頭が痛い。

オーソクレーズの王女は、客人扱いを受けてはいても実質は捕虜だ。

王宮内を自由気ままに動き回っているだけでも眉をひそめられているというのに、こんな王都の外れ、それも王国軍の詰所への〝お出かけ〟が許されるわけがない。

ルーファイドのへらへら笑いを見る限り、彼は口で言うほど重く捉えてはいないようだが。

まったく迷惑な、とユーグアルトは恨めしげに弟王子を見やった。

「――――相変わらず、底が浅いな」

「なっ……」

「もう少し、余計にものを考えろ」

相手が腹を立てるのは十分承知で、むしろ怒りを煽るようにユーグアルトは吐き捨てる。

彼らふたりは、年が近いせいか昔からよく比べられて育った。

とくにルーファイドのほうが余計に対抗意識を燃やし、何かと張り合い突っかかってくる。

会えば人を見下した言葉か嫌味しか吐かない。煩くてしつこく、ついでに顔もあまり似ていないひとつ年下の異母弟に対して兄弟愛など芽生えるはずもなく。

つまりは、ユーグアルトもこの弟が嫌いだった。

「こんな手紙を、おれが泣いて有り難がるとでも思っていたのか?」

派手な封書を、放り投げて返す。

仮にも他国の王族の魔法印が付いていた封書にする扱いではないが、手紙自体が礼儀もへったくれもない内容なのだ。別にかまわないだろう。返事を書こうという意欲も出ない。

「皆の前であれだけ〝婚約破棄〟だと散々喚いておいて、たった数日でまた元に戻れと。こんな手紙ひとつで?」

「しかしエリィが……」

「おまえはどこの国の人間だ？　ルーファイド・スティル・サ、ヴ、ィ、ア」

国名まで付いた正式な名前を呼ばれ、「うぐ」とルーファイドが呻く。

「国王陛下主催の夜会で、勝手に壇上で騒いだ挙句、国王陛下が承認した婚約者〝候補〟をわざわざ外した。にもかかわらず、わずか数日で今度は元に戻すだと？　しかも陛下の命であるフローライド遠征にまで口出しする気でいるのはどういうことだ」

そこまで言ってやれば、やっと弟王子の顔から血の気が失せてきた。

ここは王女の故郷オーソクレーズではなく、サヴィア王国である。

そして戦で負けたオーソクレーズは、勝ったサヴィア国側の思惑で国として存続しているに過ぎない。

二国は対等ではないのだ。

手紙の内容は、すでに単なるお姫様の我が儘だと笑って許せるような程度のものではなく。

現サヴィア国王ウォラスト・エディリンが寛容な性格でなければ、彼女はとっくに内政干渉だとかいたずらに秩序を乱しただとか反逆の意ありだとかで、処罰されていてもおかしくなかった。

「そもそも、王女に頭を下げる理由がおれにはないし、あれに媚を売るつもりもない。オーソクレーズの王になりたいわけでもない」

お前と違ってな。

ユーグアルトの言葉に、ルーファイドは目を見開いた。

「本当に、あの広大なオーソクレーズが……欲しくないというのか？」

「前から言っているだろう。誰がいるかあんな国」

腐った食べ物を押し付けられたとでもいうように、ユーグアルトは顔をしかめる。

実際、彼はそういう気分だった。ためらわずに捨てられるだけ、そして捨ててもその土地の肥料になるだけ食べ物のほうがまだマシだ。

確かに、オーソクレーズは広い。その国土は現在のサヴィアと同じかそれ以上だ。

全盛期とは比べ物にならない量と質だが、宝石や魔石などの鉱脈は国内にまだ残っている。それらを地道に運用しつつ堅実に政を行って行けば、それなりに安定もするだろう。

ルーファイドも馬鹿ではない。それを考えた上でオーソクレーズの玉座が魅力的だと思っているのだろうが。

「何の為にサヴィアから婿を取らせると思っているんだ。こちらがオーソクレーズに汚染されてどうする」

オーソクレーズ王国では、王族は絶対的な権力を持つ。

王族の言葉はすべてが正しく、右を向けと言われれば全員が右を向くことを強要される。そこにどんな理由があるにしろ、否定や拒否は許されない。

彼らがそうだと言えば黒は白になり、裏が表になる。彼らの気分次第で、自分たちが決めた事さえも翌日にはまたがらりと変わる。

この徹底した王族至上主義が国を弱体化させた大きな要因だと思ったからこそ、ユーグアルトは早々に王女の身柄をオーソクレーズから引き離し、サヴィアへ送ったのだ。

「従僕の真似事をしている暇があったら、もう少しあの国について学ぶんだな。王女の伴侶を選ぶのは王女自身だが、最終的に認めるのはサヴィア国王の兄上なんだぞ」

王女の手紙を抱えたままのルーファイドが顔を紅潮させた。

それは怒りだったのか、羞恥だったのか。

しかし、彼はすぐに口元をゆがめた。

「…………はっ。負け犬の遠吠え、だな。兄上」

「……」

ユーグアルトが眉をひそめる。

ひとつしか違わない弟王子がわざわざ〝兄上〟と彼を呼ぶときは、狙っているのか偶然か、決まってろくな事がないのだ。

例えばルーファイドが仕掛けたイタズラの濡れ衣を着せられて大人たちに怒られたり。

ルーファイドの失敗をなすりつけられて大人たちに諭されたり。

後方支援が主だった王国第四軍がいきなり最前線へ送り込まれ、混乱している最中の軍団長交代だったり。

そういえば、あの〝婚約破棄〟の直前にも「こんばんは〝兄上〟」と挨拶されたのだった。

……ほんとうに、ろくな事がない。

「わかった。つまりユーグアルト兄上には、オーソクレーズを治める自信がないわけだ」

「……」

背後のサフィアス・イオルが再び「はあ!?」と声を荒らげた。

「自信がないのはどちらだ。何も、知らないくせに……っ」

剣を抜こうとしたのか、あるいは殴りかかろうとしたのか、腕をがっちりとバドル・ジェッドに摑まれている。が、そのバドルもじろりとルーファイドをにらみつけていた。

自分より自分のことでいきり立つ部下を見て、ユーグアルトは逆に頭が冷える。

それは、己を省みる余裕ができたほどに。

なるほど。

態度が冷たく顔が強張り言葉も厳しいとなれば、〝負け犬の遠吠え〟っぽく……見たい者には見えるかもしれない。

「オーソクレーズの現状を見て、お前は自分には治められないと痛感した。だからオーソクレーズから逃げ帰り、大人しくエリィの婚約者から外れ、いまも王都から離れてフローライドまで行こうとしている」

「帰国したのも遠征に出るのも単なる国王命令だし、〝婚約破棄〟はお前らが画策したものだろう。まあ、どれも多少の希望が入っているといえばそうだが」

自分にとって都合の良い憶測を饒舌に語るルーファイドに、彼は淡々と訂正を入れた。

長い遠征でユーグアルトを始めとする第四軍の団員たちは心身ともにかなりくたびれていたので、兄王が寄越した担当官に仕事を引き継ぐとさっさと帰ってきた。

国だけでも厄介なのに、その上あの王女のお守りなんて最初からお断りである。

だから、王都から離れたほうがよいと兄に言われたときは、むしろほっとしたものだが。

「なるほどな。ルーファイドの言う通り。おれにあの国を治める自信はない」

「はっ？」

「はああっ!?」

挑発したつもりだったのに、あっさりと頷くユーグアルトに間の抜けた返事をしたルーファイド。

弟と、そして先ほど以上に否定的な声を上げた部下たちに、ユーグアルトはしみじみと言った。

「長年国境を接してきたはずなのに、あそこまで経済も、文化も、価値観さえ違うとは予想外だ。とくにオーソクレーズの王族の存在価値と貴族の在り方は、おれにはどうしても理解できなかった。理解したいとも、思えなかったな」

話せば話すだけ、第四軍で苦楽を共にした部下たちは異様に静かになった。

彼が言った全くその通りのことを、彼らも痛感していたからだ。

あんな苦労話やこんな苦労話が、すぐに思い出されては勝手にため息が出てしまう。

軍団長をコケにされるのは我慢ならないが、かといって彼らもそんなオーソクレーズに戻りたいわけではないのだ。

「加えて。長年の政策の影響だろうが、上から下まで閉鎖的で変に頑固で話が通じないところには……そうだな、不愛想なおれよりも人当たりの良い誰かがあたったほうがいいだろう」

ちなみに。

ユーグアルトは決して顔面が不自由なわけではない。いつも無表情というわけでもない。必要であれば愛想笑いのひとつもするし、実のない会話で場を盛り上げることもできる。

……必要以上には滅多にやらないのだが。

「柔軟な考えを持って臨機応変に対応できる者が望ましい。そうだなルーファイド、お前なら意外と適任かもしれないぞ」

半分嫌味で、そして残り半分はわりと真面目にユーグアルトはそう言った。

ルーファイドは、無駄に外面が良く、状況に応じて柔軟に相手に合わせることができる特技の持ち主だったからだ。ものは言いようである。

かつて。

優秀と褒めそやされ将来を期待されていたのはユーグアルトではなく、むしろルーファイドのほうだった。

要領が良くなんでも器用にこなす弟王子は、子供の頃から周囲の大人たちの受けも良かったのだ。

彼は、場の空気を読むことにも長けていた。

しかしその器用さが仇になったのか。

教えられたように動き周囲の望むように応えてさえいれば、大人たちは満足し褒めてくれる。そう気づいてしまった彼は、いつからかそれ以上の努力をしなくなった。

自分で物事を考え自ら動くことを放棄し、表面を取り繕うことだけが上手くなっていく。

だから予想外の出来事に遭遇してしまった場合、ルーファイドは残念な行動に走った挙句、残念な結果に終わることもしばしばだ。

混乱してまったく身動きできなくなることもあれば、向こう見ずに突っ走ってしまうこともあった。

そうして、失敗を重ねるうちに取り繕うことも難しくなっていき。彼は焦っていた。

教師から聞かされていないオーソクレーズの話に呆然としたのか。

静かな上になんだか表情まで暗くなった第四軍の幹部たちの様子を訝しんだのか。

あるいは、仲の悪い異母兄から珍しく褒めるような発言が飛び出したからか。

微妙な顔つきで眉をひそめたルーファイドに向けて、ユーグアルトは蒼黒の目を細める。

「お前が必要と言うのなら、おれはお前を後押しすることにしよう」

わざと丁寧な口調で申し出る。

ルーファイドが彼に助けを求めるなど絶対にありえないと分かった上での発言である。

まあ、反対方向のフローライドに遠征に行く異母兄の後押しなど、たとえあっても無いようなものだろうが。

思った通り、彼は嫌そうに顔をしかめた。

「あの王女が何人〝愛人〟を侍らせるつもりかは知らないが、彼女の公の夫でありオーソクレーズの王となる者はひとりだ。おれに構っている暇があるなら、他の候補者たちを牽制した方がいいん

じゃないのか？」

――だから、これ以上厄介事を持ち込んで来るな。

目を細め口の両端を上げる。

顔は、確かに笑みの形をしているはずだった。

にもかかわらず声は平坦で低く、ひたと相手を見据える視線にはまるで温度を感じない。

単純に顔をしかめて非友好的な雰囲気を出されたほうが、まだマシだ。

彼よりよほど理不尽で苦い思いを重ねてきた兄王子の気迫に、彼は無意識に圧されたのだ。

「せいぜい頑張るんだなルーファイド。――エレニテ・アンジェディーナ王女の従僕どのがお帰りだ」

ユーグアルトが周囲に告げたとき。

いつもであればすかさず反論してくるであろうルーファイドは、静かに第四軍の詰所を後にした。

むっと口を閉ざし、こころなしか青ざめた顔つきのままで。

――あれが本当に怖いのはな、笑っているときなんだよ。

サヴィア国王となったいちばん上の兄が、いつだったかルーファイドにそう言ったことがある。

社交の場で余所行きの大人しい顔で笑うユーグアルトしか知らなかった彼は、兄の言葉を鼻で笑ったものだった。笑顔が怖いってなんなんだ、と。

思って、いたのだ。

……あれは笑っているようで、まったく別の顔だ。

なお。ずっと第四軍で寝食を共にし、たまにしか顔を合わせることがない兄弟よりもよほど彼の表情を読み取るのに慣れた彼の部下たちに言わせると。

ユーグアルト・ウェガ団長のあの顔は「疲れて疲れてもう笑うしかなくなった顔」であった。

余話2 王女様の手紙の行方

「お邪魔しますわ、あなた」

そんな気安い言葉とともに、サヴィア王国国王ウォラスト・エディリンの執務室に颯爽と入ってきたのは彼の愛する唯一の妃カナリー・ラフーリアである。

今でこそ大陸有数の大国となったサヴィアだが、十数年前までは大陸有数の貧しい小国だった。

国土が増えても、王城が大きく改築されても、この夫婦の距離感や気安さは変わらない。

「珍しいね。どうしたの」

国王と王妃になってからというもの、お互いにやるべき事が多すぎて、日中は夫婦揃っての公務が無い限りは別行動が多い。

ウォラストは嬉しそうに少し笑って、控えていた側近にお茶の用意を指示する。

しかし彼女が持っている手紙らしきモノを見るなり、表情がぴしりと固まった。

「それ……」

よく言えば華やか。悪く言えばけばけばしい模様がついた封筒。

封が切られた後なので今はないが、わざわざ魔法の簡易封印が施された跡もある。魔法道具作り

の職人が「ええー、こんな面倒くさいの作るんですかあー？」と嫌そうにしながら作った無駄に細かくて無駄にきらきらしていた、あれである。

ちなみに、サヴィア国王夫妻もそのほかの王族たちも自分の簡易封印を作ってはいるが、だいたいは武器防具や動物、花などを図案化した簡素なものである。

ひと目で誰の手紙なのか分かるように、そもそも単純な形が多いのが〝簡易〟封印である。

自己主張が激しいこの印も、ある意味非常に分かりやすいがちょっと非常識でもある。

それを掲げてにっこりと微笑む妃の顔が、怖い。

「ちょっと、コレの内容についてご確認を」

彼女が怖い空気をまとっていた理由も、手紙を見て納得した。

重くて長いため息のあと、ウォラストは言う。

「……婚約破棄の破棄なんて、わたしが認めるわけないだろう。彼女が自分で言ったんだよ。あんな公衆の面前で。婚約を破棄しますーって。正式な婚約なんてしてなかったけど」

「ですわよねえ」

「これをユーグのところに持っていったの？　あいつが喜んで受け入れると思ったのかな」

「ユーグ様は普通に常識のある方ですから。喜ばなかったようですわ」

「というか、まず国王のわたしを通すべきだよね、これも。前のも」

「ですわよねえ」

ふたりはそろってため息をついた。

サヴィア国王夫妻が思っていることは一緒だ。

「ああ……面倒くさい」


手紙の主エレニテ・アンジェディーナ王女は、オーソクレーズ前国王の唯一の子供であり、唯一の後継者である。

生まれたときから王宮の奥深くでそれはそれは大切に扱われ、望めば何でも手に入り、何をしても、何を言っても肯定され、何を命じても誰も彼もがそれに従う。それが日常だったらしい。

サヴィア国王のウォラスト・エディリンだってそんな生活はした事がない。あまりに違いすぎて、想像するだけでなんだか気持ち悪いくらいだ。

育った環境がソレなのだから、多少傲慢で世間知らずなのは仕方がない。急に変えられるものでもないだろう。が。

「――あれは、ただのワガママな子供だな」

責任感の強いユーグアルトがあの王女を毛嫌いする理由がよくわかる。

王族は偉いのだと思っていても、その振る舞いに責任が伴うことは理解していない。

おそらく。これまで大勢に傅(かしず)かれ傍若無人なふるまいが許されていたのはなぜなのか、あの王女は深く考えたことなどないのだろう。かの国の佞臣(ねいしん)たちによって余計なことは考えないように育てられた、とも言えるかもしれないが。

少しばかり憐れには思うが、彼女は年齢的にはすでに成人している。

こんな異世界のすみっこで

ちっちゃな使役魔獣とすごす、

ほのぼの魔法使いライフ

2

いちい千冬

Illustration

桶乃かもく

初回版限定
封入
購入者特典

特別書き下ろし。

もうひとつの面接試験

※『こんな異世界のすみっこで 2　ちっちゃな使役魔獣とすごす、ほのぼの魔法使いライフ』をお読みになったあとにご覧ください。

「試験を受けてきてねー」

木乃香がフローライドの王城で文官として働くことになった、その一日目。

同じ部署の先輩になったジェイル・ルーカから言われたのがこれだった。


魔法大国フローライドといえども、いや魔法大国だからこそ、王城内では魔法に対する制限がけっこう多い。

大規模な魔法や危ない魔法は使うことが禁じられているし、使おうとしても発動しない。使役魔獣ももちろん、召喚や持ち込みが禁止されていた。

そもそも魔法は強ければ強いだけ、攻撃力が高ければ高いだけ素晴らしいという、魔法使いのくせに妙に脳筋な風潮がある国である。

いくら〝強い〟からといって、王様や城で働く人々に危害を加えたり城を壊したりされては困るのだ。

ただし、例外はある。

国王本人の魔法や、国王や城を守るために使われる魔法、きちんと制御がされており問題ないと許可された魔法、などである。

木乃香が受けろと言われたのは、彼女の使役魔獣たちを城に入れる許可を得るための面接試験なのだった。

「職場にいる間も使役魔獣たちに会えるのは嬉しいですけど。こんなに急いでその面接を受ける必要ってあります？」

「あります！　絶対あります！」

「王城内での自衛は必須だぞ」

「事前に申請して予約まで取ったんだから、行っとこうね！」

首をかしげる木乃香に、ジェイル・ルーカとジント・オージャイト、それから同じ部署の先輩たちまでが口を揃えて「早いに越したことはない」と言ってくる。

……ここは魔法が制限された安全な場所じゃなかったんだろうか。

自衛って何だと眉をひそめる木乃香は、まだ知らない。

たしかに、王城の敷地内では危ない魔法は使えない。

しかしコップ一杯の水を引っかけられるとか、足を引っかけられて転ばされるとか、あるいは期限の迫った書類を隠されてしまうとか。城の制限にも引っかからないようなしょうもない嫌がらせ魔法が、とくに木乃香のような新人に対してよく仕掛けられるのだという事情を。

面接場所として指定された演習場――〝魔法使い〟の認定試験でも使ったその場所で待っていた面接官は、認定試験でもお世話になった認定官の男だった。

「あ、その節はお世話になりました」

「あ、あああ、いい、いや……」

……以前に会ったときは、もうちょっと偉そうにふんぞり返っていた気がするのだが、

なんだか身体を縮こまらせてびくびくしている男に内心で首をかしげつつ、木乃香はもうひとりの面接官にも頭を下げた。

「お忙しい中、お時間を取っていただいてありがとうございます」

「ひいっ」

「……ご丁寧にありがとう。大丈夫よ」

変に短い悲鳴を上げた同僚を横目で冷ややかに見て、木乃香ににっこりと微笑み返してくれたのは、男よりもいくらか上の階級と思われる〝中級魔法使い〟の女性だった。

現在、〝魔法使い〟の認定試験やこういった面接はひとりではなくふたり以上で担当することになったそうだ。

そのほうがより公平な判断ができるから、らしい。

「それじゃあ、さっそく使役魔獣を召喚して見せて」

「はい」

召喚したそのときから審査が始まるらしい。木乃香はぽぽんと五体の使役魔獣を演習場に出現させた。

彼女の使役魔獣たちは召喚されっぱなしの状態なので、正確には召喚ではなく自室から転移させただけなのだが。

召喚主のとなり、横一列にきちんと並んだ使役魔獣たちは、揃ってお辞儀をした。

「はじめまして、いちろー、です！」

小さいが、五体の中ではいちばん大きな子供姿の使役魔獣が元気に挨拶をする。

それから小さなもみじのような手をめいいっぱいに広げて「じろーです、さぶろーです……」とほかの使役魔獣達を紹介し始める。

ぽかんと固まっていた面接官たちが我に返ったのは、その後だった。

「え……っ、かわ……」

顔を真っ赤にして口元を押さえる女性面接官と。

「余計に増えている……」

なぜか恐れおののく男性面接官。

審査の内容は、使役魔獣の能力は何か、召喚主の命令をちゃんと聞けるか、それから面接の間に急に暴れ出したり物を壊したりしないか、といったことだったのだが。

どこからどう見ても危険のきの字も見当たらないお利口さんの使役魔獣たちは、木乃香がその特殊能力などを説明する前に、あっさりと審査を通った。

男性面接官はすでに〝魔法使い〟認定のときに五体のうちの三体は確認している。しかも召喚主は、あまり知られていないが最上級魔法使いラディアル・ガイルの弟子なのだ。失格の理由も、失格にする勇気もない。

「……こんなモノを城に持ち込んで、どうするんだ？」

どこか諦めたように、男性面接官が聞いた。

そういえば、似たようなことを以前にも彼女の前で言った気がする。あのときは、彼女が魔法力不足で倒れてしまったこともあり、答えはなかったが。

「何かをさせる気はないんですけど……」

そう前置いて、木乃香は言った。

「仕事中の癒やしなんです！　彼らがいると、もっと仕事を頑張れる気がします」

「ああ……」

なるほど、と頷いたのは、癒やし系使役魔獣をにまにまうっとりと眺めていた女性面接官である。

「わかるわ。――それに、あなたは統括局への配属だったものね」

あの統括局だったら、そういうの必要よね。

理解と同情がこもった女性面接官のため息の理由を木乃香が知るのは、本格的に仕事を始め、統括局長官の横暴ぶりを実感した頃のことだった。

他国にいてさえ何も考えず、何も見ようとせず、何も学ぼうとしない。ただただオーソクレーズに居たときのような生活を続けようとする彼女には呆れてしまう。

他国の王宮で自分勝手に振る舞い、自分の口で発した言葉も簡単に翻し、それを何とも思っていないあたり、王族としての自覚も、威厳も誇りも見当たらない。

あれでは自分の捕虜という立場も分かっているのかどうか、怪しいところだ。

別に捕虜でなくとも、サヴィアにいながらサヴィアの国王をないがしろにし、王族に対する礼儀もなっていないのは問題である。

これがオーソクレーズなら、それは極刑ものの大罪のはずなのだが。自分が裁かれるとは思ってもいないのだろう。

「こちらも体面というものがある。とりあえず、王女は離れへ隔離。部屋の外へ出ることはもちろん、面会も制限させていただこう」

「だろうと思いまして、すでに移っていただいております」

多少は抵抗されましたけどね、と笑顔で王妃が言った。

女性のことは女性が、と王女の世話を買ってでていた彼女なので、ウォラスト以上に振り回され悩まされてストレスを溜めていたに違いない。

「あの方、勉強がお嫌いなのですわ。教師を手配してもすぐに断ってしまうかサボるかで見目の良い男性を集めてのお茶会ばかり。一般的な教養さえも身についているかどうか怪しいところだというのに」

ちなみに、王妃が言うには字も汚いらしい。

自分の名前だけは流暢に美しく格好良く書けるらしいが、この手紙にしても名前以外は側仕えあたりの代筆だろうとのことだった。

「ちょうど良かった。この機会に、みっちりと勉強して頂きます。まずは手習いからかしらね」

「手習い……」

「字が汚いだけならともかく、綴りもときどき間違えてますので」

「……」

字の練習なら、国王夫妻の二番目の王子（六歳）でも一通りは終わっている。

それを真面目な顔でまずは、と提案されている他国の王女（大人）ってどうなのだろう。

「厄介なのは王女様の婚約者候補の方々ですが……」

婚約者候補な上にそもそも有力貴族の子息ばかりなので、彼らが面会を求めた場合、王宮の護衛や侍女ではなかなか追い払うことが難しい。

眉をひそめる王妃に、ウォラストは大きく頷いてみせた。

「ああ、それなら。ルーが珍しいことを言い出してね」

「ルーファイド様、ですか？」

ルーファイド・スティルと言えば、遠征準備で忙しいユーグアルトのもとへこの王女の手紙を渡しに行った、ウォラストのもう一人の弟である。

内容を知りながらわざわざユーグアルトに渡しに行くその行動は理解できなかったが、しかしその手紙のことを事後とはいえちゃんと報告に来たのもまた、ルーファイドだった。

「オーソクレーズに行きたいと言い出した。実際にこの目で見てみたいとね。良い機会だから婚約者候補、それから希望者もいるなら全員まとめてあの国に送ってみたらどうかと思ってね。いずれ王女と結婚してあの国を治める立場になるのなら、見ておいて損はないだろうから」

「そう、ですね……」

いままで王女の側でご機嫌を取っているだけだったのに、どんな心境の変化だろう。

「良い変化だと良いけどね」

「そうですね」

そう呟くウォラストに、カナリーも深く同意した。

「まあ、これで駄目なら駄目で……もう、仕方がないよね」

「ええ」

続いた王の素っ気ない言葉にも、サヴィア王妃は同意する。

「王女様の顔は、オーソクレーズではほとんど知られていなかったようですから。誰か別の者に替わっていても、気付かれないのではないかと」

「あんまり、余計な仕事はしたくないんだけどね」

「ええ。駄目にならないことを祈るばかりですわ」

言葉の割に、ふたりの口調は最初のため息よりも軽い。

いっそそのほうが楽だ、といわんばかりであった。

「――王女はともかく。こちらで用意した婚約者候補は五人も居たのだから、誰かひとりでもあちらで上手くやってくれれば、良いのだが」

一番の有力候補が抜けてしまったのだ。単なる王女の取り巻きに成り下がってしまった他の候補の若者たちがどこまでできるか、正直あまり期待もできないのだが。

たとえ婚約者候補たちが王配として不適格でも、まあどこかしらに使い道はあるだろう。なにしろ、サヴィア王国はどこもかしこも人手不足である。

好戦的だった先代と違い、現国王ウォラスト・エディリンは温厚だと言われている。

自ら戦を仕掛けることはなく、武力ではなく話し合いによる交渉を行い、これまで制圧した国々への配慮も欠かさない。

短い期間で何倍にも国土を増やしたサヴィア王国が安定出来たのも、彼の政策が大きいと言われている。

戦嫌いの彼を、陰で腰抜けだとか頭でっかちだとか揶揄する者はいる。

しかし彼ができる限り武力を行使しないのは、ほとんどの場合、余計に手間と時間とお金、それから心労がかかることを十分に理解しているからだ。

ただ優しいわけではない。国の安定を考えたとき、彼は前国王よりも冷酷に、迅速に、そして容赦なく他者を切り捨てることができる為政者でもある。

同じような修羅場をくぐり抜けてきた同志である妃も、それは同様であった。

これよりしばらく。
オーソクレーズの王女とその取り巻きの賑やかな姿は王城ではぱったりと見なくなる。
そしてさらにその後、ふたたび人々の前に姿を現わした彼らはすっかり大人しくなり。
まるで別人のように変わっていたとか、いなかったとか。

第３章

どんな国境の最前線

Episode 3

Konna Isekai no Sumikkode

シルベル領、レイヴァン。

そこは、フローライド王国の北の国境にある町だった。

国外から入って来る貿易品は、陸路であればほとんどこのレイヴァンの関所を通る。そのため、フローライド国内外の人々と品物で賑わう、それなりに栄えた場所であった。

そんな要所のため、過去にもたびたび狙われている。

そのため、隣国と接する側には、町の規模に見合わない、大きく厳めしい砦と、増築に増築を重ねた長く高い石壁が築かれていた。

……すべて、過去形。

ほんの半年ほど前までの話。たったひと晩にして変わってしまった話である。

現在、レイヴァンは、サヴィア王国軍の支配下にある。

町はほぼ無傷で残っている。一部壊れた場所も軍が率先して修復した。

が、町の代名詞ともいえる堅固な造りの砦と石壁があった場所は、無残、という言葉がぴたりとくるほど、石と木片の山があるばかりだった。

そんな瓦礫の山の向こう側。

国境の見晴らしを良くするためにと人工的に広がっていた原っぱを埋め尽くしているのは、大小さまざまで色とりどりの天幕だ。

レイヴァンの町以上の規模がある、サヴィア王国軍の駐屯地であった。

王国軍第四軍軍団長ユーグアルト・ウェガは、第二軍軍団長ジュロ・アロルグの熱烈な歓迎に遭った。

どれくらい熱烈かというと、姿を見るなりものすごい速さで走り寄られ、「よく来てくれたなあぁっ」と叫ばれ肩をばしんばしん叩かれるくらいだ。

お互いに鎧や武器を身に着けていなければ、たぶん抱き着かれ締め上げられていたに違いない。

そんな勢いだった。

身の丈も肩幅も腕回りも、何もかもが大きな男からの容赦ない〝歓迎〟である。

ユーグアルトはふらつかないよう踏ん張るだけで精いっぱいだった。自分だってちょっとどころでなく鍛えているのに。

殺気が無かったとはいえ、ユーグアルトもその周囲も反射的に迎撃態勢に入らなかっただけ胆力があるというか、ジュロ・アロルグという人物が分かっていた。

……熊のような大男に急に向かってこられたら、怖いことは怖いのだが。

「………ジュロ団長」

じろりと見上げれば、「おっ」と声を上げて、その丸太のように硬くてごつい腕だけは退けてくれた。

「いやスマンスマン。つい嬉しくてな！　ってかお前、これくらいじゃ潰れんだろ！」

「その怪力は敵相手にとっておいて下さいよ」

「わははははっ」

にかっと音がつきそうな笑みは、まったく悪いと思っていない顔だ。

それはもう、嫌味なほどに悪意のかけらも見当たらない。

「元気そうだなユーグ！　オーソクレーズでの活躍、聞いてるぞ！」

「……団長もお変わりないようで」

ふっと息をついて、ユーグアルトも少し身体の力を抜いた。

このジュロ・アロルグ。

現国王ウォラスト・エディリンが王太子だったころ一緒に戦場に立ったことがある縁で、国王とは自他ともに認める〝戦友〟である。

そして当時兄の補佐を務めていたユーグアルトも弟のように可愛がってもらった。

あれから軍団長にまで出世したというのにこの男、ぜんぜんお変わりがない。

相変わらずの、でかい身体とでかい態度である。

「陛下からの話だと――」

「おーい待った。お前、相変わらずくっそ真面目だなあ」

ばっさりと豪快に、第二軍軍団長は話をぶった切る。

そして呆れたような顔で続けた。

「自分の兄貴を〝陛下〟って。そんな他人行儀な呼び方、あいつ寂しがってないか？　おれの呼び方だって、昔みたいにアルでいいぞ。おれが〝団長〟ならユーグだって〝団長〟なんだし」

「……時と場合を選んでいるんだ」

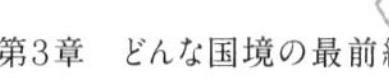

いついかなる時でも誰が相手でも、変わらない態度が嬉しいような腹立たしいような。

微妙なため息をついて、ユーグアルトも返した。

彼らは旧知の仲だが、それはそれ、これはこれ。

いちおう、王国軍の団長同士の挨拶である。周囲の目もあることだし、最初くらいはお互いに敬意を示さねばと余所行きの顔と言葉遣いにしてみたのに。

現に、彼の大雑把な態度に慣れているらしい第二軍の兵士たちは平然としているが、慣れていない第四軍の兵士たちは唖然としている。

「あー、そういう器用なの、おれには無理だわ！」

だっはっはー、と豪快に笑い飛ばす第二軍の軍団長様。

ユーグアルトも肩をすくめただけで、これ以上は何も言わなかった。まあジュロ・アロルグだし、ほんとうにかしこまった態度が必要な場面になればなんとかするだろう。

急速に大きくなったサヴィア王国では、武官も文官も急激に増えた。

とくに武官は、ジュロのような平民や他国の出身者でも数多く出世しているが、彼らへの細かい礼儀作法の指導は後回しにせざるを得なかった。

戦時下、とりあえず生き残らなければ、礼儀もへったくれもない。軍では戦力になるかどうかが最重要なのだ。

もともと質実剛健で大雑把、細かい事を気にしないのがサヴィアである。

その点、ジュロ・アロルグはサヴィアらしい軍人ともいえる。

多少の困難や問題があろうとも「任せろ！」と頼もしく胸を叩き、あるいは「なんとかなるだろ」と笑い飛ばす。どこかの口だけ王子とは違い、実際になんとかしてきた実績があるからこその将軍職である。

そして今回。

その「なんとかなるだろ」のジュロ・アロルグが、帰りたいのに帰れないと泣きついてきたのは初めてだ、と国王ウォラスト・エディリンも驚いていた。

そして、その原因の一端は。

「――このたびは、うちの妹が迷惑をかけたようで申し訳ない」

ユーグアルトがそう言ったとたん、ジュロの笑い顔が不自然に固まった。

そして、はあー、と長くて大きなため息を吐き出す。

「……別に姫が悪いんじゃねえよ。むしろ姫のおかげで、途中までは上手くいってたんだ」

実際、フローライド侵攻は上手くいっていた。

物事万事楽観的なジュロ・アロルグでさえちょっと気味が悪いと思うほど、順調だったのだ。

フローライドの都市をいくつか落としていた第二軍だったが、それでも新しく即位した国王からの撤退命令に反発する気はまったくなかった。

もともと魔法大国フローライドへの侵攻に反対していたウォラストを知っていたし、命令があったから攻めただけで、ジュロも乗り気ではなかったからだ。

加えて、将軍としての戦経験か、野生のカンというべきか。なんだか嫌な予感がずっとしていた。

だからさっさと撤退しようと、思ってはいたのだ。

しかし。

もう少しフローライドという国を知っていれば、と大きく頑強な肩をがっくり落としてジュロが呟く。

「………正直、フローライドを舐めてたよ」

その姿に、味方でも引くほどだった覇気はまったく感じられない。

そもそも、ジュロ・アロルグは頭で考えるより先に身体が動くタイプだ。「考えるのは他のヤツの仕事だ」と日ごろから豪語している。

そんな脳筋が、ここまで分かりやすく落ち込んでいるのは珍しい。

ほんとうに、珍しい。

「……アルのせいではない。さすがにこれは、ちょっと予想つかないだろう」

慰めでも何でもなく、ユーグアルトは事実を口にした。

もし彼がオーソクレーズではなくこちらの攻略を命令されていたら。おそらくジュロ・アロルグと、そして第二軍と同じ行動をとっていただろう。

そして、今のジュロ・アロルグのように頭を抱えていたに違いない。

「だよなあ」

ひと回り小さくなったようなジュロ・アロルグが、ため息を吐いた。

ユーグアルトらはレイヴァンの石砦の前に来ていた。

正確には、砦であったものの残骸の前だが。

「見事に跡形がないな」

「派手にやれっていうのが命令だったからな。いやもうすごかったぞ」

ジュロ・アロルグが苦笑した。

放って置いたら危ない箇所や、レイヴァンの町に出入りするための道の分だけ少し片付けられているが、基本は壊れたそのままである。

人手はあるので、片付けようと思えばできないことはない。

が、フローライドの捕虜の証言とサヴィア側の魔導部隊の探索から、瓦礫の山よりもその中に潜んでいる数々の魔法の残骸が厄介なこと、フローライド側に壊れたものを壊れたまま見せつけておくのが効果的と判断されたこと、などが放置されている理由だ。

魔法の残骸に関しては、暴発の危険もあるので魔導部隊が中心になって少しずつ解除し撤去しているところである。

この瓦礫の山は、たったひと晩で作られた。

「……これだけを」

「おう。ほとんどひとりで、姫が壊した」

やったのは、サヴィア王国第三王女ナナリィゼ・シャル・サヴィア。

魔法力だけならサヴィア王国随一、世界でも指折りなのではと噂される、ユーグアルトの異母妹である。

この王女は、第二軍に所属しているわけではない。

それどころか、四つある軍のどこにも属していない。

大きすぎる力を、彼女は未だ上手く使いこなせていないからだ。

細かい加減調節はできず、効果にムラもある。当然ながら他の魔法使いたちとの連携も取れず、また彼女を抑えることができる実力を持った魔法使いもいないので、特定の軍に属することはできない。

現在は、こういった思い切り派手にぶちかませばそれで良しという場面でのみ駆り出されることが多かった。

難攻不落と言われていたレイヴァンの砦を一晩で攻略できたのは、間違いなく王女のおかげである。

ちなみに、サヴィア王国軍でいちばん被害が出たのは魔導部隊。自軍とレイヴァンの町の居住区に王女の魔法攻撃が届かないように結界を張っていた彼らは、魔法力の使いすぎで数日寝込む羽目になった。

ナナリィゼ王女はここぞというときの切り札だが、扱い方を間違えれば味方にも被害を出しかねない、なかなか危険な札でもある。

しかし使わないという選択肢が出ない程に、彼女の魔法の威力は〝別格〟だ。

「この世の終わりってこんな感じかなと思ったぜオレは」

ジュロ・アロルグは魔法の才能に恵まれなかった。

しかし第二軍の長として魔導部隊に指示を出すことはあるし、もちろん魔法を見たのも初めてではない。敵から魔法攻撃を受けたことだってある。

しかし。

あれは無い。あれは、規格外だ。

その時を思い出して、彼は軽く頭を振った。

夜の暗闇の中。降り注ぐ雷と立ち上る炎の柱。あっけなく崩れ落ちる建物と、その轟音。

勝ったというのに冷や汗が止まらなかった。

サヴィア王国では、フローライドのように魔法の実力で決められる階級がない。軍や研究施設などでの地位はあっても、それだけである。

しかし以前フローライドから招いた魔法使いが、ナナリィゼ・シャル王女について言ったそうだ。

彼女は、〝上級〟の魔法使い相当の実力があると。

フローライドには上級魔法使いがそれなりに存在する。王女くらいの魔法の実力を持ち、王女よりも魔法の扱いに長けた者がこの国では珍しくないのだとすれば。

そんな国に喧嘩を吹っかけて、勝算などあるのか。

仮に砦を破壊したような魔法が逆にこちらに降りかかれば、防ぎきることは到底無理だ。

命がいくつあっても足りない。石造りの砦が瓦礫に変わったように、サヴィア軍も完膚なきまでに壊滅するだろう。

国境のレイヴァンを侵したことで、自分たちは眠れる獅子の尻尾を踏みつけたのではないか。

とんでもなく愚かな戦を仕掛けたのではないか――。

皮肉なことに、彼らは自国の王女の圧倒的な魔法を目の当たりにして、魔法に対して、あるいは魔法大国と呼ばれる相手国に対して改めて恐れを抱いたのだった。


「――と。ガラにもなくびびってた時期もあったんだがなあ」

目の前の瓦礫ではなく、どこか遠くを眺めてジュロ・アロルグはぼやいた。

「ほんとうに、フローライドを舐めてたよ」

魔法大国フローライド。

多くの魔法使いを輩出し、また多くの魔法使いがその技術を求めて大陸中から集うこの国は、ただ魔法使いの数が多い、他国より強い魔法使いがいるというだけではなかった。

強大な魔法、あるいは巧みな魔法に対して畏怖と尊敬の念を抱き、それだけでなく研究し解明し取り込もうとする。

とにかく貪欲に、ひたすらに。

サヴィア軍が撤退出来なくなった理由は、そこにあった。

まず。

サヴィア王国軍に捕まったフローライドの捕虜たちの反応は、だいたい三つに分けられる。

「貴様らが笑っていられるのは今のうちだ！　我らがフローライド国王陛下と側近たちが来れば、その絶大な魔法でもってサヴィア軍などすぐに殲滅だろうからな！」

なぜか自分が偉そうにふんぞり返る、虎の威を借る者。

ちなみに本気でそう思っているのか、ハッタリなのかはまた人それぞれのようだ。

次に。

「い、命だけは助けてくれ……っ。頼む！」

ひたすら縮こまり怯える者。

これはレイヴァンの砦にいた魔法使いに多い。不幸にも容赦ない魔法攻撃に遭ってしまった者の中には、ガタガタ震えてろくに話も出来ない者だって少なくない。

そして。

「ああ……あの赤々と輝く炎の乱舞と夜空を切り裂く雷の轟音のすさまじさといったら！　なんと壮大なのだ！　なんと美しい！　かの〝万雷の魔法使い〟が書物に記した究極魔法〝テンノサバキ〟さながらの魔法をこの目でじかに見られようとは！　何という破壊力！　何という絶望感！ああ……実に素晴らしい!!　叶う事ならいま一度……いま一度、あの美しくも残酷な雷をこの目にキラキラとした目でブツブツと何事かを呟き、期待を込めてこちらを見上げて来る者。

これもレイヴァンの砦やその周辺に居た魔法使いに多い。多いと言っても、前述の二つのタイプよりは格段に数が少ないのだが。

……何というか。はっきり言って、最後のタイプは気味が悪い。

普段は抵抗も口答えもなく、捕虜としては扱いやすいくらいだが、災害級の魔法を放ったナナリィゼ王女の姿を目にすると豹変する。

とたんに騒がしくなり、悲鳴によく似た歓喜の雄叫びまで上げたりするのだ。

そのためサヴィア軍は、捕虜たちのいる区画に王女を近づけないようにした。王女本人も、あまり行きたくはないらしい。

それから。

「どうか、あなたの魔法を見せてくれ！」

「噂に聞く雷魔法を、この身に落として下さいませんか！」

「話を聞いて頂きたい！」

王女がその辺を歩いていると、こんな事を言いながら近寄って来る者たちが居た。

ちなみに、フローライドの人間である。なんとなく雰囲気が件の怪しい捕虜に似ている。

これがまた厄介であった。

命を狙ってくる者や敵意を向けて来る者、下心や野心に満ちた者なら、まだ慣れているし遠慮なく迎え撃てる。むしろそっちのほうが気楽である。

しかし白昼堂々突撃してくる彼らは、良くも悪くも素直というか、無邪気というか。純粋に王女の魔法の実力、あるいは魔法そのものに興味津々であった。

その眼差しは、珍しいモノを目にしたときの好奇心いっぱいの子供のそれによく似ている。が、中身はともかく見た目も身なりもそれなりの、れっきとした大人である。

相手は敵国の王女だというのに、断られると思ってなさそうなのがまた不可解だ。

サヴィア王国軍は野蛮だの盗人だの礼儀知らずだのと、他国から罵られることはよくある。攻め取られた国からすればそう思うだろうし、罵られるだけのことをしてきた自覚だってある。

しかしそんな〝礼儀知らず〟のサヴィア王国軍の面々でさえ、ぽかんと呆気にとられ、次いで眉をひそめるくらいにはフローライドの魔法使い（ごく一部）は図々しいし遠慮がないし、空気が読めなかった。

あまりに堂々としているので、自分たちが間違っているのではと一瞬不安になるくらいだ。

薄気味が悪くてしょうがない。

地味に精神的な負担があるものの実際に危害を加えられたわけではないので、何もできず放置していたところ。

姿を現さなくなった王女に焦れたのか、そのうち町中だけでなくサヴィア軍の駐屯地にまで侵入しようとする輩が現れた。

「信じられるか？　個人的な興味でサヴィア軍に潜入しようとしてたんだぞ。フローライドの密偵でも何でもない奴が」

この侵入者、どこをどう調べたのか、王女のいる天幕まで把握済みだった。

さすがに駐屯地への無断侵入は見過ごせず、捕らえて牢屋行きにしたが。

その辺の軍属が束になってかかっても問題なく返り討ちに出来るだけの〝力〟を持ったナナリィゼ王女だが、本人はまだ十代半ばの少女に過ぎない。

あんな怪しい連中に追い回されるなど、王女が気の毒すぎる。

本職の密偵よりいい仕事してるぞ、とジュロ・アロルグは呻き頭を抱える。

……楽天家を自負していた彼だが、ここへ来て頭を抱えることが非常に増えた。

サヴィア王国軍の駐屯地。その真ん中から少しサヴィア側のあたり。

周囲のものより少しだけ豪奢な天幕に、ナナリィゼ・シャル・サヴィアは居た。

サヴィアの天幕の中は、地位が上であろうと下であろうと絨毯を敷いた地べたに座るのが一般的だ。椅子を使うのは病人か足腰の弱っているような者だけである。

その為か、負傷していようが調子が悪かろうが、寝台で寝るのはいいが椅子に座るのだけは嫌だという変なこだわりを持つ軍人も多い。

加えて、地位が高いからといって遠征にたくさんの調度品や大勢の側仕えを自分の天幕に入れたりもしないものだ。

ナナリィゼ王女の天幕もまた、椅子もなければ荷物も少なく、それどころか彼女ほど身分の高い女性であれば連れて来る側仕えの者さえ、ひとりも付いていなかった。

侵入者騒ぎがあってから頻繁に天幕を移る彼女なので、まあ都合が良いといえば良いのかもしれないが。

天幕の中の、ちょうど中央には小さな卓。その上に、とっくに冷めてしまったお茶と手をつけた様子のない茶菓子が載っている。

卓の前、ふかふかの敷物の上にひとりぽつんと座っているのが王女だ。

何を思案していたのか……あるいは何も考えていないのか。

強いて言うなら少しばかり眠そう、だろうか。

たまに瞬きをするから「あ、生きてる」と分かるくらい、彼女には動きがなかった。

相変わらずだな、とユーグアルトは思う。

レイヴァンの砦攻略の後。さすがに魔法力を使い過ぎてしばらく天幕から出られず、ぼんやりしていたとジュロ・アロルグは言っていたが、この王女は大体いつもこんな感じでぼんやりしている。

しゃきっとするのは、戦で魔法を使っているときくらいだ。

彼は、小さな卓を挟んで異母妹の前に座った。

「久しぶりだな」

「……ユーグ兄さま」

ナナリィゼがゆるりと視線を上げ。

目の前に座る人物を、銀色のまつ毛に縁どられた薄紫の双眸に映す。

それが自分の異母兄だと認識した瞬間、彼女の瞳がきらりと光った、ような気がした。

小さな、けれども存外はっきりとした口調で彼女は言う。

「兄さまが来た、ということは、いよいよ王都フロルへ進軍ですか？」

「は？」

それまでの無気力な雰囲気はどこへ行ったのか。いや、変に目が覚めたのか。

ずいっと身を乗り出して、彼女は続けた。

「もうずいぶんと待ちました。この間にも、フローライド国王に苦しめられている者はいます」

「……はあ？」

「重税に苦しみ、貧困にあえぎ、心無い魔法に痛めつけられ。フローライドの民はもう限界なのです」

「…………へえ」

「フローライドの民のためにも、悪逆非道のフローライド国王を討ち滅ぼしましょう！」

「ちょっと待て」

ユーグアルトはここではない遠いどこかを見……ようとして、止めた。

なぜならここは天幕の中。上を向いたところで、少々埃っぽく薄汚れた厚布が目に入るだけなのだ。

第二軍軍団長ジュロ・アロルグが頭を抱える要因のひとつにコレがあった。

王族でありいちばんの戦力でもあるこの王女が、退却するどころかさらに攻める気満々なのである。

救いは、第二軍の長が王女ではなくジュロ・アロルグだったこと。それを王女がちゃんと理解して、内心がどうであれとりあえずは彼に従っていることだが。

サヴィア王国軍、とりわけ守るより攻めることが多かった第二軍、第三軍は、血気盛んな者が多く集まっている。

兵士の中にもまだフローライドを攻め落とせという考えの持ち主が少なくない。それを抑え込むだけでも一苦労なのだ。

フローライドの現国王は、政に関心がない道楽人間である。

が、〝悪逆非道〟だという話は、とんと聞かない。

魔法で人を喜ばせたり驚かせたりするのが好きで、名君ではないが国民からそれほど嫌われてもいなかったと思う。

長く国境付近でフローライド軍と対峙していたジュロ・アロルグに聞いても同じことを言っていたのだから、ユーグアルトの前情報は間違っていないはずだ。

実際に見ても、そこまで荒んだ雰囲気はなかった。

レイヴァンなどは陸路の交易拠点にしては思ったほど栄えた感じもしないが、嘆くほど〝重税にた。


苦しみ、貧困にあえぎ、心無い魔法に痛めつけられて〟いたようにも見えなかった。

多少の不満はあっても、そこそこ、といったところだろうか。

たとえば、北の大国オーソクレーズなどには、何かの見本のような寂れた町や村がたくさんあった。

オーソクレーズ侵攻に参加していないナナリィゼはそれを見ていないないし、その惨状は一国の王女、いや若い女性に見せるようなものではなかった、とも思う。

もっとひどい場所があるのだからここはマシ、という考え方もあまりよろしくないが、それはそれとして、つまりは。

「お前には情報が足りない、ナナリィゼ」

ユーグアルトは異母妹へ、ため息交じりに言った。

ナナリィゼは、サヴィア王国の王女であり超強力な戦力でもある。

いろんな立場の人々からいろんな目的で狙われたり、襲われたりするのは日常茶飯事だ。しかもフローライドでは、調べても得体の知れない、目的もいまいち分からない人々に付きまとわれたりしている。

そのため不用意に動くことができず、今だって天幕の中に引きこもりの状態である。

ただでさえ情報が入りにくい環境なのに、加えて本人に情報を集める意欲がない。

彼女は、良くも悪くも大人しく従順。与えられた部屋で、何か言われるまでじっとしている事が多い。

そんな人間の耳に入ってくるのは、耳に入れたいと思って寄って来る者の声だけだ。

ナナリィゼは、話を聞いていないわけではない。ただ反応が薄く、積極性がないのだ。

そんな彼女が「誰それが困っている」「苦しんでいる」という話題にだけはそれなりの反応を示すものだから、王女の目に留まりたい下心がある者たちは、どうしてもその辺りを大げさに話す傾向がある。

ひとの話を一から十までちゃんと聞く王女は、それを疑う事もなく信じ込んでしまうのだ。

内容が嘘か本当か、確かめもせず。

今回、彼女に「フローライドの王様はひどい王様だ」と吹き込んだ者たちは、フローライドからの撤退をよく思わないサヴィアの武官。

曲がったことが大嫌いな彼女の性格をよく分かっている、それなりに近しい者たちだったらしい。

加えて、捕虜になったフローライドの魔法使いのごく一部もそう証言したらしく、ここまでナナリィゼが思い込む理由のひとつになったようだ。

人を疑う事を知らない、と言えば世間知らずで箱入りの王女様らしい性質かもしれない。

しかしそれはとても危険なことだ。

彼女ほどの地位と力と影響力があれば、なおさら。

「そのうえで。自分が正しくあろうとするのはいいが、自分の立つ側が常に正しいと思い込むのはやめろ」

ユーグアルトの言葉に、ナナリィゼは少し不思議そうに瞬きをした。

「おまえの完璧主義は悪くはないが。世の中、はっきりと白黒が付く物事のほうが少ないぞ。とくに戦に関しては、絶対に正しい答えなどないとおれは思っている」

少なくともサヴィアは、正義感からではない、ただ自国を豊かにするために戦を始めた。

そのサヴィア軍に属していながら、正義を掲げて戦を仕掛けることほど嘘くさいことはないと彼は思う。

「あの、でも……」

「――うん？」

ナナリィゼの「でも」は珍しい。

言われたら頷くだけというのが多い彼女に対して、ユーグアルトの反応が遅れた。

が、異母妹の次の言葉には即座に頭を抱えたくなった。

「ユーグ兄さまは、オーソクレーズを解放した英雄だって……」

「……」

「オーソクレーズの人々が、喜んで――」

「……それも、嘘が多いから簡単に信じるな」

いったい誰が吹き込みやがった、とユーグアルトは内心で舌打ちした。

兄がそうだからナナリィゼもフローライドを解放してくれ、とか何とか説得されたのだろうか。

自分が一部で〝英雄〟と称えられていることは、不本意ながら知っている。

同時に一部で、問答無用で国王を切って捨てた野蛮人だと眉をひそめられていることも。

彼は王命に従って攻めただけで、別に虐げられたオーソクレーズの民を救いたいとか、そんな高潔なことを思っていたわけではない。

国王に関しては、目の前で死んだのだけは事実だ。

「おれは英雄でも何でもない。そうしておけば都合のいい連中が、言い出したに過ぎない」

「……」

「戦う以上、少なからず敵味方双方に負傷者も死人も出る。どこかしらに被害が出て、それを直すのにも時間がかかる。迷惑を被るのが悪人だけだと思っているわけではないだろう」

「……」

「傷つけた人々の前でおれは英雄だと、胸を張って言えると思うか？」

「……」

ナナリィゼは黙り込む。

うつむいた顔は、少し不服そうだ。

ちなみに。子供向けの物語に出て来るような勧善懲悪の英雄などは現実に存在できるわけがない、とユーグアルトは思っている。

大人になりきらない内から戦場に駆り出されていた王子様は、架空の物語を読む暇があるなら兵法書を読んでいたし、きれいな夢を見る前に現実と向き合わなければ生き残れなかった。

王位継承順位も低く、国王の七番目の子供で五番目の王子という微妙な位置に生まれた王子などそんなものだ。

「とにかく。何が言いたいかというとだな」

ごほんとユーグアルトは咳払いをした。

まだ若いのに戦場に駆り出されているのは、この異母妹も一緒だ。

強大な魔法力さえ持たなければ、それでも王都ヴァリトールの城の中で、王女として静かに穏やかに暮らせていただろうに。

「誰に何を言われても、ちゃんと自分の頭で考えろ。ただし自分ひとりで考え込むな。おれでもジュロでも、お前についている護衛たちでも、誰でもいい。もう少し他人と話せ。聞くだけじゃだめだぞ。話をするんだ」

む、とナナリィゼは口を尖らせる。

「……難しいです」

「簡単だったら、誰も苦労しないだろう」

「……でも、兄さま」

本日二度目の「でも」である。

ユーグアルトは先を促すように異母妹を見る。

「やっぱり、自分で考えても、フローライド国王から解放するべきだと思うのです」

そう王女が言ったのをまるで見計らったかのように、天幕の周囲が騒がしくなってきた。

「だって――」

「両殿下、失礼いたします！」

ばさり、と乱暴に天幕の入口の布を撥ね除け、伝令係の武官が入って来た。

「どうした」

「申し上げます！　シルベル領リュベクが落ちました！」

「…………は？」

思わず聞き返したユーグアルトと、なぜか当然のように頷いているナナリィゼ。

サヴィア王国軍からは、いまは一切侵略行為を行っていない。国王から認められていないのである。

ちょっとした小競り合いはあっても、向かってきたからちょっと相手をしてやったという程度だ。

それなのに、地方の一都市が〝落ちた〟。

……落とした、ではなく、〝落ちた〟。

二人の前で、武官はさらに続ける。

「リュベクからの使者である魔法使いが、ナナリィゼ・シャル王女に目通りを願っております」

「……ジュロ・アロルグ団長は？」

「ユーグアルト・ウェガ団長に指示を仰げと」

――さっそく押し付けやがったあの筋肉ダルマ。

たたき上げのジュロ・アロルグに久々に会って影響されたのか。どんどん内心の口調が荒くなってくる自分を自覚しながら、ユーグアルトはため息をつく。

「こういうことなんです、兄さま」

澄ました顔でナナリィゼが言った。

いったい何がどういうことなのか。ついて行けない彼に彼女は小さく、けれどもはっきりと言う。

「黙っていても、フローライドの民がサヴィアに助けを求めてくるのです。不満があるのは明らかです。サヴィアがフローライドに侵攻するのは、フローライドを救うことになるのでは」

第二軍軍団長ジュロ・アロルグが頭を抱える要因のさらにもうひとつ、そして最大のものがコレであった。

攻めていない、脅しもかけていない、裏工作だってしていない町や集落が、勝手に反乱を起こし、勝手にサヴィア王国の支配下に入れてくれと頭を下げに来るのだ。

魔法大国フローライドは、完全魔法実力主義の国である。

それゆえに中央の官吏たち、およびその頂点に立つ国王ももちろん〝魔法使い〟である。

国王は世襲制ではなく、そのときにもっとも〝力〟のある魔法使いが選ばれる。血筋やもともとの身分は関係ない。

長い歴史の中には、他国の王族ですら選ばれた例があったという。

レイヴァンの砦を破壊した、その圧倒的な魔法を目の当たりにしたフローライドの一部の魔法使いたちは、魔法の使い手――つまりナナリィゼ・シャル王女を新しいフローライド王に押し上げようと、画策しているようなのだ。

こちらの意思とは、まったく関係のないところで。

余話3 諜報員シェブロン・ハウラの手紙

〝はいけーい〟

ジント・オージャイト殿。

数日前に某所からの撤退命令が出たため、わたしは別の場所に居る。

手配した馬車が来るまでに時間があるので、貴殿へ手紙をしたためることにした。

まずはレイヴァンで見た砦の様子を。

砦は、砦では無くなっていた。おびただしい石と煉瓦と木材、それからときどき魔法設備の残骸が見えるただの瓦礫の山であった。

在りし日の砦の姿を知らなかった事が悔やまれる。サヴィア王国軍が危険な魔法の撤去作業を行っていたので、ほんの一部を確認できた程度だが、この欠片だけを見ても、かなりの高度な魔法が数多（あまた）備えられた非常に興味深い砦であったことは疑いようがない。

マゼンタの王立魔法研究所は雑事に惑わされず研究に集中することができる素晴らしい環境だったが、外へ出ることによって学ぶものもあるのだと思い知らされた気分だ。中央へ移動させられたときは恨みに思ったものだが、今ではラディアル・ガイル所長には感謝している。

それはともかく、砦を破壊した圧倒的な魔法力である。

これも研究所に籠っていた頃の出来事かと思うと、当時のわたしを叱咤し引っ張り出したい気分であるが、過去へ戻る魔法が存在しない以上、過剰な後悔は時間の浪費である。

砦を破壊した魔法は、サヴィア王国軍の魔法使いによるものだと思われる。

破壊の状況と残っていた魔法力の痕跡から魔法の種類は火と雷。複雑な魔法陣や巧妙な仕掛けは一切なく、純粋に、単純にそのふたつのみである。

つまり、この魔法攻撃は複数の魔法使いが行ったものではない。ひとりか、多くてもふたりだけで為したものだということだ。

これだけの時間の経過があった上でいまだ痕跡が残っているということからも、その力の凄まじさがわかる。

レイヴァンとその周辺の魔法使いの中には、圧倒的な力に心酔して、あるいはその強さを解明すべくサヴィア王国軍に探りを入れる者もいるようである。わたしも仕事を大義名分に——いや、仕事は仕事である。しっかりやっているとも。ちゃんと上に報告も入れている。ついでに自分用にしっかりと記録も残している。

しかしサヴィア王国軍は、軍事力は言わずもがな、情報力も侮れない。優秀な諜報部隊か、もしくは内通者がいるのだろう。わがフローライド王国軍の動向についてはあちらに筒抜けのようだし、逆に向こうの軍の内部についてはなかなか情報が摑めない。摑んだと思っても偽情報も多く、真偽の判断にも苦労をした。

これも上に報告をしているが、どうだろうか。中央で何か動きはあっただろうか。

何か動きがあったからこその撤退、帰還命令なのだろうか。逆に諜報員が増やされるのではと予想していたのだが。

そもそも、わたしの後任は来ていたのだろうか。引き継ぎをしていないのだが。わたしが引き上げたすぐ後にまた戦況が変わったようなので、別の場所へ派遣されたのかもしれないが。

ともあれ、上からの命令である。これからわたしは王都へ帰還する。

この長期任務の後はしばらく休暇を貰えることになっていたので、帰還せよという命令がなければこのまま留まり件の魔法について調べるという道もあったのだが。

軍務局に籍を置く者として、命令には従わなければならない。残念だ。

貴殿も王都にいるのであれば、ちょうど良い。

サヴィア王国軍の魔導部隊の様子は、わたしの使役魔獣〝草〟を通してだが窺うことはできた。

フローライドとは魔法に対する考え方がまた違うようだった。姿形は違うが〝草〟と役割の似た使役魔獣もいた。これについてもぜひ貴殿と意見を交わしたい。

王都で会おう。

〝けーごー〟

「――というような事が書いてある」

ジント・オージャイトが淡々と読み上げた手紙をのぞき込んで、ジェイル・ルーカは首をひねった。

「……どこをどう読んだらそんな文章になるのコレ」

ジント宛てに送られてきたというシェブロン・ハウラからの手紙は、ジェイルから見ればまったく意味不明だった。

ところどころに彼でも読める単語はあるが、文字なのか記号なのかただの落書きなのか、ぜんぜん判断できない何かがつらつらと並んでいるだけに見える。ちなみにミアゼ・オーカやその使役魔獣の〝一郎〟がたまに書いている〝にほんごのひらがな〟とも違うようだった。

大きさが一定で列からはみ出さずに整然と並んでいるところは几帳面な感じがしないでもないが、でも読めない。読めないものは読めない。

「なにこれ。諜報部員の使う暗号文とか？」

「他の者が使っているかどうかは知らないが、シェブロン・ハウラの手紙はもともとこんな感じで簡略化されている」

「簡略化……」

たしかに、ジントが語った内容は、紙に書かれた文字（？）の量の数倍はあると思う。

「ジンちゃんが想像力で盛りに盛ったのかと思った」

「否定はしない」

「しないのかよ」

「解読にも慣れたので、内容にほぼ間違いはないと思うが」

ジント・オージャイトの顔は、安定の無表情ながらちょっと自信ありげである。

「……あと、最初の〝はいけーい〟と最後の〝けーごー〟ってなに」

「ああ、それは、最近彼が面白がって付けてくる決まり文句だ」

「決まり文句？」

「わたしが教えた」

ジントの顔つきは、ちょっと自信ありげから、ちょっと楽しげに変わっている。

「異世界での手紙の作法だ。文頭と文末にかならず付けるらしい」

――それはもしかして〝拝啓(はいけい)〟と〝敬具(けいぐ)〟では。

と、指摘できる〝流れ者〟ミアゼ・オーカは、残念ながらこの場にいなかった。

数日前に、その砦が破壊されたレイヴァンの近く、リュベクの町に出張に行かされてしまったのだ。

無茶苦茶だが、命令を出したのが上司の統括局長官なのだから下っ端にはどうしようもない。ジエイルたちにそれを止める術はなかった。

「――で。この手紙がシェブロンが帰ってくる前に書いたやつでしょう。この時点でもう、ちょっとヤバい臭いがところどころでするんだけど」

「シェブロンも心配していた」

「……オーカちゃん、ちゃんとリュベクに着いたかなあ」

実は彼女はシルベル領の領都ジラノスで足止めをくらっており。

無事は無事なのだが、外部との連絡さえもままならない状況に陥っていたことを彼らが知るのは、この数日後のことだった。

第４章

あんな彼女とそこの彼女

Episode 4

ぱかぽこ、ぱかぽこ、と規則正しい馬の足音が聞こえる。

ぎしぎしと馬車がきしむのは、載せている荷物が多いから。

そして街道が、整備された石畳からならし固めただけの土に変わったからだ。

ときどき轍（わだち）に車輪をとられるのか、とんと座席から跳ねるような振動があるのは仕方ない。が、道に魔法でもかかっているのか、あるいは単に荷物が重いからか、むしろ覚悟したより揺れは少ないくらいだ。

大きく重たい馬車は全部で五台。いずれも国境へ向けて運ぶ荷物でいっぱいである。

馬車の周囲には、直接馬に跨って並走する護衛が十数名。

王都フロルを出て間もないのに――いや、王都を出たからか――彼らは油断なく周囲を警戒していた。

そんな比較的大きな商隊の、いちばん先頭の馬車の御者台。

商隊の責任者の隣で、木乃香は肩をすくめる。

いかつい護衛の皆さんも、商隊のお世話係のおばちゃんもお姉さんも、よそ者の木乃香に優しい。

彼女の席に敷かれたふかふかのクッションだって、慣れない馬車旅で身体がつらくないように、とわざわざ準備してくれたものだ。

「……なんかすいません。無料（タダ）で乗せてもらっちゃって」

「大丈夫だよー、気にしなくていいって言ったでしょ」

平均的な中肉中背。一般的な茶色の瞳と同色のくるりとした癖のある髪。

下級魔法使いを示す白っぽい色の外套を羽織っているこの男が、この商隊の責任者にしてヴィーロニーナ商会の代表――ルツヴィーロ・コルークである。

木乃香は彼の商隊に同行させてもらう形で、出張先であるシルベル領のリュベクへ行くことになったのだ。

恐縮する彼女に、彼女の隣で馬車を操る男は「ははは」と笑った。

「うちの奥さんの頼み事だからねえ。喜んで引き受けるよー」

それは、先日の王城内の大書庫の管理室での出来事。

シェブロン・ハウラの次にジント・オージャイトが木乃香に引き合わせた……というか、勝手に突撃してきたらしい人物がきっかけだった。

「ご、ごめんなさい、ごめんなさい！」

彼女に近寄るなり、ぎゅうっと両手を握ってそう繰り返した小柄な女性の名前は、ティタニアナ・アガッティ。

書庫の管理人であるジント・オージャイトの上司。

つまり、学術局の長官を務めている、その人だった。

フローライド王国では、女性の官吏は珍しくない。

が、さっさと結婚しそれを機に辞めてしまう女性も、珍しくない。むしろそれが大半だ。

まして結婚し子供も生まれ、そこから職場復帰し高官まで上り詰めた女性は、ほとんど居ない。

ティタニアナ・アガッティは、そんな極めて稀な女性官吏のひとりである。

社会的に女性の地位が低いというわけでもない。王城以外の場所なら結婚後、出産後もバリバリ働いている女性だって、管理職の女性だってたくさんいる。

王城内、あるいは〝魔法使い〟の内でも、とくに魔法力を持った女性は大切にされ、粗略に扱う男性、あるいは家のほうが周囲から白い目で見られることになる。

木乃香の上司である統括局長官タボタ・サレクアンドレでさえ、噂によれば奥方にはまったく頭が上がらないのだと言う。木乃香への当たりが強いのは、木乃香が〝下級〟魔法使いで、自分の部下だから。ティタニアナと敵対しあからさまに毛嫌いしているのは、おそらく単純に人間的に合わないからだろう。

そんなタボタ・サレクアンドレを始めとする男ばかりの高官たちと対等かそれ以上に渡り合うのが、ティタニアナ・アガッティなのだ。

いったいどんな男勝りな女傑なのかと思っていたら、ずいぶん年上のはずなのに見た目は可愛い、むしろ守ってあげたくなるような雰囲気の人だった。

が。

……どこかで会っただろうか、と木乃香は内心で首をかしげる。

なんだかものすごく親しげに話しかけられたのだが。

「だって羨ましかったんですもの……」

しゅんと眉尻を下げて、学術局の長官様は言う。

叱られた子供のような風情だが、ぎゅっと握った手は力強く、ぜんぜん離れない。

そして少しばかり低くなった声で彼女は続けた。

「あんな見た目腹黒腹ボテの中身クソガキ能無し長官が、こんな若くて可愛くて優秀な女の子を部下に持ってるなんて。ずるいわ。口だけ長官のクセに生意気だわ」

「……え。あの」

柔らかい声で、なんだかすごい言葉を聞いた気がする。

聞き間違いだったかなと思おうとした木乃香の耳に、容赦のない声がさらに追い打ちをかけた。

「アレは人を使うのが壊滅的にダメでしょう。アレにはもったいないわ宝の持ち腐れよって、だからわたしに譲ってちょうだいって言ったのに。実際ミアゼ・オーカさんを笑っちゃうくらい過小評価していたから、すんなり学術局に異動が決まると思ったのに。……何がどうなってシルベル領に行くことになってるの？　馬鹿なの？　そこまで馬鹿なの？」

学術局の長官様は、ぷんすかと怒る。

見た目は優しそうで穏やかそう、そしてちょっとお茶目な感じの年上女性なのに。

いや実際、木乃香に対しては優しそうなのだが、統括局長官が絡んでくる内容になると、とたんに言葉が苛烈になる。

どこぞの上司様と違って内容が意味不明というわけではないので、むしろ共感できるものなので、ギャップに驚いても大きな衝撃はなかったのだが。

そこで、木乃香は何となく理解した。

つまりこのシルベル領行きは、木乃香への嫌がらせというよりは学術局長官ティタニアナ・アガッティへの嫌がらせだったようだ。

いくら役立たずで不要だと思っている部下でも、いやそんな部下だからこそ、他所から欲しいと言われたことが納得できないし、納得できないから面白くない。

でもってその相手が天敵ティタニアナだったものだから、「取れるものなら取ってみろ」とばかりに木乃香を遠方に飛ばしたと。

遊んでいたボールを、いたずらっ子がわざと遠くに放り投げてしまった、あんな感じだろうか。

「忌々しいことに、アレの作った書類はちゃんとしたものだったわ。別部署のわたくしが口を挟むことは出来ない」

「ああそうでしょうね……」

「でも、でもね。わたくしにだって、あなたをちょっとお手伝いするくらいは、出来ると思うの」

ぎゅっと握られたままの手が、痛いくらいだ。

少し引いたくらいでは、もちろん放してくれる気配もない。

「お、お手伝い……ですか？」

ティタニアナは「そうよ！」と力強く頷く。

そしてずいっと、さらに身を乗り出した。

「あちらに行くまでの乗り物は？　宿は？　護衛は？　出張費用はどれほど出ているの？　滞在期間も未定なのでしょう？　女性の長旅っていろいろと大変なのよ。それをアレが分かっていると思えないし、分かっていてもあえて考慮しないのがアレでしょう」

「…………」

まったくその通りでございますとしか言いようがない。

木乃香にしてみれば、「もしかしてそれって自分で準備しなきゃだめなの？」という感じだ。だってこの世界、電話もインターネットもないのだ。こんな短期間で、個人で事前に準備できることなどたかが知れている。

誰も教えてくれなかったし、あんまり簡単に「行け」と言われたものだから、その辺はちゃんと整えてくれるものだと思っていた。

仮にそういうものだとしても、あのタボタ・サレクアンドレならわざと手配しなかったり、費用をケチったり平気でやりそうだ。

さすがは高官、さすがはタボタの天敵である。出張の何たるかも、天敵の悪癖も、ティタニアナ・アガッティはよく分かっていた。

加えて、彼女の女性視点は非常にありがたいものだ。

そういえば、学術局の女性職員は他部署に比べて多かった気がする。仕事内容の違いはあるだろうが、学術局を束ねるこの女性長官の存在も大きいのだろう。

今さらながら、男しかいない職場環境が不安になる。

「……ほんとうに、ティタニアナ・アガッティ様のところで働きたいです、わたし」

「まっ」

ぽつんと呟いた言葉に、学術局の長官様はぽっと頬を赤らめた。

いままでの気迫はなんだったのか。一転、ぱあっと顔をほころばせて彼女は言った。

「まあまあ嬉しいわっ。絶対、ぜったい来てちょうだいね！　根回しは任せなさい！　あ、それから、どうかわたくしの事はニアナって呼んでっ」

「……ニアナさま？」

口にすれば、彼女はそれはそれは嬉しそうに、微笑む。

「うふふっ。わたくしに任せてね。いいように手配してさしあげますからね！」

すごく心強い言葉だった。

ものすごく有り難いのだが。

やはり、木乃香は首を傾げてしまう。

何でこんなに好かれてるんだろう？　と。

そのへんの説明をすっぽりと抜かして、ティタニアナ・アガッティは「そうと決まればすぐに連絡よっ」とまたどこかへ走って行ってしまった。

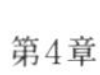

「ね。可愛いでしょう、うちの奥さん」

ぱかぽこ。にこにこ。

規則正しく進む馬車に揺られながら、馬車の主であるルツヴィーロ・コルークがのほほんと笑う。

安心安全にシルベル領まで連れて行ってくれるから、と学術局長官ティタニアナ・アガッティから紹介されたのが、ヴィーロニーナ商会の代表であるこのルツヴィーロ氏だった。

彼は彼女の結婚相手。つまり夫だ。

まだ王都フロルを出たばかりなのだが、なんというか、惚気がすごい。

商隊の、他の同行者からも「あー。ヴィーロさんのノロケは適当に聞き流していいからね。いつものことだから。とくに独身者には毒なんだわアレ」と事前に助言をもらっていたので、木乃香もとりあえず曖昧に頷いておく。

じっさいに奥様に会ったときの木乃香の感想も「なんか可愛い人だなあ」だったので、彼の「可愛い」発言についうっかり「そうですね」と同意してしまった以前。

小一時間、甘ったるいジャムをべたべた塗りつけるようにして延々と聞かされたティタニアナの可愛いエピソードには、さすがに胸やけがひどくてその後の食事がのどを通らなかった。

ちなみに。そのとき小一時間で済んだのは、聞きかねた商会の職員が話を仕事内容に戻してくれたからだ。慣れたものである。

そのティタニアナ・アガッティの言った通り。

シルベル領への出張命令書を早々に作成してきた統括局長官タボタ・サレクアンドレは、シルベル領へ行くための手配まではまったくしてくれなかった。

押し付けられる仕事の量は相変わらずで、むしろ誰がやってもいいような雑用がさらに増え、木乃香本人があれこれと調べたり手配したりする余裕もない。あれも嫌がらせの一環だったのかもしれない。

加えて、渡された出張費用は最低限かそれ以下である。

男なら多少環境の悪い安宿でも野宿でも、なんとかなるだろう――少なくとも図太い統括局の面々なら、なんとかしそうだ――が、女性な上に旅慣れていない木乃香には、普通に考えて無事にたどり着けるかどうかも怪しい額だった。

ちょうどシルベル領に行く仕事があったヴィーロニーナ商会の商隊に同行させてもらえなかったら、かなり困った状況だったに違いない。

ここのところ、国内の治安はあまりよろしくない。

戦の噂に加えて物流が滞り急速に景気も悪くなっており、なんとなく荒んだ空気が漂っている。とくに王都から北、国境のシルベル領までは顕著で、商隊の主であるルツヴィーロ氏自ら馬車に乗っているのもそれが理由のひとつだ。

彼が身に着けているのは、白に近い灰色の外套。木乃香と同じ〝下級魔法使い〟であることを示すものである。

ここの夫婦、商人と官吏の組み合わせというだけでも珍しいのに、ここまで〝魔法使い〟の階級差が大きく、しかも男性の方が低いというのは他に聞かない。

……もし理由をたずねたら、恥ずかし気もなく「愛ゆえだよ、愛！」と壮大な愛のお話付きで返ってきそうなので、あえて聞いていないが。

「わたしは商人だから、普段はあんまり着ないんだけどね。これを見ただけで馬車を襲うのを思いとどまってくれる輩も居るから、仕方ないよねえ。だから、〝魔法使い〟の君がそこにいるだけで、こちらはけっこう助かってるんだよ」

そう言われて、びっくりした。

〝魔法使い〟の資格を持つ者の中では、〝下級〟は軽んじられ嘲りの対象にもなる。直属の上司であるタボタ・サレクアンドレのように、外套の色を見ただけで鼻で笑う者だって何人もいた。

しかし、〝下級〟であっても正規の〝魔法使い〟と、その資格を持たない、あるいは持てない者たちとの差は、さらに大きい。

地方に行けば行くだけ〝魔法使い〟は少なくなり、数が少なくなればなるだけ〝魔法使い〟の存在は大きい。少なくともその辺のごろつきや盗人の類いは警戒して近づかなくなるのだという。

とはいえ、馬車に乗せてもらえたどころか、乗車賃はもちろん宿代、食事代も無料というのは、高待遇すぎて恐縮してしまう。

だって、彼女の座る場所を作るために、いくつか積み荷を減らしてさえいるのだ。

「むしろ護衛としてこっちがオーカさんに給金あげなきゃいけないくらいだと思うよ」

「いえいえ！　さすがにそこまでは！」

「謙虚だねー。まあ、仮にも中央の官吏サマをお金払って雇うっていうのは無理があるかな。袖の下はよく要求されるんだけどね」

「…………」

当たり前の調子で言われても、木乃香には返す言葉がない。

「ともかく、ちゃんとシルベル領まで送り届けてあげるから、君は安心して座ってなさい。なにしろ、うちの奥さんの久々のお願いだからねえ。張り切っちゃいますよ」

ルッヴィーロは、それが奥様のお願いならなんでもやり遂げそうだ。

……ほんとうに、ニアナ様に出会えて良かった。

木乃香が、こっそりと息を吐きだしたときである。

「わんわん！」

木乃香の足元にお座りしていた黒犬(じろう)が、急に吠えた。

街道の前方に土属性の罠魔法あり。その向こうに罠の製作者が隠れているよ。と、魔法探知犬は教えてくれる。

「ええ？　王都を出たばっかりだよ!?」

「ああうん。そういう事もあるよねえ」

自分の使役魔獣の様子に慌てる木乃香だが、商隊の主は平然としたものだ。

「場所は？」

「あ、はい。罠は、大きな木が街道まで枝を伸ばしている、あの下です。製作者は、その木の向こう。岩がごつごつ出ているあたり」

「へえ。まだけっこう離れてるけど、分かっちゃうんだね」

のんびりと応じたルツヴィーロは、しかしいつの間にかその手のひらに、頭の大きさほどの水の玉を作り出している。

そして軽い仕草で、前方めがけてぶんと放った。

意外な飛距離と異常な速さ、加えて的確なコントロールでもって大木の向こう側に落ちて行った水球。

そのすぐ後、ぱしゃんという軽い音と、複数の悲鳴が風に乗って聞こえてきた。

「ときどきいるんだよねえ。うちが仕事を取ったのを逆恨みして邪魔しようとする同業者が」

ルツヴィーロが手で合図すれば、並走していた護衛たちが現場へと馬を走らせる。

そしてずぶ濡れの襲撃者たちをてきぱきと引きずり出し拘束していく。彼らは魔法が使えないらしいが、しかし素晴らしい手際の良さだった。

それにしたって賊が妙に大人しいなと思ったら、あの水の玉にはしびれ薬が仕込んであったらしい。

「逃した仕事を未練がましく追っかけてる暇があったら、さっさと次に行けばいいのに」

だからうちに負けるんだよ。

水溶性の毒のような言葉をさらりと吐いてから、彼はくるりと木乃香を振り返った。

「とまあ、こんなこともあるけど大丈夫だから。慣れてるし」

「はあ……お世話になります」

「うん。こちらこそ、よろしく。うちの奥さんから聞いてたけど、本当にすごいねえ君の使役魔獣。あんな雑魚……いや、ささやかな罠魔法もわかっちゃうんだね」

褒められて、二郎がぴこぴこと誇らしげに尻尾を振った。

膝の上に乗せて背中を撫でてやると、気持ちよさそうに目を細める。

捕まったのは、魔法力はあっても〝魔法使い〟にはなれなかった者。

その土属性の罠は、近くを通ったときに魔法を発動すれば地面が盛り上がり、馬の足や車輪などに絡みついて身動きが取れなくなるという、地味だがちょっと厄介なものだ。

馬車を全速力で走らせればそのまま通り過ぎることもできる、威力の弱い魔法である。しかし弱いからこそ、なかなか感知できずに捕まってしまう場合もあるのだという。

街道沿いに出没する賊もよく使う手だねーと、ルツヴィーロはのほほんと笑った。

魔法使い未満の者たちは、富裕層に護衛として雇われる場合がある。

それよりは少ないが、街道で他人の金品を奪い取る賊に身を落としてしまう者も、少なからずいるのだという。

「うちの奥さんの紹介なんだから、いい娘(こ)なのは間違いないんだけど。そうだ。お役所仕事が嫌になったら、うちの商会で働かないかい？」

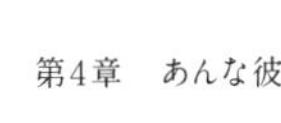

「……あの、ええと、それより」

「うん？」

ぱかぽこ、ぱかぽこと馬車は進む。

待ち伏せの発覚から賊の拘束、罠の無効化まで、荷馬車を引っ張る馬の歩みはまったく乱れていない。

それは、縄でぐるぐる巻きにされた数名の男たちの前を通過しても、変わらなかった。

「……あの人たち、どうするんですか？」

「アレ？　ああ、放っておくよ。面倒くさい」

にこにこと、表情だけは平和そうなルツヴィーロ氏。

彼の言葉の通り、護衛たちも何事もなかったかのようにもとの配置に戻っている。

「突き出してもいいんだけど、軍務局はいま忙しくてそれどころじゃないだろうし、これのせいで王都に引き返すのも嫌だし、こんなことに護衛は割きたくないしね。彼らも、まあ死にはしないでしょ。……繰り返し襲ってくるようなら、こんなもんじゃ済まさないけどね、もちろん」

彼の言葉に、しびれて動けないはずのならず者たちがふるりと震えたような気がした。

最初こそ気になって仕方がなかった木乃香だが、さすがに何回も同じことが起これば慣れて来る。

なるほど、これは確かに面倒くさい。

いちいちきっちり対処していたら、いつまでたってもシルベル領にたどり着けないかもしれない。

今日もぱかぽこと馬車は進む。

木乃香を乗せて。この上もなく順調に。

この時点で、すでに目的地であるリュベクはサヴィア王国のものになっていたのだが。

「え？　リュベクに行けないんですか？」

「い、いいえ、決してそういうことではなく……」

シルベル領、領都ジラノス。

ここを通り過ぎてさらに北にあるリュベクへ向かおうとしていた木乃香は、なぜか入口の関所で留(とど)められ、隣接する建物の応接室らしき場所に連れて来られてしまった。

「あなたのお持ちになった通行証も、命令書も本物と確認が取れております。ただ、あなたをリュベクに向かわせるという……えー、伝達が、中央からこちらに届いていないのです。……申し訳ありませんが、問い合わせをいたします間、ここジラノスで待機して頂けませんでしょうか。も、もちろん不自由のないよう取り計らいますので！」

最初に思ったのが、ここの関所はけっこうしっかり見てるんだな、ということだ。

いくつか都市や関所を通ってきたが、これまでは通行証と木乃香たちの身なり――――つまり、国に認定された〝魔法使い〟の証である外套と中央官の証である銀色の留め具(フィブラ)をちらっと見ただけで、

あっさりと通してもらえた。

　こんな時期にあんたたちも大変だなー、頑張れよー、というねぎらいの言葉とともに。

　通行証と出張命令書が本物かどうかしっかり確認されたのは、ここジラノスが初めてだ。まあ、本物なのだが。

「……厳重なんですね」

　まあ、急な出張だったたし、伝達が間に合わなかったのも仕方ないのかもしれない。

　そもそも、あの上司が出張先に連絡していたかどうかも怪しい。

　サヴィア王国軍が近くにいるという話だし、警戒するのも仕方ないのだろう。

　そんな風に木乃香が勝手に納得していると、相手はなぜかよりいっそう慌てた。というか、怯えたような顔つきになった。

「ももも、申し訳ありません！　お怒りはごもっともです！　お詫びにジラノスでいちばん良い宿を手配させて頂きますので！」

「え、いや。お構いなく……？」

　関所で木乃香の通行証を確認した警備兵が、仲間内でなんだかひそひそと相談した後に引っ張ってきたのが彼らの上司っぽいこの男である。上司っぽいが、妙に腰は低い。

　そんなに怒っているように見えたのだろうか。首をかしげる木乃香をながめつつ、ルツヴィーロは目を細めてひそかに呟いた。

「苦しい言い訳だよねえ」

中間管理職っぽい雰囲気の男の胸元に光る緑色の留め具は、シルベル領の地方官の証だ。

中央官と地方官に何らかの認識や意識の違いがあるのか。単にこの人の腰が低いだけなのか。

魔法が使えない一般の人々ならともかく、同じ官吏で同じ魔法使い、しかも自分より階級が上っぽい外套を身に着けた年上の男にここまで恐縮されると、逆に怖い。

男は先ほどからぺこぺこ頭を下げるばかりで目を合わせようとせず、顔から吹き出る汗をしきりにハンカチで拭っていた。

羽織っているだけで暑ければ涼しく、寒ければ暖かく調節してくれるはずの魔法使い用マントを身に着けているはずなのに、なぜだろう。編み込まれた魔法陣が壊れているのだろうか。

「わん」

「ひえっ」

「……あ、問題ないの？」

素朴な疑問に「こわれてないよー」とすかさず答えたのは、使役魔獣である魔法探知犬（じろう）だ。

そして、小さな鳴き声に木乃香より早く反応し、短い悲鳴を上げたのは地方官である。

とりあえず。

二郎が大丈夫だというなら彼のマントは大丈夫なのだろう。マントは。

「この子はわたしの使役魔獣です。無差別に襲いかかったりしないので、大丈夫ですよ」

「し、使役魔獣……そうですか」

紹介された二郎は、誇らしげに胸を張ってぴこぴこと房飾りのような尻尾を振りたくっている。

「あ、あの。そういったモノはあまり見たことがございませんで」

「そうでしょうね」

見たことないだろうなと木乃香も思う。

彼女だって、自分以外にこんな使役魔獣を連れている魔法使いに出会ったことがない。

王都フロルでも、国立機関であるマゼンタの魔法研究所でも珍しいモノ扱いされていたのだから、あまりお目にかからないタイプの使役魔獣であることは間違いない。

居るだけで召喚主の魔法力を消費する使役魔獣は、必要があるときだけ出すのが普通である。そんな使役魔獣を、ずっと侍らせているのがまず珍しい。

ときどきその黒くてもふっとした毛並みを撫でて癒されたり一緒に遊んで癒されたりはしているので、これはこれで役に立っているのだが……ちょっと、一般的な使役魔獣の用法用量とは違う。

その珍しい使役魔獣は、先ほどから彼女の足元でお行儀よくお座りしていた。

「わん」と小さく吠えたあとも動かず、当たり前だが室内で物を壊したり、地方官に襲いかかったりもしていない。

何より、三百六十度どこからどう見ても害がなさそうな、この見た目である。

魔法をほとんど知らない人々ならともかく、同じ〝魔法使い〟からここまであからさまに怯えられたのもまた、珍しい。

そもそもこういう公的施設は、王城ほど厳重でないにしろ、魔法に対する防御や制限がしっかりとかけられているはずだ。

「わん」

「やっぱりそうだよねえ、じろちゃん」

「…………」

設備（そっち）も問題ないよー、と教えてくれる使役魔獣に、うんうんと頷く召喚主。

黒いふわころをひょいと抱え、その小さな頭をわしわしと撫でてやると、使役魔獣はよりいっそう尻尾をふりたくった。

そんなひとりと一体を、地方官は悲鳴をあげないまでも不安げに見つめている。


「…………ぷっ」

くくく、と忍び笑いが漏れたのは、部屋の隅であった。

出所は、それまで目立たず出しゃばらず立っていただけのヴィーロニーナ商会の代表ルツヴィーロ・コルーク氏だ。

「いや、失礼……ちょっと、詰まりまして」

どうみても詰まったというよりは吹き出したという感じなのだが。

「疑心暗鬼も、ここまでくると笑えるよねえ」

「え？」

「いえ別に」

自らの手のひらで遮った口から漏れた言葉は、木乃香にも、そして地方官の男にもはっきりと聞き取れるものではなかった。

「あー、ごほん。つまりオーカさんは、しばらくここに足止めということで」

「……そうみたいですね」

ルッヴィーロがようやく見せた口元には、平たくて温度のない笑み。隙のない営業スマイルだった。

ただしよく見れば、上げた口の端が少しだけぴくぴくしていたが。

「少し早いですが、我々とはここでお別れしましょうか」

「えっ!?」

なぜか驚いたような声を上げたのは地方官の男である。

いっぽうの木乃香は、まあそうなるだろうな、と予測していた。

「縁あってここまで一緒に来ましたけど、この方はこの方で仕事があって来たんですよ」

「えっ……」

そう言えば後から引っ張って来られたこの男は、ルッヴィーロ氏の通行証も、商隊そのものも見ていない。木乃香の雇った護衛か、あるいは保護者とでも思っていたのかもしれない。

実際、別室へ呼ばれた彼女の後を当たり前のように付いてきて、そして学校の授業参観にやって来た父兄さながらに応接室の隅でにこにこと成り行きを見守っていたのだから。

「わがヴィーロニーナ商会は、前線にいる王国軍への物資の補給を承っております」

「え、ええっ!?」

もはや「え」しか言わない地方官。

ちなみにヴィーロニーナ商会の場合。その通行証も、物資輸送のためのもろもろの書類も、関所で問題なしと判断されていた。

ある意味部外者であるその商会の主が、どうして当たり前のような顔をしてここまでくっついてきたのか。

そんな単純な疑問も、おろおろと落ち着きがない地方官には思い浮かばなかったらしい。

「え、いや、でもこの先――」

「われわれはフローライド王国中央機関、軍務局の依頼を受けてここにおります」

「……え」

「シルベル領まで来ていながら国軍に物資が届かないとなれば、何かあったのかと疑われかねない。信用問題になりますから」

「えええそ、そうですね。………ええ」

地方官は、なぜかがっくりと肩を落とす。

それを見たルツヴィーロは、満足げに頷いた。

ただ会話をしていただけなのに、激しい口論をしていたわけでもないのに、ルツヴィーロ氏が勝者、地方官の男が敗者の雰囲気を漂わせているのはなぜだろう。

――両者、年齢にはさほど差がないように思われる。

が、有無を言わせぬ圧力というか貫禄は、中堅地方官よりも大商会の主のほうが上だった。

腹回りだけは、地方官のほうが上のようだったが。

旅慣れない木乃香にとって、ヴィーロニーナ商会の人々との旅は非常に心強く、そして予想外に楽しく快適なものだった。

これだけの日数で、無事にシルベル領までたどり着けただけでも万々歳である。

彼らにも仕事がある。応接室まで付き添ってくれたのだが、これ以上甘えるわけにはいかないだろう。

木乃香はルツヴィーロに丁寧に頭を下げた。

「ルツヴィーロさん、ここまでありがとうございました。すごく助かりました」

「いえいえ、こちらこそ」

彼はどこか満足げに、にっこりと微笑んだ。

「正直なところ、心細いんですが」

「うちも、皆が寂しがりますよ。すっかり商隊の一員でしたから。本当にねえ、早く中央の確認が取れるといいんですがねえ」

「……………っ」

「仕方ないですね」

「ええ、本当に、仕方ないですねえ」

「……」

これからも道中気を付けて下さいね、ええオーカさんもね。と、ほのぼのと会話を締めくくる。

その端で、地方官の顔色がぐんぐん悪くなっていることには、木乃香は気づかなかった。

「と、いうわけで」

ルツヴィーロは、地方官のほうへ視線を向けた。

笑顔はそのまま、凄味を利かせるという実に器用な真似をして。

「ここまでご一緒してきましたが……彼女は、中央機関の統括局に所属する、優秀な官吏です。長官タボタ・サレクアンドレの意向でここへ来ている。加えて、わたしは学術局の長官ティタニアナ・アガッティ殿からも彼女についてくれぐれもよろしくと頼まれておりました。地方官どのも、どうかそのおつもりでお願いいたします」

「……は、はっ」

ははーっと商会の主に対して頭を下げる地方官。

木乃香はなんとなく居心地が悪くて、もそもそと身じろぎした。

自分が、複数の高官たちから目をかけられている、ものすごく有能な、あるいはものすごく厄介なコネを持った取り扱い要注意の人物のように聞こえるのはナゼだろう。

ルツヴィーロ氏がいつも甘ったるい声で「うちの奥さん」と呼ぶところをお硬い声で「学術局の長官」としっかり言い換えていることから、たぶん狙って言っているのだろうとは思うが。

何よりすごいのは、思わせぶりな言葉を選んではいても嘘をぜんぜん言っていないところだ。

恐れ入りましたー、という感じで深々と頭を下げた地方官を観察するように見下ろしていたルッヴィーロは、気が済んだのかにっこりと木乃香に笑いかけた。

「……と、いうことなので。オーカさんは安心して待ってて下さいね？　何かあれば、遠慮なく中央に問い合わせればいいでしょう、あなたなら。ねえ？」

「ひいっ……………」

「………はあ」

地方官は「何かあったら言いつけるからねー」と遠回しに圧力をかけられたように思ったのかもしれない。

ここは領都。王都へ向けて手紙を出すくらいは、転送の魔法陣ですぐだ。別に木乃香じゃなくても、お金を払えば誰でもできる。

思わせぶりに言うほうも言うほうだが、それで怯えるほうもどうかと思う。

なんだか申し訳ないなあと思いながらも、しかし木乃香はあえて訂正しない。

何しろ、しばらくは滞在しないといけないらしいジラノスである。彼女だって無難に、出来ることなら快適に過ごしたいのだ。

「まったく、なんでわたしがこんな事をしなければならんのか……」

普段は領都ジラノスの領主のもとで側近を務めている彼がこの関所に居たのは、単なる偶然である。

たまたま領主に使いを頼まれ、たまたますぐに動ける者が彼だけだった。

そこへたまたまやって来ていたのがあんな対応に困る連中だったなど、運が悪いにも程がある。

お前らの仕事だろう自分たちで片づけろ、と言いたいところだが、王都からやってきた彼らをどう扱っていいのか分からない、と困惑する気持ちもよく分かる。自分だって一緒だ。

かたや、シルベル領リュベクに出張を命じられたという統括局所属の中央官。

かたや、これまた中央の軍務局から、最前線へ物資の補給依頼を受けたという商人。

ヴィーロニーナ商会は仕方ない。

あの商隊が運んでいるのは、保存食や医薬品などの生活必需品である。これが届かなかったり遅れたりした場合、止めていたのがシルベル領だったとなれば、後々かなり問題になるだろう。

いちおう自分でも確認してみたが、無理だ。あれは止められない。

いっぽう、文官のほうはまだ引き留める口実があった。

……あの付き添いの商人には鼻で笑われてしまうような、お粗末な口実ではあったが。それをあの文官が気付いていたかどうかは分からない。

が。扱いが厄介なのは、むしろこちらの方だった。

相手はたかが〝下級魔法使い〟。されど中央官である。

しかも、複数の高官から目をかけてもらえるほどの。

リュベクがサヴィア王国に落とされてしまった事実を知らないにしても、今さらサヴィア王国軍との最前線に文官ひとり、送り込んだところで何になるというのか。

「中央は何を考えているのか……」

実は単なる上司の嫌がらせで、その上司だってまったく何も考えていない。

しかしもちろん地方の一官吏などにそんなことは分からない。

哀れな中間管理職の男の頭の中では、悪い想像ばかりが膨らんでしまう。

「これは、領主に報告して……いや、アレは無理か。しかし。とりあえず、相談は――」

ぶつぶつ、ぶつぶつ。

追いつめられた彼は、つい声に出して呟いてしまう。

応接室の片隅でどんよりと重苦しい雰囲気を背負う彼には、しばらく誰も近寄ろうとしなかった。

「いやあ、あなたも大変ですね」

とんとん、と。

場違いに陽気な声とともに、背中を叩かれるまでは。

――とんだ貧乏クジを引かされた。
現シルベル領領主セルディアン・コルドーは、そう思っていた。

務めた者は後の出世が約束される。そう言われるほどの重要職が、シルベル領領主という地位である。

この地位をもぎ取るために、彼はものすごく努力してきた。

国王やその周囲に侍る高官たちのご機嫌を取りまくり、貢いで媚を売りまくって、ライバルの足を引っ張りときに蹴落として十数年。

そんな〝努力〟が実ってシルベル領に赴任したのが約二年前のことである。

当時から、サヴィア王国は不穏な動きをみせていた。フローライド王国としてもそれは把握していた。

が、危機感はあまりなかった。

……わずか一年足らずで隣国アスネが攻め込まれ。

そこから半年。あっという間に隣国を支配下に置いたサヴィアが、まさかフローライドにまで侵攻してくるなど、誰も予想していなかった。もちろんセルディアン・コルドーだって欠片も考えていなかった。

魔法大国フローライドは、建国当初から魔法大国と呼ばれていた。

実力を持った魔法使いを集めて優遇し、彼らによって長年研究されコツコツと整えられてきた魔法技術や設備は、他国とは比べ物にならないほど優れている。

屈強な武人をどれだけ揃えたところで、魔法の結界で遮ってしまえば彼らが国境を越えることすら難しい。

じっさい、過去にこの国を侵略しようとした者たちは誰も、国境を侵すどころか一歩も国内に入ることが出来なかったという。

そして現在、この国をどうにかしようなどという野心を持つ者など、この大陸にはいないはずだった。まして国内に攻め入り国を脅かすことが出来る者など。

いないはず、だったというのに。

――なぜ、よりにもよってサヴィアが攻めて来たのが今なのか。

なんてはた迷惑な。せめてもうちょっと後にしてくれ。

現シルベル領領主セルディアン・コルドーは、そう憤っていた。実際、口にも出していた。

傍に控えていた地方官たちの顔がこれ以上ないほどに引きつっていたが、どうせ期間限定の部下たちである。上司たる彼は気にしなかった。

それよりも、攻めて来たサヴィア王国軍である。

国境の守りに当たっていた者たちは何をしているのか。レイヴァンの防御結界なら、中級魔法使いでも簡単に完璧に敷けるほどの設備が整っていたはずなのに。

あそこの砦の責任者は誰だったか。いったい何をやっていたのか。

当然降格だ、と報告書を叩き付けたが、その責任者が行方不明で生死も不明であると書かれた箇所まで、彼が読むことはなかった。

ぎりぎりとセルディアン・コルドーは歯ぎしりする。

せめて半年、いや一か月でも攻めてくるのが遅ければ。

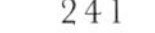

面倒事は後任の者に丸投げし、自分はこの土地で蓄えた財を持って意気揚々と王都フロルへ戻っていたというのに。

現シルベル領領主セルディアン・コルドーは、大真面目だった。

大真面目に、自分は何の責任も関係もないと考えていた。

思い込みたかった、というべきか。

土地を治めるという仕事は、本来とても大変なものだ。

中でもシルベル領は、他国と国境を接する物流の重要拠点である。領内だけではない。国内、そして他国へも目を光らせ、ときに中央の判断を仰ぐ前に決断し動かなければならない。

それが出来ると期待された者がシルベル領の領主に任命されていたし、見事に務め上げた者がその実績を考慮され能力を認められて、後々に出世していくのである。

領主になったから出世できるわけではない。出世できるだけの実力を持っているからシルベル領領主が務まるのだ。

――本来であれば。

残念ながら現在のシルベル領領主は、平和と腐敗に慣れ過ぎていた。

いつか誰かがどうにかしてくれる。

そんな、領主として呆れるほど無責任で恐ろしく危機感が足りないことを、当たり前のように思っている。

サヴィア王国軍に国境を侵され、国境周辺の集落をいくつか落とされてもなお、彼は自分が無事

に帰ることしか考えていなかった。
それどころか、自身の責任を免れるため、中央に対して被害を過小に申告したり、隠蔽したりしているふしさえあった。
どうにもできないところまでとっくに来てしまっているというのに、それにさえ気付かない。

「また値上がりだってよー」

買い出しから戻るなりぼやいた宿の従業員に、ほかの従業員もまたため息で返した。

それぞれの顔に浮かぶのは、憤りよりも呆れ、不満よりも諦めである。

シルベル領は、これまで他国との交易で潤ってきた土地だ。

隣国は農業が盛んで、安くて豊富に作物が手に入ることもあり、自領ではあまり田畑の開墾に力を入れてこなかった。他の産業も同じだ。

〝隣国〟がアスネからサヴィアに変わり、そのサヴィア王国に攻め込まれている現状、食材をはじめとするもろもろが入って来なくなり、結果として品薄で値段が高騰するのは仕方のない事だった。

「今度は何が値上がりしたんだよ」

「全部だよ、全部」

どさっと苛立ち紛れに乱暴に置かれた荷物は、想定よりもだいぶ少ない。

おい丁寧に扱え、と誰かが文句を言った。

「……ってことは、また小麦の値段も上がったのか」

「ええー、まさか果物も？　マゼンタ産ならまだ安かったじゃない」

「関所の通行料も上がったからだろ」

ただでさえ、戦のせいでこの辺に来る商人が減っている。

少し前に市場の場所代も上がってしまっているので、尚更である。

値上げは治安維持強化のためという理由だったが、街の警備も担っていた地方軍の人手は国境付近に取られたまま、一向に増える気配も、増やす気配もないし、治安と市場の雰囲気はむしろより悪くなっている気がする。

買い出しだって、護衛を連れて行かないと男でも危険を感じるくらいなのだ。

その護衛の男も、買い出し係の後ろでがっしりとした肩を小さくすくめている。

「まったく、上は何を考えてるんだか」

「少ない食材でやりくりするのも、もう限界だぞ……」

アレもないコレもないと呻きながら買い出し荷物を確認していた厨房担当が、がっくりと肩を落とした。

本当に少ない。小麦など、昨年収穫の古いものなのに値段は倍以上である。

「ジャガイモと小麦粉だけで何作れっていうんだ！」

「肉も魚も保存食だけだしなあ」

「果物もでしょ。あと、香辛料だってもう残り少ない……」

ここは領都ジラノス随一を自負する、老舗宿。

客室設備やサービスはもちろん、提供している食事も当然のように一流を求められる。

同じ食材しかないからといって、毎度同じ献立を出すわけにはいかないのだ。

老舗宿の厨房を預かる料理人には、料理人の意地というものだってある。

とはいえ。

これだけ食材が限られてくれれば、そろそろレパートリー切れである。

食料が全体的に不足している現在、宿泊客が減ったことで仕入れも減った宿に、率先して食材を融通してくれる店や農家は少ない。

いっそ宿の営業もしばらく止めたいくらいだが、ここはシルベル領領主御用達の高級宿。

何だかんだ宿泊客がゼロになることはなく、現在も、領主補佐直々に「くれぐれも、くれぐれも失礼のない様に頼む」とやたら念を押された宿泊客がいる。

領で負担すると言われた宿泊費はかなり色が付けられており、宿屋の主人にはこれを断る理由も勇気もなかった。

お金だけではない。食材などの必要物資だって、少し融通してもらえている。

融通してもらっていても、現状これなのだが。

「まあ、いまのお客様も、前にいた王都からのお客様も、食事に文句は言わないけどね。ありがたいことに」

「だからって質を落とすなんて出来るか！　ここは領都指折りの料理宿だぞ！」

「ロンダル産のタコもイカも手に入らないって泣いてたくせに」

「食材は魚介類だけじゃない！」

が、料理長の得意とする料理は海鮮料理だった。

舌の肥えた裕福な宿泊客が多いので、高級食材や珍味、それも輸入物ばかりを使用していたことも、今回は裏目に出てしまっている。

「……そういえば前のお客様、ずいぶん慌ただしく出てったわよね」

「いまのお客様が来るって聞いてから、すぐだったかしら」

「けっきょくあの人、何してたの？」

「さあ？」

「どこに行ったんだっけ？」

「……さあ？」

やはり王都から来たらしい、最近まで滞在していた客。

魔法使いの証である外套、それも黒に近い灰色のそれを羽織った体格の良い男は、随分長い間滞在していた。

こんな時期である。

上級かそれに近い階級の魔法使い様が国境付近のサヴィア軍をどうにかするために中央から派遣されて来たのだと思ったが、彼はほとんど客室から出る事はなかった。

しかも、不愛想でだいたい不機嫌。

神経質で朝から晩までぴりぴりとした空気を纏っており、客室の近くを通っただけで用が無いなら近づくな、と怒鳴られたりもした。

そんなわけで、件の客が客室で何をしていたのか、あるいは何もしていなかったのか、彼らは知らない。

「宿代はちゃんと払って行ったらしいから、まあよかったけど」

「そうね。慣れてしまえば楽だったし」

従業員たちは、あまりの不景気ぶりに従業員たちの給金がちゃんと出せるかどうか、と宿の主が頭を抱えていたのを知っている。

このままの状況が続けば、減給どころか宿そのものが無くなってしまう可能性だってあることも。

なので、基本的にどんなお客が来ても、そしてお金の出どころがどこでも完璧なおもてなしをするつもりではある。もともと格式高い宿の従業員として厳しく鍛えられ、接客のプロとしての自負も誇りもある彼らだ。いつもの接客をするだけではあるのだが。

「いまのお客様もあんまり外出されないけどね」

「若い女性なんて、あんまり出歩かない方がいいよ」

「そうね。〝魔法使い〟といっても階級は下のほうみたいだし、お勧めできないわ」

「言われれば護衛ぐらいは喜んでするけどね」

「金払い、いいしな」

「払ってるのは領主だろ。いや、領主補佐殿か?」

……従業員だって人である。

常にむっつりと不機嫌そうなお客よりは、にこにこと挨拶を返してくれるお客の方が親しみやすい。

しかもいけ好かない上司からいきなり出張を言い渡された、なんて聞いたら、同情してより親身にもなろうというものだ。

こんな時期にこんな若い娘さんをこんな場所へ出張に出すなど、彼女の上司は人でなしロクデナシにちがいない。

地方官といい中央官といい、上にはほんとうにロクなのが居ない。

「でも、ただ閉じこもっているのも辛いと思うんだけどね」

「そうよねえ。外に出るかどうかはともかく、もうちょっと用事を言いつけてくれてもいいんだけど。お金はもらってるんだし」

「……ヒマだもんねえ」

「おまえ、実は客室に行きたいだけだろう」

ため息をついた客室係に、フロント係が突っ込みを入れる。

「えー。だって癒されたい……」

「いや、客室で癒されるっておい。気持ちは分かるけど」

「使役魔獣が可愛いし」

「うん。すごく可愛いし」

うんうん、と誰もが頷いたところで。

きい、と木製の年季の入ったドアがきしむ音がした。

従業員たちが集まる、裏口そばの休憩室。

宿の厨房に繋がる出入り口の戸から、ちらりとのぞくモノがある。

まず見えたのは、ドアを押さえるようにちょんと添えられた、ちんまりふくふくとした褐色の手。

次いでドアの取っ手にも届かない低い位置でひょっこり出てきたのが、赤くふわふわとした髪の毛が揺れる頭。

同じく鮮やかな赤色をした大きな目までがそろりとはみ出てくる頃には、おしゃべりに夢中だった従業員たちもとっくに気が付いていた。

「イチローちゃんっ」

客室係が声を上げる。

声に驚いて慌てて引っ込みそうになった小さな身体は、しかし厨房担当のおじさんによってあっさり捕獲された。

がしりと肩を掴まれたかと思うと素早く両脇に手を差し込まれひょいと抱え上げられ、さらに高く、彼の肩、いや頭より上まで持ち上げられる。

つまり、大人が小さな子供に「高いたかーい」と遊んでやる、そんな構図である。

「わあっ」

「あ、料理長ずるい！」

「うーん、相変わらず軽いなあ」

厨房係の長は、子供を持ち上げたままぐるぐると回してわざと揺らしたりしている。

びっくりして声を上げた子供も、いつもより高い目線にすぐ真っ赤な目を輝かせ始めた。

ちなみにこの料理長、ふたりの子持ちで子煩悩、あるいは親バカと評判のお父さんである。

領主補佐経由で急に予約が入った宿泊客の人数は、一名だった。

実際一名で合っていたのだが、その一名には普通の荷物以外の付属品、というか付属モノが、ごろごろちまちまと付いていた。

召喚魔法によって生まれた〝使役魔獣〟である。姿を消すこともできるが、姿を見せた時に驚かないようにと紹介されたモノ。

それがこのふわふわ赤毛の角付きの子供であり、黒くてふわころの子犬であり、黄色くてまるもふの小鳥であり、白くてつやふわな子猫であり、薄いピンク色の小さなハムスターであった。

「中央から来た〝魔法使い〟はどうもいけ好かない」という先入観を持っていた従業員たちだが、この使役魔獣たちは総じて人懐こく可愛らしく、その召喚主である宿泊客も穏やかな人当たりの良い人だったので、「中にはいい人もいるんだな」と認識を改めたところだ。

いまではお互いにすっかり慣れ、他に宿泊客がいないこともあって、使役魔獣たちがたまにこんな感じでその辺に出没しては周囲、というか従業員たちを和ませている。

「どうした？　ご主人様のお遣いか？」

休憩中とはいえつい愚痴ってしまっていたわけだが、お客に聞かれてしまったという気まずさや後ろめたさは、彼らに無い。

だって客とはいえ彼らは使役魔獣。ヒトではないからだ。

やがて、従業員のひとりが一郎の持っている物に気が付いた。

急に持ち上げられても振り回されても大事に握りしめられていたそれは、単なる紙片の束――端を糸で留めただけの、簡単なメモ帳である。紐で鉛筆まで結んである。

いちばん若い客室係の女性が、メモ帳をのぞき込みながら言う。

「あー、イチローちゃん、もしかして探偵ごっこ？」

「それは文字？　書けるんだー」

メモ帳には、ちょっといびつな線と曲線が並んでいた。

文字のような違うような、絵のような違うようなそれは、はっきり言って何が書いてあるのか分からない。

しかし。

「……………ん」

こくんと頷いた一郎は、料理長の肩から下ろしてもらうと片方の手できゅっとメモ帳を握りしめ、もう片方の手で鉛筆を構えた。

そして周囲の大人たちを赤くて大きな目で見上げる。

何か教えて、とでも言いたげに。

そんなひたむきな子供（仮）に、「字が読めないぞ」と突っ込みを入れる冷静な大人はこの場には誰もいなかった。

「探偵さんは何を調べているのかなー？」

「今日のおやつは、蜂蜜たっぷりふわふわパンケーキだぞー」

「あ、こら、内緒だったのに！」

料理長がばしっと部下の頭をはたくが、もう遅い。

料理見習いがうっかりばらした厨房の機密情報を聞いて、一郎はかりかりかりかりと判読不可能な何かをメモ帳に書いていく。

やがて書いたものを満足げに眺めると、一郎はにぱっと笑った。

「ありがとー」

「……っお、おう」

「はうっ」

野原に名もなき小さなお花がぱあっと咲いたような、長閑で明るい笑顔である。

普通に癒されほっこりしたり、何かの刺激が強すぎたのか胸を押さえてうずくまったり、「も、もう何でも喋りますぅ……」と尋問ごっこを始める者もいた、そんなある意味大変な従業員の休憩室に。

「にあー」

今度は、真っ白な子猫がやってきた。

「あっ、シローちゃん！」

同じく宿泊客の使役魔獣である白猫・四郎は、無遠慮に伸びてきた手をするりとかわし、とことこ歩いてくる。

そしてとんと椅子のひとつに飛び乗ると、そこでさっさと丸くなって寛ぎだした。

ここが自分の定位置ですとでも言わんばかりだが、図々しいと怒り出す者もこの場に誰もいなかった。

となりに座っていたベテラン客室係がそうっと優しく白い背中を撫でてやると、垂れていた尻尾がゆらんと気持ち良さげに揺れる。

「にああー」

そうそう優しくー。そのまま撫でといてー。

そんな副音声が聞こえてきそうな鳴き声と尻尾だった。

「ううう。なんでー？」

「勢い付けて向かってったら、そりゃ逃げるでしょう」

「にあー」

そのとおりー。と言いたげな白猫。

使役魔獣たちは、一郎以外ヒトの言葉はしゃべらないものの、けっこう表現豊かだ。

「シローのおやつは、新鮮なミルクを持って行こうなー」

「……」

「ぱ、パンケーキがいいのかな……？」

「にあー」

この使役魔獣たちの食事に関しては、「どうぞお構いなく」と召喚主である宿泊客から言われている。

使役魔獣は、普通の生き物とは違う。ヒトと同じ食事は必要ではないから、と。

食べようと思えば食べられるが、別に食べなくても何の問題もないので、と。

珍しいとはいえ、これまで使役魔獣を連れた魔法使いの宿泊客が居なかったわけではない。その際も食事を頼まれたことはなかったように思う。

領から払われている食事費も一人分だ。

従業員たちだって、最初はそのつもりだった。

なにしろ、食材だって余裕があるわけではない。

それでもここは領都ジラノスでも一、二を争う高級宿。いつも通りとはいかないまでも、毎食の品数と量はそこらの料理宿よりも多く準備されていた。

で、ひとりでは食べきれない料理を、お客が使役魔獣たちと分け合って和気あいあいと食べている食事風景を見てしまったのが運の尽き。

小さなふわもこたちがテーブルに集まって、きれいに盛り付けられた料理をきらきらと眺め、わいわいと楽し気に食べている姿を見てしまえば、まずは給仕係が、次に様子を見に来た厨房係が、そして噂を聞きつけた他の従業員たちが、次々に落ちた。

彼らはあくまでさりげなく失礼のない様に見ていた〝つもり〟だったが、たぶん気になったのだろう。食堂ではなく客室で食べることが多くなり、そこはちょっと残念である。

アレは構うなというのが無理だ。

構いたい。構って、自分も癒されたい。ほのぼのしたい！

……というわけで、ついいろいろ食べさせてしまう従業員たちである。

なに。どうせ一人分作るのだから、二人分も三人分も一緒だ。

煮込み料理は一度にたくさん作ったほうが美味しいし！

そんな事を、言い訳にしながら。

◇◇◇

なんとも複雑な気分で、木乃香は本日のおやつ〝蜂蜜たっぷりふわふわパンケーキ〟をもそもそと口に入れた。

「……美味しいねえ」

「ん……」

「…、…」

「ぴっぴぃ」

「にああー」

テーブルの向かい側に腰かけた一郎のほっぺたは、大きなパンケーキのかけらを頬張ってぷっくり膨れている。

その横で、黄色い小鳥が同じ皿からくちばしで器用につついて食べていた。狙いすましたように蜂蜜のたっぷりかかった部分である。

テーブルの下では、黒い子犬と白い子猫が、クリームで顔を真っ白にしながらはくはくと同じものを食べている。四郎はむしろ、クリームだけなめているようだ。

「きゅう」

テーブルの上のピンクのハムスターがおねだりするように小さく鳴いたので、木乃香は自分の前に置かれた皿のパンケーキをフォークで小さく崩してやる。

小さな前足でそれを器用に口に運ぶ五番目の使役魔獣は、汚れるのが嫌なのだろうか、こちらは蜂蜜やクリームが付いていない部分を好んで食べているようだった。

それぞれにそれぞれの好みでおやつを食べている使役魔獣たちにほっこりしつつ、木乃香はほんの少しのため息をこぼす。

さすがは領主ご用達の高級宿。

頼んでいないのに、三食の食事どころかおやつまで出て来る。

しかも、木乃香だけでなく使役魔獣たちのぶんまでちゃんと用意されている。

薄給のヒラ官吏としては、逆に追加の支払いが発生しないかちょっとヒヤヒヤしているところだ。

発生しなかったら発生しないで、シルベル領側の負担――つまりもしかして税金で支払われるのかと思うと、それもちょっと居たたまれない木乃香である。

いろいろと物が足りないかもしれないと言われていたのに、拍子抜けもいいところだ。

ここに来るまで同行していたヴィーロニーナ商会の皆さんからも勧められて道中買いだめしてきた保存食の出番は、今のところまったく無い。

使わせてもらっている客室は、王城の敷地内にある職員寮の自室よりも三倍は広い。

彼女は未だに落ち着かないのだが、使役魔獣たちは広いのが嬉しいのか、従業員たちに構ってもらえて楽しいのか、王都にいるときよりもむしろのびのびと過ごしているようだった。

客室から外に一歩でも出れば木乃香の服の中に隠れてしまう五郎だって、室内では窓辺で日向ぼっこをしていたり他の使役魔獣たちと一緒になって走り回っていたりするので、それなりに宿屋暮らしに馴染んでいるようだ。

……シルベル領都ジラノスに来て、はや一週間。

本来なら、今ごろは地方都市のリュベクで仕事をしているはずなのに、どうして領都の高級宿で豪華な食事三食プラスおやつに昼寝付きの確実に太る、いやすでに太っているに違いない生活をだらだらと続けているのか。

木乃香は、ひたすら首をかしげていた。

その後シルベル領側からは何も言って来ないし、こちらから問い合わせても「もうしばらくお待ちください」と繰り返されるのみである。

王都と各領都には手紙をやりとりできる転送の魔法陣が整備されているので、官吏の移動の確認などすぐに出来るはずなのに、だ。

転送陣が壊れているという話は聞かないし、魔法探知犬も何も言わない。あとに考えられる原因は、シルベル領側が仕事をしていないか、王都側が仕事をしていないか、あるいは誰かが邪魔をしているかのどれかである。

どれもあり得ないような、でも割とあり得そうな原因である。とくにあのメタボ上司なら、下っ端へのしょうもない嫌がらせでも喜んでやりそうだ。

それにだ。

「ぴっぴっ」

「……ああうん、蜂蜜ね」

三郎にせがまれ、追加用に置かれた蜂蜜を向かいの皿に垂らしてあげてから、木乃香は自分の口にもパンケーキを入れた。

この〝蜂蜜たっぷりふわふわパンケーキ〟である。

表面が黄金色に焼かれた香ばしいパンケーキは、フォークよりもスプーンですくったほうがいいような柔らかさで、口に入れればふわりと溶けてしまう。

甘さ控えめな生地の上にはホイップクリームが形よく盛られ、数種類のベリーとナッツがちりばめられ、さらにその上から雪のように白い粉糖とたっぷりの蜂蜜がかけられていた。お好みで、とピッチャーに入った蜂蜜まで準備されている。

「蜂蜜。それに白砂糖とナッツ……」

文字通り様々な部署を取りまとめる役割の統括局に所属している木乃香は、新人の下っ端ゆえにいろんな部署の書類を回され、任され、押し付けられ、確認してきた。

なので、各地域の特色とか、主要産業とか、名産品とか、何が足りていて何が足りないかとか、書類上のことのみではあるが、先輩方からそれなりに教わり自分でも勉強したので知ってはいるつもりだ。

そんな下っ端中央官ミアゼ・オーカの記憶が確かならば、それらは隣国からの輸入品だ。

パンケーキ生地の小麦も、品種によっては隣国産かもしれない。製菓用の小麦は隣国のオブギ地方産がいちばん、と王都の揚げ菓子屋台で聞いたことがあるので、むしろその可能性が高い。

そして今日のおやつだけではない。宿の食事にも、ときどき首を傾げたくなるような食材が使われていることがあった。

どれも大変美味しくいただいているのだが、食材の調達経路は謎だ。

領から多少の援助は受けているらしいが、それにしてもこのご時世に合っていない輸入品が多いような気がする。王都でさえ品薄だったのに、である。

シルベル領自体にこれといった特産品はない。

ただし、街道を行き来する国内外の品物は容易に手に入る。それを目当てにさらに人が集まる。お金も集まる。それがこの領の特色であり強みだった。

しかし、サヴィア王国の侵攻からすでに半年。

人の流れも物の流れも滞って半年である。

蜂蜜も砂糖もナッツ類も、日持ちがする食材である。それ以前に仕入れたものだと言われればそうかもしれないが、こんなにたっぷりと惜しげもなく使えるほど残っているものだろうか。

別経由で食材が運ばれてきている可能性はあるが、サヴィア王国軍がいつ攻めて来るか分からない状況で、治安が悪化し通行料まで上がったシルベル領に積極的に来たいと思う商人は少ないだろう。

木乃香がここまで来る道中、同じようにシルベル領へと向かう商人はほとんど見かけなかったし、彼女がここまで同行させてもらったヴィーロニーナ商会だって、国の要請があったから荷物を運んでいたに過ぎない。

現地調達が難しくなってきたから、という理由で。

「……なんか、やっぱり変なんだよなあ」

テーブルの上に載せられた数枚の紙片を眺めてみる。

小さなそれは、一郎が書いたメモ書きだ。

紙には、絵のような文字のような歪な線と曲線――こちらの言葉ではなく、日本語の平仮名が書かれている。

とある辺境の研究所に引きこもっているような〝流れ者〟研究者と〝流れ者〟本人くらいしか解読できない異世界の文字を、たとえば地方都市の宿屋の従業員が読めるはずがない。

まあ、読めたところで「おやつ」「はちみつ」「ふわふわ」といった単語くらいしか書かれていないのだが。

中には「すくない」「たりない」「こまった」という単語も見つかる。

ここの宿も、そしておそらくは領都ジラノス全体でも、物資が不足していて調達に苦労しているのは本当なのだろう。

ただし、思ったほど深刻な感じはしない。

ちゃんと食べられるなら、それに越したことはないのだが。

王都にいたときから、違和感はあった。

サヴィア王国が侵攻してきたというのに、入ってくる情報が少なすぎる。

中央から派遣している王国軍からはアレがないコレが欲しいソレを送れという催促が、頻繁に軍務局や地方局経由で統括局まで来ていたのだが、同じく国境にいるはずの地方軍からも、シルベル領領主からも、そういった要望はあまりなかった。

何回か統括局所長印を拝借して書類を通す荒業を行っていたが、やはり見た覚えはない。

もちろん、木乃香は統括局に来る書類の全てを把握しているわけではないし、知らないところでちゃんと処理されている可能性もあるのだが。

「引っかかるんだよねえ……」

こうして実際にシルベル領へ来てみても、むしろ首を傾げる回数が増えるばかりだ。

「ぴっ、ぴっ、ぴぃー」

蜂蜜に満足したのか、皿から顔を上げた三郎がぴよぴよと囀りだした。

この翼を持った使役魔獣は広い客室でもまだ窮屈に感じるらしく、よくお空の散歩に出かけている。

おかげで、木乃香は街中をほとんど歩いてもいないのに街中の様子をよく知っていた。

他の使役魔獣たちも三郎ほど遠出はしないものの、適当に出歩いてはそれなりの情報を拾って木乃香に報告してくる。のんびり宿暮らしは二、三日で飽きたようで、彼らは現在〝探偵ごっこ〟にはまっているらしかった。

で、空からの偵察を得意とする三号が「そういえばねー」と話し出したのは。

「街はずれに露店が並んでた……？」

「ぴぃぴっ」

しかも、たいそう賑わっていたと。

街はずれといってもさほど治安が悪くない、きちんと整備された区画のようだし、訪れている客も普通の住民から〝魔法使い〟の外套をまとった地方官までいるようだし、なにより制服を着た警備兵が随時見回りをしている。

闇市のような、非合法なものではなさそうだ。

……王都フロルの広場でさえ、現在は市場がほとんど機能していないというのに。

「近くで、戦争してるんだよね……？」

違和感はある。情報も、たぶんそれなりにある。

しかしだ。

そこから導き出される答えは何なのか。

答えが出たところで、自分が出来ることは何なのか。

そもそもリュベクへの出張はどうなったのか。そっちの仕事はしなくていいのか。

仕事で来たはずなのに自分の懐を痛めずのんびりまったり宿暮らしな現状ってどうなんだろうか。

「本職の探偵じゃあるまいし……わたしに何が分かるっていうのよ……」

木乃香はぱったりとテーブルに突っ伏した。

何かを探るにしろ、動くにしろ、彼女にはさまざまな経験が圧倒的に足りない。

中央官ミアゼ・オーカ。

この時点でもまだ、彼女は自分の出張先であるシルベル領リュベクがサヴィア王国軍の統治下に置かれたことを知らされていなかった。

——そして、中央にも。

◇◆◇

シルベル領、領都ジラノスの中央南寄り。

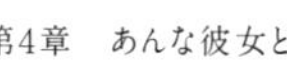

ジラノスは、交易都市だからだろうか。その街並みは、ひと言で言えば雑多である。

いろんな地域の様式が交ざったような外観や大きさ、屋根の色形も様々な建物が並ぶ。統一感がないのに何となく一体感はあるような、味があるような、不思議な街だ。

そんな多種多様な建物がひしめくジラノスでも、ひときわ目立つ大きな建物がある。

余計な装飾が一切見当たらない、豆腐のような白一色ののっぺりとした四角い形。

隣がまたひと際豪華でひと際ど派手な領主の館なので、建物の白さと素っ気なさが一層引き立っている。

領主の館に隣接していて、変に目立つその施設は行政機関。シルベル領の役所であった。

本日、泊まっている宿にも程近いこの役所に木乃香は来ていた。

「はあ。またいらしたんですか」

半分迷惑そうに、半分は気の毒そうにため息をついたのは、転送陣の窓口係の職員だ。

たびたびここへ顔を出しているので、すっかり顔見知りである。

ここは、転送陣の使用と管理を行っている部署。

その窓口業務は、もとの世界でいうところの郵便局の仕事のようなものだ。

このシルベル領に設置された転送陣は、迅速に中央と連絡を取り合うことが出来るだけでなく、小包程度の大きさまでなら送ることもできる。

申し込めば一般の人々も利用することができるので、民間の業者に比べて多少割高だが早く確実に手紙や荷物を送りたい時などは便利だ。

「申し訳ありませんが、今日も王都からは何もありませんよ」

「ああ、それは今日いいんです。……いえ、良くないですけど」

木乃香が頻繁にここを訪れているのは、王都からの連絡を待っているからだ。

彼女の身元とリュベク出張の問い合わせへの返答である。

個人というより中央と地方の公的なやり取りになるので、わざわざ窓口に来なくても返事が到着次第、滞在先に連絡を入れることになっているのだが、あまりに遅いので、そしてあまりにヒマなので、こうしてときどき確認に来る。

彼女が自ら自分の所属部署に手紙を送ることもあった。

「今日は、統括局じゃないんです。私用の手紙で、学術局に所属している知り合い宛てに」

彼女の言葉に、窓口係は「おや」という顔をする。

そして見せた封筒をじっと見つめた。それなりの枚数の便箋が入っているようだ。

「……内容を、簡単にお伺いしても？」

新しい事例に、先ほどより少しだけ硬い声で質問された。

彼女は普通に頷いて、「いいですよ」と普通に返事をした。

「あ、何なら見てみます？」

え、見ていいの？　と窓口係だけでなくなぜか周囲が息を呑む中で、彼女は封筒からかさかさと紙の束を取り出して広げて見せた。

……何の変哲もない白い紙に書かれていたものは。

子供が書いたような少し歪な絵と、絵なのか文字なのか記号なのか、判断が付かない線と曲線の羅列だった。

「あの…コレは……？」

「うちの使役魔獣の一郎が、暇つぶしに書いたんです」

「……はあ」

なんでこんなモノを。

そんな疑問と疑惑がありありと浮かぶ窓口係に、木乃香は学術局の〝知り合い〟について説明した。

「その人は、今は書庫の管理をしてますけど、もともと使役魔獣を研究している研究者なんです。わたしは召喚魔法しか使えないので……いろいろと教わったり教えたりしていたんですが、前々からうちの使役魔獣が何か新しい事をしたら教えろと。そう……ものすごく、念を押されてまして」

すでに召喚された状態の使役魔獣が「何か新しいことをした」というのがすでに常識的に変なのだが、窓口の職員の皆さんも、話をしている木乃香もいまいち分かっていない。

「それで、書き物をする使役魔獣というのが、いままで見たことも聞いたこともないらしく……その必要を感じる召喚主が居なかっただけで、別に作ろうと思えば作れると思いますけどね」

わたしが出来たんだし、と木乃香が白っぽい〝下級魔法使い〟のマントを摑めば、「はあ、そんなものですか」と窓口係は首を傾げた。

ちなみに。ここの役所では、役職持ちに〝魔法使い〟はいるが、実務を担う人々は魔法は使えても〝魔法使い〟ではない人々が多い。地方はだいたいこんなものだ。

「書いたものを見せろと言われていたので、いつ王都に戻るかわからないし、その前に送っておこうかなと。……放って置いたら後々しつこく何か言われそうだし」

「はあ。なんか面倒くさそうな人ですね」

「いろいろお世話になってるんですけどね」

彼女は肩をすくめてみせた。

「あ。それで、これは昨日食べたパンケーキの絵で、こっちにクリームとか果物とか載ってて皆で食べて美味しかった、というような事が書いてあるらしいです」

「絵はともかく……」

「読めないですよねー」

いちおう訳を書いておいたんですけど、と召喚主は苦笑いである。

その内、子供がいる職員なども寄ってきて「パンケーキの感じが出てる」だの「字？　いっぱい書いてるねえ」だの、使役魔獣の作品についてしばらく和気あいあいと感想を話し合っていた。

とりあえず、絵についてはなかなか高評価のようだった。


それらを少し離れた場所で見ていた職員たちが、こそこそと話をしていた。

「……どうしましょうか、手紙」

「別にいいんじゃないか、あれくらい送っても」

窓口係の責任者は、うーんと腕組みをして言った。

「便りがまったく何も無い、というのも不自然だろう。他所に頼まれても困るし。宛名のジント・オージャイトという人物は確認できた。内容はアレだし、送っても問題なさそうだ」

上司の言葉に、窓口職員はいくらかほっとしたような顔つきをした。

ミアゼ・オーカは、リュベクへと派遣予定の中央官だ。

彼女が間違いなく本物である出張命令書を持ってきたとき、上層部は騒然となったそれもそのはず。

彼女が行く予定のリュベクは、その頃にはすでにサヴィア王国が占領していたのだ。

しかしそれを中央に報告するのを、彼らは意図的に遅らせていた。領主命令で。

そんなときに彼女がやって来たものだから、彼らはたいそう驚いて怯えて混乱したというわけだ。

リュベクの陥落にしたって、末端の彼らにまではは っきりと知らされていない。噂や上層部の雰囲気でなんとなく察している程度だ。

ただ、彼らは上からの命令に従うことしか出来ない。

しているとと彼女には説明してある領から中央への問い合わせだって、もちろんしていない。

その罪悪感もあり、上に振り回されいつまでもジラノスで足止めされている彼女には現場の人間は同情的だった。

そして。

よりによってあの中央官、中央官のくせに何だかいい人なのだ。

いつも「お疲れ様です」と挨拶してくれるし、下っ端でも上の役人相手でも態度が変わらず丁寧に接してくれる。連れている使役魔獣まで愛想が良くて、たいへん癒されてもいる。

……いっそ偉ぶった憎たらしい性格をしていたら、窓口対応で嘘をついても気まずさを感じなかったかもしれないのに。

今回の手紙の内容は、これまで彼女が書いたものと大きく違っていた。

ほとんどは使役魔獣が書いたという作品で、ミアゼ・オーカ本人が書いた文章も先ほど説明していたような内容ばかりだ。

こっそり検閲されているのに気付いているのか、たまたまか。彼女自身やシルベル領の近況についての話などはまるで触れられていない。

この手紙を送ったとして。

ジント・オージャイト氏からの返事はまた握りつぶすことになるんだろうか。

窓口係の職員は、はーあ、と重いため息を吐きだした。

シルベル領領都ジラノスの形は、骨付きソーセージに似ている。

隣国へとつながる街道が南北に走り、その大きな道に沿うようにして細長く街が広がっているのだ。

街中には、さらに街道に並行する大きな通りが数本、それらを繋ぐように東西に延びる道が数本あり、いずれも商店や宿屋が立ち並び国内外の商人や観光客が行き交う賑やかな場所であった。サヴィア王国侵攻前は、の話だが。

そしてここまでは、きちんと整備され名前も付けられた、分かりやすい石畳の道路である。

大通り以外は非常に入り組んでいて分かりにくいのも、この街の特徴であった。

様々な様式や大きさの建物が入り交じっている交易都市のためか、大通り以外は急に太くなったり細くなったりする路地、曲がりくねった小道なども多く、慣れない者がうっかり入り込んでしまうとほぼ確実に迷う。

迷うだけならまだましで、気が付いたら治安の悪い場所に居ました、いかにも悪そうな人々に囲まれていました、では洒落にならない。

というわけで、現在。

木乃香はジラノスの街中を、ロレンという道案内兼護衛の宿の従業員と一緒に歩いていた。

目指しているのは、国境側へ抜ける出入り口である関所がある北区の、そのはずれ。

ジラノスで今いちばん、というかほぼ唯一賑わっている、北市場と呼ばれる場所だ。

お空の偵察(さんぽ)で三郎が見つけて来たのがここである。

木乃香がこれについて宿の従業員に聞いたときのこと。

「たまにはお出かけされてはどうですか？　ご案内しますよ」

フロント係にそう勧められた。

ジラノスの街中でこれまでに木乃香が出歩いた場所といえば、宿の周辺と役所、それも大通り沿いだけだった。

別に外出を制限されていたわけではない。が、中央と確認が取れ次第リュベクに行かなければならないと思っていたし、その待機日数がここまでかかるのは予想外で、なんとなく外出の機会を逃していたのだ。

外に出ても人通りが少なく閉まっている店や施設も多いので、積極的に出かけたいとも思わなかった、というのもある。

北区は、もちろん木乃香が足を踏み入れたことがない場所だ。

ジラノスの中ではもともとあまり治安のよろしくない区域で、加えて北市場は大通りから少し外れた場所にあるので、初めて行く者には少々分かりにくいのだという。

外出はいいとして、案内や護衛まではいいです、と木乃香は最初遠慮していた。

が、先ほどの理由からフロント係に終始押し付けではなく至極丁寧に説明され、やんわり説得され、うちのお客様に万が一何かあればとやたら心配され少し脅され、気が付けばロレンが同行することで話がまとまっていた。

恐るべき高級宿の接客術である。

宿としても、いつでも誰にでもこんなに気を配っているわけではない。

まして下級とはいえ正規の〝魔法使い〟である相手に魔法が使えない護衛を付けるなど、相手によっては馬鹿にしているのかと罵倒されてもおかしくはない。

しかしこのお客様は絶対怒らないだろう、いや多少怒られても誰かついて行った方がいい、というのがフロント係はじめ従業員たちほぼ全員の意見であった。

単純に暇だったというのもある。

のほほんとした使役魔獣たちの主は、やはり本人ものほほんとしている。

一緒にいるとこちらまで気が抜けて来るほど、のほほんとしている。

どう頑張っても護衛としては役に立たなそうな使役魔獣がいる以外、とっさの魔法も使えないという彼女を心配するなというのは無理だ。

市場に足を踏み入れたとたん、速攻でスリに遭ったり詐欺に引っかかったり変なものを買わされたりしそうだし、途中で道に迷ってへたり込んだりしていそうである。

あくまでそういうイメージがあるという話だが、今だって、きょろきょろ辺りを見回している姿はいかにも慣れていない観光客です狙ってくださいと言っているような感じだ。

やはり無理にでも付いてきてよかった、と護衛兼案内係を勝ち取ったロレンは内心でほっと息をついていた。

「もともと高い場所代を払えない商人とか払いたくない商人とか……あまり大声で宣伝できない商品とかを扱っている商人とかが店を構えたり露店を広げたりしていたのが北市場なんです」

手配してもらった馬車で北区まで走り、北市場の近くだという場所で降りる。

「いまは中心地の市場が開かれていないから、普通になんでも売ってるんですけどね」

話を聞きながら歩いていくと、いままでは静かで閑散としていたのに急ににぎやかになってきた。目に見えて人も増えてくる。

ロレンの言う通り、市場に入って目立つ露店は街の商店や近隣の農家と思われる人々のそれだ。お客もごく一般の庶民、つまり付近の住民と思われる人々が大半である。

以前はもっと多かったのだろう、外から来たと思われる商人や旅装の人々も、一応ぱらぱらと交じっていた。

さらには、見回りと思われる制服姿の警備兵も見かけた。

「といっても、ここまで賑わいだしたのは本当にごく最近ですよ」

「……そうなんですか？」

護衛のほうが本業らしく腰に剣を下げた姿も板についているロレンだが、案内も丁寧でなかなか分かりやすい。

雇い先は違ってもなんらかの繋がりがあるのだろうか、あるいは知り合いだったのだろうか。地方軍の制服を着た男性に軽く手を上げて挨拶しながら、彼は続けた。

「この辺、領の警備兵の巡回は、いままでは一日に二回くらいだったんですよ。これだけ頻繁に見るようになったのはごく最近で……一週間くらい前かな？　何かの取り締まりじゃなくて見回りの強化だって分かって、それで領主公認なんだなと皆納得して、遠慮なくここを利用しだしたって感じですかね」

木乃香は瞬いた。

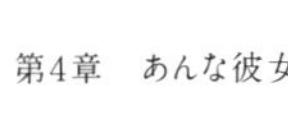

一週間。それはまた、本当にごく最近だ。

「わたしが来たのと同じくらいなんですね」

「……ああ、そう言えばそうですね。もともと、中央にあった市場が開かれなくなってから、少しずつこちらに流れては来ていたんですが」

露店に並べられた品物は、当たり障りのない日用品はもちろん、明らかに国外からの輸入品である食料品も堂々と並べられている。

場所が少々後ろ暗い品物も扱う北市場ということもあり、上の許可があると思える要素があるなら、住民は安心して品物を買っていくだろう。

民が先に動き、官があとから重い腰を上げる。まあ、よくある事である。

が、それにしても領の対応が遅いのでは、というのが木乃香の正直な感想だが。

シルベル領を通る交易路が使えなくなったのは、おそらくフローライドにサヴィア王国が侵攻しレイヴァンの砦を攻め落とされたときからだ。けっこうな時間が経過している。

侵攻を食い止めるための対応はさすがに何かしているだろうが、領民の生活に対してはいままで何かしていたのだろうか。まさかとは思うが、何も対策していなかったのだろうか。

現在シルベル領の領主を務めている人物には、直接会ったことがない。

が、木乃香の上司である統括局長官タボタ・サレクアンドレと仲が良かったはずなので、それだけであまりいい印象はない。

「ええと、確かセロハンテープみたいな名前……」

「はい？」

木乃香の呟きに、護衛が首をかしげたときである。

彼女たちが向かおうとしていた先で、がしゃーんという何かが倒れたような壊れたような音がした。

賑やかすぎるその音と一緒に、複数の悲鳴まで聞こえてくると、護衛が剣の柄にさりげなく手を置く。

「……何か、揉め事かな？」

迷惑だなあとロレンは眉をひそめた。

気になるのか、外套のフードの中にいた黄色い小鳥（さぶろう）がぱたたっと上空へと羽ばたいた。外套の内ポケットの薄ピンクのハムスター（ごろう）も「きゅきゅ」と警戒するような声を出す。

本日の木乃香のお供は、この二体だ。見慣れない魔法使いが見慣れないモノを連れて歩くと変に目立つので、極力目立たずかさばらず、隠れられるほど小さいの、というのがその選考理由である。

――あるいは。

彼女が別の使役魔獣を連れていれば、その後の状況はまた変わっていたかもしれない。

それから程なく。

今度は重たい荷物を高い所から落としてしまったような、どーん、という音と同時に地面が少し揺れた。先ほどより近い。

たぶんこれは、何らかの魔法だ。

魔法使いの数が王都より少ないのに、魔法絡みの問題はやっぱりあるんだな、と、木乃香は少し複雑な気分になった。

ただの揉め事ならさっき見かけた領の警備兵たちが収めてくれるだろうが、魔法が絡んでくるとなると、彼らはどうなんだろう。

「ぴぴぃーっ」

上下左右に忙しなく飛んでいた三郎が、ひときわ大きく鳴き声を上げる。

その鋭さに、思わず木乃香が足を止めてしまったとき。

彼女が立っていたすぐ横の狭い路地から、誰かが飛び出してきて。

「きゃあっ」

「わわっ」

衝突してしまった。


人ひとり分の幅しかない裏道をまったく気に留めていなかった木乃香と、後ろを気にしてほとんど前を見ずにその路地から勢いよく飛び出したその人物は、ものの見事にぶつかって派手にひっくり返った。

ぶつかったのは、木乃香より背が低くて、そして線が細い女性。おそらく成人前の少女だ。

「ご、ごめんなさい！」

木乃香を押し倒すような格好になった少女が、慌てて身体を起こそうとする。

そのとき彼女の周囲で、ぱちっと何かが弾けるような音が鳴った。

ひどい静電気が起こったようなその音に、内ポケットから出て来ていたらしい五郎が、木乃香の腕にしがみつきながら「きう、きぅ」と何かを訴えている。

上空を旋回していた三郎も、「ぴぴぃー」としきりに鳴いていた。

そんな使役魔獣たちの声を聞いて。

遠ざかろうとする少女の腕に、木乃香は逆にしがみついた。

「え……っ」

「だめ！　抑えて！」

逃がすまいと相手の細い腕をがっしり抱き込んで、木乃香は少女の耳元で言う。

ほぼ同時に、ぱりぱりっとふたりの周囲で音が鳴り、青白い火花のようなものまでが弾けた。

その拍子に、びくりと少女が震える。

「は、離して――」

「だめだよ」

「あぶない、から……」

「分かってる。だから、あなたが抑えて！」

かたかたと震えながら、少女は「むり」とか細い声で呟いた。

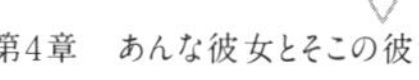

この音も、火花も、おそらくは先ほどの音と震動も。少女が魔法で作り出したもののようだった。彼女の様子から推測すると、少なくともいま現在起こっている現象は、彼女の意に反したものなのだろう。

つまり彼女、魔法が制御できていないのだ。

師ラディアル・ガイルに教わった事がある。

魔法を使っていると、その魔法力を自分で扱いきれずに暴走させてしまう場合があると。

持っている魔法力の大きさや属性にもよるが、場合によっては周囲を巻き込んで大惨事になることもある。

ラディアルも魔法を習い始めたばかりの幼少期、館ひとつを半壊させた事があると笑いながら話していた。

……笑い事ではないと思うのだが。

師は、魔法力が多いらしい木乃香にもその心配があると思ったのだろう。

幸い彼女は召喚魔法しか使えず、魔法力の無駄遣いで倒れてはいたが、暴走はなかった。

この少女の場合、いま漏れている魔法力だけでかなりの多さだ。これは、放って置いたらダメなやつに間違いない。

と、五郎が警戒して教えてくれた。

周囲への被害を抑えている五郎からの情報、加えて目の前の放電のような現象と、身体が服越しでも異様に熱く感じられることから、少なくとも少女の属性には雷と炎がある。

こんな人が集まる場所で暴走させていい種類のものではない。

かといって、少女はすでに簡単に場所を移せる状態でもない。

とりあえず――――。

「だ、大丈夫ですか!?」

衝突を免れた護衛兼案内係のロレンが、傍らでおろおろとしている。

その彼に向かって、木乃香は言った。

「警備隊を呼んできて下さい！　早く！」

びくっと震えた少女をより強く捕まえて、彼女は続ける。

警備隊に捕まえてもらうのは、もちろん少女ではない。

彼女をこんな状況に陥らせた元凶たちである。


頭上の黄色い小鳥が、再び高く鋭く鳴いた。

それを聞いて薄ピンクのハムスターも警戒の鳴き声を上げる。

少女が飛び出してきた路地からほどなく走り出て来たのは、三人の男たち。それぞれ灰色の外套を纏った、〝魔法使い〟だった。

一体どれくらい走ってきたのか、さほどでもないのか。いかにも日頃運動しなそうな彼らは、ぜ

えぜえと息を切らし、足元も覚束ない様子である。

今にも倒れそうな彼らは、しかし木乃香が捕まえている少女を見て「あっ」と元気に声を上げた。指をさし、走り寄ろうとする。

「ぴっぴぃーっ」

そこへ、急降下してきた三郎がぼっと火を吹いて彼らの足を止めた。これ以上は近づくなと言わんばかりの威勢のいい鳴き声付きで。

思わず短い悲鳴を上げた彼らは、その場にぺたんと尻餅をつく。炎に驚いたというより、体力の限界が来たというような力のないへたり方だった。

木乃香は、微妙に濃淡のある灰色マントをそれぞれ羽織る魔法使いたちをきっと睨みつける。

そして彼女も火を吹くような勢いで怒鳴った。

「あんな細い路地にか弱い女の子を追い込んで、どうする気だったのよこの変質者！」


魔法力を暴走させてしまう要因は、大きく分けて二つある。

ひとつは、まだ年齢が低い場合。自分の魔法力の大きさを把握しきれておらず、魔法を使うのにも慣れていないので、扱いきれなくなってしまう。

そしてもうひとつは、怪我や病気といった身体の不調、あるいは精神状態が不安定になることで、魔法力の制御が難しくなった場合。これは老若男女を問わず、いつでも陥る可能性がある。

少女の場合は、両方の原因が考えられる。

が、決め手は明らかに過度の精神的な負担だ。

灰色マントを着た怪しげな男たちに追いかけられるなど、若い娘さんにしてみれば恐怖以外の何物でもないだろう。

木乃香が知っているのだ。魔法力の暴走は、魔法使いなら誰だって知っているはずの事。

そして魔法力に鈍感な木乃香だって、少女の状態や周囲に現れる火花がやばいものだということくらいは分かる。

にもかかわらず、にもかかわらずである。

この男たちは何をやってくれてんだという苛立ちをありったけ込めて、木乃香は怒鳴ったのだ。

「あんな細い路地にか弱い女の子を追い込んで、どうする気だったのよこの変質者！」と。


いっしゅんの静寂。

それとともに、周囲の視線とざわめきが男たちに集中した。

「え、か弱い？　いや……ひっ」

三人のうちの誰かが何か口走ったが、再び目の前で三郎に炎を吐かれて悲鳴に変わる。

「へ、変質者っ？　いいいいや違う、違うぞ！」

別の男が、慌てて顔の前で手を振った。

変質者呼ばわりに動揺するだけ、まだ話が通じる人たちかもしれない。

そんなことを頭の片隅で考えながら、木乃香は大きな声で続けた。わざと周りの人々にも聞こえるように。

「どうせ、ろくなあいさつも説明もしないで同意もなく一方的に追いかけ回したんでしょう。それを世間では変質者っていうのよ」

この騒ぎに、通りかかった人々も何事かと足を止めた。

互いにひそひそと話し合う者もいれば、魔法使いたちを冷ややかに見つめる者もいる。

またか、という声も聞こえてきたので、残念ながら、王都でも地方都市でも魔法使いの傍若無人なふるまいに苦い思いをしている一般人はそれなりにいるようだった。

「わ、われわれは、ただそのお方の魔法を知りたいと……っ」

「魔法ね……」

やっぱりそれかと木乃香は眉根を寄せた。

こんな街中で後先考えずに追いかけ回すくらいだ。この少女の魔法は特殊なのかもしれない。だがしかしである。

「お前は知らないだろう。その方が、世にも稀な――」

「知ってるわけないでしょう」

放って置いたら滔々と語り出しそうな魔法使いの言葉を、木乃香はぶっつりと早々に遮る。

これは無駄に長くなるやつである。とある魔法研究所でこの手の魔法使い（変質者）に慣れている木乃香は、大人しく彼らの言い分を聞いてやる気はなかった。

なにより。追いかけられる理由があるほうが悪いとでも言いたげな彼らに、非常に腹が立つ。

「あなた方の事情なんてわたしは知らないけど。知りたいとも思わないけど」

木乃香は、少女を抱え込む腕に力を込めた。

少女のいまの状態は、いつ暴発するかもわからない爆弾と同じだった。

「この子の様子を見て、よくそんな事が言えるわね。自分たちが魔法を見て満足できればそれでいいと？　この子や周囲の皆さんの迷惑は知ったこっちゃないと」

「い、いやそんな事は……」

「もちろん、目的を果たしたその後のことは考えての行動でしょうね？」

「…………」

答えられない魔法使いたちに「おいふざけるな」と別方向から声を上げたのは、近くの露店の店主だろうか。

魔法と聞いて少し遠巻きにしているが、灰色の男たちを見る周囲の人々の目は非常に冷ややかだ。

ここは現在のジラノスで唯一市場が開かれている貴重な場所だというのに、そこで何をしてくれているのだと。

何をする気だったのかと。

「そ、そうは言っても……でもこの機会を逃せば次にいつ――」

彼らは、分が悪いと肌で感じてはいるのだろう。

それでも未練がましくもごもごと返されて、木乃香はいらいらとため息を吐く。

よく見れば、彼ら自身だけでなく彼らの灰色のマントもかなりくたびれていた。埃っぽい上に、新しい綻びがあったり焦げついていたりする箇所もある。が、その割に彼らにはひどい外傷はない。

追われながらも、おそらく少女はたくさん我慢していたのだ。

本気で魔法を使えば簡単に排除できるだろうに。それよりも周囲に迷惑をかけないよう、追手である男たちにさえひどい怪我を負わせないようにと。

魔法力を暴走させる一歩手前まで。

「こんな若い子が周りに気を遣っているのに。あなたたちは何なの」

まだ十代の半ばと思われる少女がこれだけ健気に頑張っているのに。

自分たちの都合で後先考えずに突撃するいい歳した大人たちの、なんと情けないことか。

「世間一般の、常識の話をしましょうか。理由がなんであれ、こんな可愛い子を一方的に追いかけ回すってどうなのよ。あなたたちは、間違いなく女子供の敵です！」

というか、魔法使いにだって研究の為なら女子供を追いかけ回して良いなどという常識はないはずだ。

使役魔獣たちが肩の上で、それぞれ「ぴっ」「きゅ」と賛同するように短く鳴いた。周囲の人々からも「そうだそうだ」という声が飛ぶ。

なまじ件の少女が華奢で儚げでぐったりしていて、かなり精神的にも参っている様子なものだから、事情がよく呑み込めていない通りすがりの人々も、とくに女性たちや子供連れの家族の眼差しが非常に厳しかった。

駆けつけた警備兵たちは魔法使いではなかった。

が、対魔法使い用の、魔法の発動を防ぐ捕縛道具をちゃんと持ってきていた。

体力のない魔法使いたちにそれを付けてしまえば、その辺の窃盗犯より無力である。多少抵抗していたものの、捕縛道具を付けられた後は大人しく連行されていった。

それでもしばらくは未練がましく、あるいは少しだけ何かを期待するようにちらちらと振り返ったりしていたが、三郎が再び火の玉で威嚇すると、それもなくなった。

そして。

残る問題は、少女だ。

「あの人達は行っちゃったから。もう大丈夫だよ？」

少女の背中をぽんぽんと叩いてみる。

しかし、彼女は身体を小さく丸めてふるふると首を横に振るばかり。

最初は少女の腕を捕まえていた木乃香だが、いつの間にか少女の方が彼女の服を握りしめ逆に縋りつかれているような格好になっていた。

近くの露店の主が「ここで休んでいきな」とテントの端を貸してくれたので、通行人の邪魔になることなく、石畳の冷たさに耐える必要もなく、彼女たちは座り込んでいる。騒ぎを聞いていた人々が「大丈夫かい？」と声をかけたりもしてくれる。

木乃香は感謝の言葉や笑顔を返しているが、少女はそれどころではないようだ。

周囲の音も、木乃香の言葉さえも、彼女の耳には入っていないのかもしれない。

少女の身体は、ずっと強張ったまま。

木乃香の外套をぎゅっと握りしめる手は、すっかり血の気を失っている。

そのくせ熱が籠った身体は熱いままで、苦し気な浅い呼吸を繰り返していた。

やがて。

少女の口から、かすれた弱音がこぼれ落ちた。

「こわ、こわ……い」

この子は、以前にも魔法力を暴走させたことがあるのかもしれない。それこそ館ひとつを吹き飛ばすくらいの威力で。

彼女の怯え様と今も漏れ続けているらしい彼女の魔法力の量を考えれば、じゅうぶんあり得る話だった。

だからこそ早く抑えよう、落ち着こうと思うあまり、逆に焦って上手くいかないのかもしれなかった。

「こわい……」

「……大丈夫。だいじょうぶだよ」

ぱち、ぱちんと目の前で青い火花が飛ぶ。

木乃香は、ただ少女の頭や背中を優しく撫で続けた。

「む、無理……できな……っ」

「……でも、あなたはよく頑張ってるよ」

ぴく。と少女が身じろぎした。

潤んだ菫色の瞳で、そろりと上目遣いに見つめて来る。

しっとりと濡れる長いまつ毛は銀色。雪のように白い肌は、泣いたせいか熱のためか目元と頬が赤く痛々しく染まっていた。

……あらためて見ると、本当にものすごく可愛い子だ。

こんな状況だというのにちょっと見とれそうになりながらも、木乃香は意識してにっこり笑った。

「あなたは、頑張ったよ」

ぱりっと火花が散った。

「で、でも……」

「うん」

責任感の強い子なのだろう。

あるいは、褒められ慣れていないのだろうか。彼女は「抑えなきゃ」とうわ言のように呟いた。

自分で抑えられるならそのほうが良い。だから、木乃香も最初は「抑えて」と言ったのだが、逆効果だったかもしれない。

しかし。彼女が落ち着くまでいつまでも市場の片隅にうずくまっているわけにはいかないし、長

引けば少女の身体にも良くないと思う。

なので、木乃香は諦めた。腹をくくったというべきか。

少女が自力で落ち着かせることができないのなら、木乃香がやるしかない。

「大丈夫だからね」

意識してにっこりと笑いながら、彼女は言った。


師ラディアル・ガイルによれば。

魔法力が暴走しそうになったら、無理に抑えずにいっそ暴走させてしまったほうが、余分な魔法力が抜けて手っ取り早くスッキリ出来るのだという。抜けすぎて魔法力不足で気を失ったりする場合もあるが、それでも治まりはする。

ただしこの解消法は、暴走しても周囲に迷惑がかからない場所に居る場合のものだ。

ここは建物も人も密集した街の中。誰も居ない荒野のど真ん中ではないし、近くに大きな魔法に耐えられるような設備のある施設もない。

こんな場所で、スッキリするまで魔法力を発散して下さいとは言えない。

普通は、言えない。

「ごろちゃんー」

「きゅーう」

呼ばれた薄ピンクのハムスターは、木乃香の肩から元気に返事をした。

先ほどから居たのだが、自分のことで精一杯だった少女がソレに気が付いたのは今が初めてだ。

少女は瞬きした。

「これは〝五郎〟。わたしの使役魔獣です」

「ゴロー……？」

そう。木乃香には五郎がいた。

魔法を含めたありとあらゆる攻撃を吸収しときに跳ね返す、常識破りの〝お守り〟が。

「この子が一緒にいてくれるから、安心して魔法使っていいよ」

「きゅ」

「え……」

「遠慮なく、どうぞ」

話している間に、五郎は短い足を忙しなく動かして主の腕を伝って少女の肩に移る。

使役魔獣と言われたソレは、小さな肩の上で、その肩の持ち主に「おじゃましますー」とでも言いたげにひくひくっと鼻先を震わせている。

その小ささと頼りなさに、少女はびっくりした。

簡単に払いのけられそうなそれを、払いのけるという考えさえ浮かばなかった。

ソレはあまりに柔らかくてもふっとしていて、しかも人懐こくて、どう頑張っても害のあるモノには見えなかったからだ。

「え、え……」

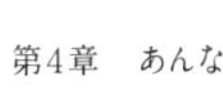

少女はびっくりした。

そしてその拍子に、うっかり気を緩めてしまった。

せっかく今の今まで抑えていた魔法力の大きな塊がすっと抜けていく感覚に、その後に予想される惨事に、思わず目をつぶる。

「きぅー」

――が。何も起こらなかった。

あのぱちっという音や青白い光すら出て来なかった。

少女が恐る恐る目を開けたそこには、薄ピンクの小さな塊があるばかりだ。

「よし。その調子」

「きゅー」

木乃香の指先で頭を撫でられた使役魔獣は、嬉し気に鳴いた。

主（あるじ）に褒められたからか、ぽかんとしている少女と目が合ったからか。五郎は大胆にもさらにほてほてと寄ってきて、もふっとした毛並みで少女の頬をくすぐる。

「……これだけ身体が熱いと、それだけで体力無くなっちゃうよねえ。この熱も取れるのかな」

「きぅ」

「ぴっぴぃ」

「あ、みっちゃんも手伝ってくれるの？」

「ぴぃ」

いつの間にか、少女の反対側の肩にも黄色い小鳥がちょこんと留まっていた。

ある意味、追われていたときよりも混乱している少女には、すぐ近くでなされていた会話はほとんど耳に入ってこなかった。

恐ろしく静かに抜けていく、内側で暴れていた魔法力。問答無用で引いていく熱と、軽くなる身体。

自分の身体のことなのに、何が起こっているのかさっぱりわからない。

「……そろそろ、落ち着いたかな？」

少女の顔をのぞき込みながら、木乃香が呟いたときだった。

犬のような狼のようなライオンのような四本足の獣が、木乃香と少女の前に現れたのは。

大型犬くらいの大きさの体に、犬や狼のような顔。ライオンに似た豊かなたてがみと太く力強い足。

音もなく露店の商品台を軽々と飛び越えたソレは、大きな尻尾をふっさりと揺らしながら、悠然とテントの中に入って来た。

「わわわっ、なんだコレっ」

露店の店主が飛び退いて声を上げる。

この獣、大人しいということもあるが、それ以上に動作や息遣いにもほとんど音がしない。

それでもこれだけ大きな獣にこんなに近づかれるまで気が付かないというのも不思議だった。

これが急に湧いて出たものなのか、あるいはそういう作りなのか。いずれにしろ。

「使役魔獣……？」

見覚えのない生き物がこんな街中に現れたら、まあ十中八九は使役魔獣だ。

とはいえ、三郎も五郎もソレに対して警戒していても敵意は向けていないので、急に襲いかかって来るような危ない獣ではないようだ。

……それなら。どうしてコレはここに居るのだろう。

「ナナ！」

木乃香が内心で首をひねったところで、市場の人混みから鋭い声が飛んできた。

「……兄さま？」

「うん？」

少女がそろそろと顔を上げたのと、旅装の二人組が露店の内側に飛び込んで来たのはほとんど同時だった。

「ご無事ですか!?」

「目的は何だ！　妹を、放…………せ？」

怒りと殺気まで帯びた声は、途中から困惑のそれに変わった。

拘束していると思っていた女性は、むしろ逆に妹によって胸倉をつかまれており。

ふたり揃って、ぽかんと彼らを見上げてきたからだ。

新たな乱入者に最初に我に返ったのは、木乃香たちが場所を借りていた露店の持ち主だった。

「おいおいおい、人の店を荒らすんじゃねえよ！」

先に変な獣が入ってきて飛び上がっていた店主だが、店を荒らされたとあっては黙っているわけにはいかない。

ここは領都の端。現在は警備兵たちが頻繁に見回りそこそこ安全な場所になってはいるが、もともとあまり治安がよろしくない地区である。この場所で店を開く昔からの常連には、多少の事件や揉め事など日常茶飯事だ。

つまり、相手が人間なら慣れたものである。

「あんたらその子の連れか？　変なやつらに追いかけられてるところを守ってやってたのがそこのねーちゃんだっていうのに、そんな言い方ねえだろ！」

店主が怒鳴り返したところで、ちょうどロレンが「今度は何事ですかー!?」と戻ってきた。

警備隊を呼びに行ってくれ、次に動けない木乃香たちに代わって警備隊と一緒に最寄りの詰所まで魔法使い（変質者）たちを連行し事情を説明してきた彼は、新しく現れたこの二人組にもほぼ同じ説明をしてくれた。

さらに、なぜか先に店の中に侵入してきた獣型の使役魔獣までが「こっちの言い分が正しい」と言わんばかりに木乃香たちのすぐそばにふわりと座り込んだので、ようやく彼らは納得したらしかった。

ちなみにこの獣、木乃香に殺気をぶつけてきたほうではない男の使役魔獣とのことだ。相変わらず鳴き声ひとつ物音ひとつ出していないのだが、召喚主とは意志の疎通ができているらしい。「何だって?」と呟いたかと思えば信じられないような目つきで木乃香を凝視してきていた。

「妹が世話になったようで、礼を言う。……それに、疑ってすまなかった」

少女の兄だという男は、そう言って丁寧に木乃香に頭を下げた。

わざわざ取ってくれた外套のフードの下は、なんだか懐かしくなるような黒髪と黒眼である。黒眼のほうは、明るい場所で見ると少し緑が入っているようだったが。

派手さはないが整った顔立ちに、外套の上からでもそれなりに鍛えていると分かる身のこなしと均整の取れた体つき。

こんな偉丈夫からこんな風に穏やかに礼儀正しくされれば、大抵の女性は顔を赤らめると思う。もっとも、先ほど情け容赦なく殺気をぶつけられた木乃香は、赤くなるどころか引いた血の気もなかなか戻って来ないのだが。

妹も、それはもう十人中十人が認める美少女だが、こちらは髪や瞳の色が薄く、それもあってか浮世離れして儚げな印象である。

似てない兄妹だな。というのが木乃香の感想だ。

兄と一緒に小さく頭を下げた少女が彼の外套の端をきゅっと握っているところをみると、仲は良さそうだが。

「……いいえ、たまたまですから。大した事なくて良かったです」

ちょっと来るのが遅いような気がするが、保護者が見つかって良かった。

魔法力の暴走が収まったら、さてそれからどうしようと途方に暮れ始めていた木乃香は、ほっと息を吐きだした。

彼らに〝ナナ〟と呼ばれている少女が見知らぬ灰色マントの男たちに絡まれたのは、露店を見ている内に兄たちと少し離れてしまった、その隙だったらしい。

相手が魔法使いだったことにも驚いて、（自分の魔法で周囲に迷惑がかかるのが）怖くなり、よりによってひと気のない場所に逃げてしまった。

その裏路地が迷路のようになっているとはよく知らずに。

それも魔法使いたちの作戦だったのか、彼女が勝手に迷い込んだだけだったのか。気付いたときには連れともかなり引き離され、簡単に合流もできない状態だったようだ。

この小道や路地裏は細かい場所まで警備兵の目が届きにくく、大通り周辺より治安が悪い。

魔法云々は抜きにしても、こんなに可愛い少女がうっかり迷っていい場所ではないのだ。と。そんなことを露店の店主やロレンに懇切丁寧に説明された少女の同行者たちは、神妙に頷いていた。

ちなみに木乃香は誰かに説教できるほどこの辺の事を知っているわけではないので、黙って聞く

だけだった。

「われわれも、スプリルがいなければまだ路地裏をさまよっていただろうな」

駆けつけるのが遅くなったのは、彼らもまた迷っていたかららしい。

彼らが呟けば、獣型の使役魔獣がぱたんぱたんと優雅に尻尾を揺らした。

しつけが行き届いた、とても賢い使役魔獣のようだ。三郎と五郎も気になるのか、じーっと大きな獣のほうを見ていた。

……あの尻尾、触ったらやっぱり怒られるだろうか。

木乃香が余計なことに思考が逃げかけたその時だった。

「あの、お聞きしたいのですが」

「……はいっ」

連れの片方の男、スプリルの召喚主が口を開いた。

年齢は少女の兄だという人と同じくらいか少し上といったところだろうか。生真面目そうな細面である。

ふさふさの尻尾に気を取られていたのに気づいたのだろうか。内心で慌てていると、彼は使役魔獣の傍らにさっと膝をついた。

スプリルの前。座りっぱなしだった木乃香の目の前に。

「……あの？」

「ナナリ……〝ナナ〟の魔法力をどうやって抑えたのですか？　その外套、あなたも魔法使いですよね？」

「カルゼ」

もう片方の男が窘めるように低く声を出したが、彼は止まらない。

それどころかさらにずいっと膝を詰めて来る。

「あ、あの……」

「分かってくれます？　彼女ほどの魔法力の暴走となると、いや暴走しなくても、常日頃からなかなか制御ができないんです。何かいい対処法があるんだったら、ぜひ教えていただきたいのですが！」

ちらりと少女を見る。

配慮したのか少し小声だったが、聞こえてしまったらしい。彼女は恥ずかしそうに、少しばかり悔しそうに俯いて、兄の外套の陰に隠れてしまった。

「……おいカルゼ」

「それがあなたの魔法の能力ですか？　それとも何か別のコツが？」

「お、抑えたと言われても……」

木乃香は自分の外套――〝魔法使い〟の証であるそれを引っ張って見せた。

「わたしは見ての通りの下級魔法使いですから。そんな大した力は持ってませんよー」

あえて能天気そうに言ってみた。

が、相手の必死な目つきと距離の近さは変わらない。

木乃香はうーん、と考える素振りをした。

「わたしに魔法を教えてくれた師匠が、いるんですが」

「はい」

「……魔法力を自分で制御できるようにする技術を身に付けるのも大事だが、精神的な安定も大事だ、というようなことを言ってたなあと思い出しまして」

「基本ですね」

さあ先を話せもちろん先があるんですよね、と言いたげな強い視線にざくざく刺されながら、木乃香は続けた。

「と、とにかく……えーと、〝ナナ〟さんに落ち着いてもらおうと。それで」

「ぴぴぃ」

「きう」

彼女の外套のフードに収まっていた黄色い小鳥がぱたたっと羽ばたいて彼女の頭の上に留まる。肩の上でじっとしていたハムスターは、少し薄ピンクの頭を上げ、つぶらな瞳で目の前の男を見つめた。

「……なんですかコレ」

「わたしの使役魔獣です」

たいへん馴染みのある反応をもらって、木乃香はほっとして頷いた。

言葉を失った男に、彼女はいつもの調子を取り戻して説明を続ける。

「ちょっとびっくりしたでしょう。そして可愛いでしょう。わたしの癒しです」

「ぴっぴぃ」

「きぅ」

「…………はあ」

こころなしか誇らしげに胸を張ったように見えた小さな使役魔獣たちに、同じ召喚魔法の使い手である男が首をひねった。

「この子たちに手伝ってもらって、彼女に落ち着いてもらって。それで、結果的に彼女が自分で魔法力を抑えてくれたと……そういう事だと思うんですが」

「……はあ」

「小さくて温かくて人懐こいので、たいへん心が落ち着きます。触ってみますか？」

「…………はあ。あ、いえ大丈夫です」

分かったような分からないような、という顔つきで、彼はあいまいに頷いた。

あんなにもふっとした鬣（たてがみ）とふさっとした尻尾を持った癒し使役魔獣を持っているのだから、もっと共感してくれるかなと思ったのだが。

むしろ後ろの少女のほうが触りたそうな顔つきで、ひら、と遠慮がちに手を振る。彼女に応えるように三郎が「ぴっぴっ」と囀り、五郎が少し顔を上げてひくひくと髭を動かしたので、彼女は頬を染めてはにかんだ。

可愛い。こちらもとても癒される。

ついでに、成り行きを見守っていた露店の店主は「よかったよかった」とうんうん頷いており、護衛のロレンは美少女の笑顔に見惚れてぽかんと口を開けていた。

「……」

わかったようなわからないような、という顔つきで、男は木乃香の使役魔獣たちと〝ナナ〟を交互に見比べては首をひねっていた。

そのうち。

複数の視線とひとりの凝視に耐えられなかったのか、五郎は木乃香の外套の内側に戻ってしまった。三郎も飽きたのかぱたぱたっと羽ばたいて飛んで行ってしまう。

「……あの鳥は？」

「鳥なので、お空の散歩が趣味なんです。あ、ちょっと炎も吐けます」

「……」

考え過ぎて眉間にしわが寄りだした男を見ながら、木乃香は内心で首を傾げた。

別に、嘘は言っていないのだが。

「……ともかく。後日にでもあらためて礼をしたいのだが。あなたはこの辺りに住んでいるのか？それとも――」

そう言い出した兄らしき人に対して、いえいえ本当にお気になさらず、とひたすら恐縮していた木乃香の横から「うちの宿のお客様ですよ」とさらっと答えてしまったのはロレンだ。

「あ、別にお礼を強要しているわけではなく。どうせ警備隊に聞けばすぐ分かりますからね」

「そう、なんですけど……」

「そういう皆様は、ほかにお連れの方はいらっしゃるんですか？　ここでの宿はお決まりで？」

つまり、彼は最後のこれが言いたかったらしい。

身なりも立ち居振る舞いもそれなりに良い、いかにも着いたばかりですという様子の旅装の三人である。あわよくば新規宿泊客の獲得を、と思ったようだ。

けっきょく彼らは北区の知人の家に滞在するとのことで、すぐその場で別れてしまった。

北区の、もう少し大通り寄りのきれいな建物に入っていったと報告をくれたのは、お空の散歩から帰ってきた三郎である。

「いつもは客引きとかしないんですけどね。昨今、いろいろと厳しいですから」

ロレンが苦笑いした。

領都でも指折りの高級宿だというのに――いや高級宿だからなのか。ここしばらく木乃香しか宿泊客がいないのだから、確かに経営状態は厳しそうだ。

護衛とはいえ、さすがは宿の従業員。

ちらちらと少女のほうを気にしていたので、多少の下心もあったような気がするが。

じーっと見つめていると、目をそらされた。

「ごほん。それで……そろそろ動けそうですか」

ロレンの問いかけに、今度は木乃香が目をそらす。

「………う。もうちょっと、なんですが」

ナナと呼ばれていた少女と、その連れ二人と別れてしばらく。

木乃香は、いまだにさきほどの露店から動けずにいた。

足がしびれてしまったのでと誤魔化して座ったまま話をして別れたのだが、実際のところは久々の魔法力の使い過ぎだ。

手足が重く冷たく、強張っている。頭もくらくらする。立とうと思えば立てるが、その後また座り込んでしまう自信があった。

「きゅーう」

懐から、魔法力を大量消費した原因である五郎が気遣わしげに見上げてくる。

目をきつく閉じてめまいをやり過ごし、彼女は先ほどの出来事を振り返った。

華奢で儚げな風情のあの子が抱えていた魔法力が、あんなに強大で暴力的なものだとはちょっと、いやかなり予想外だった。

あんなモノを抱えていれば、そりゃ不安で怖くもなるだろう。属性に雷があったからか、魔法力が魔法として形になるまでがとにかく早い。五郎の特殊能力でどうにか周囲への被害は抑え込んだものの、音や光までは吸収しきれずに外に出てしまったものもあった。

そして、特殊能力を発揮していたのは五郎だけではない。

ぶつかって一緒に硬い石畳の上で転んだ木乃香と少女は、軽い打ち身や擦り傷をあちこちに作っていた。

それを治していたのが三郎の治癒能力である。

命に関わる怪我ではないが、痛いことは痛い。痛みが集中の妨げになることもあるし、自分の手のひらに血がにじんでいるのも気付かずに必死で縋り付いて来る少女の姿も痛々しくて、こっそり治したのだ。

魔法使い（変質者）たちに向けて放った威嚇の炎などは大した事ないが、この治癒がまた魔法力を多く消費する。

魔法吸収と、治癒。使役魔獣たちの特殊能力の中でもとくに魔法力を使うそれを同時に使った結果が、現在の魔法力の使い過ぎ状態だった。

意識があってこうして喋れるだけましかもしれないが、やっぱりつらい。

「近くまで馬車に来てもらいましょうか。ついでに何か飲み物でも買ってきます」

「……すみません」

「いえいえ。今日は大変なことになりましたね」

気遣いも出来る護衛兼案内係の後ろ姿を見送りながら、木乃香はため息をついた。

ほんとうに。ちょっと市場に行きたいと思っただけなのに、どこをどう間違ってこんなことになったのだろう。

「……大変なことになった、かもしれない」

頭がずきずきと痛むのは、魔法力の使いすぎのためか。

あるいは別の理由でか。

木乃香の呟きに、小さな使役魔獣たちはなにも応えなかった。

余話4 ヴィーロニーナ商会の納品目録

「ご苦労」
横柄な態度でそれだけを言い、ろくに内容も読まずに受け取りの書類に署名をしてぽいっと寄越してきたフローライド王国軍の指揮官。
ヴィーロニーナ商会の長であるルッツヴィーロ・コルークは、営業用の笑顔を張りつけながらも非常に残念な気分で彼を観察していた。

シルベル領、リュベク郊外。

街道沿いの開けた場所に、中央から派遣されたフローライド王国軍が駐留していた。

この中央軍、少し前まではもうすこし北に陣を構えていたのだが、背後にあったリュベクがいつの間にか勝手に陥落。

挟み撃ちを恐れた軍は、ここまで陣を下げたのだ。

ジラノスの役人たちがミアゼ・オーカのリュベク行きを必死で止めていたのでそうだろうとは予想していたが、やはりサヴィアに占領されていた。

いや、占領してもらった、というべきか。

――そりゃあそうだろうな。

ルツヴィーロは内心でため息をつく。

合わせればそれなりの戦力になり、上手く動かせばサヴィアを早々に追い出すこともできたと思う。

フローライド王国には、国王のお膝元に中央軍、領ごとに地方軍がそれぞれ置かれている。

しかし長らく平和が続き、ご近所の治安維持程度の仕事しかしてこなかった軍はまったく遠征に慣れていなかったし、軍と軍の連携どころか最低限の連絡すらも取れていない状況だった。

すぐに終わるだろうという根拠のない自信だけはあったので、長期戦に備えた物資の補給手段も考えていなければ、補給部隊もいない。だからヴィーロニーナ商会のような商隊が運んでいるのだ。

しかも、中央から軍への物資の支給は遅いし少ない。

商会が今回運んできた量だけではぜんぜん足りない。シルベル領は自分のところの軍を支えるので手一杯。近隣の領地からの支援がないこともないが、こちらは上からの指示がないので義務ではなく領主たちの任意、あるいは善意によるものである。やはり大した量にはならない。

けっきょく、足りない分は現地調達になり、そしてリュベクとその周辺の町や集落がいちばん調達、というよりは搾取されていた。

王国公認の泥棒が近くに居座っているようなものである。

とくにリュベクの町長は責任感が強い町民思いの人物だったから、こんな状況に我慢できなかったのだろう。国が信用できない気持ちは非常によく分かる。

せめて軍の指揮官がもうすこし目を光らせて軍をうまく統率できていたら。住民たちの印象もまた違っていただろうが。

——まあ、無理だな。

書類の扱い方からして、もう信頼感はゼロである。

ヴィーロニーナ商会がまっとうな商会だったから良かったものの、この様子では仮に持ってきた荷物が半分しかなくても気付かずに署名しているのではないか。

「あ。それからこれはわが商会からの陣中見舞いです。どうぞお納めください」

ルツヴィーロは彼の前にとんと酒瓶を置いた。

こういう遠征では、酒類は嗜好品扱いの上に重いのであまり多く支給されない。そのため差し入れをするとまず間違いなく喜ばれる品物のひとつだ。

「同じ銘のものを樽ふたつ、食糧と一緒にお運びしておきました。少ないですが、皆さんでどうぞ」

中央の高官たちが好んで飲む高級な果実酒や蒸留酒ではなく麦酒(ビール)だったせいか、指揮官は最初、興味なさそうにそれを眺めていた。

しかしふと何かに気付いた彼は、慌てて瓶を手に取る。

「……これを、どこで？」

「ジラノスの北市場です。そこだけはけっこう賑わっているみたいでしたよ」

繰り返すが、酒は差し入れの人気商品だ。

中でも麦酒は、一般の兵士たちにも振る舞われることが多い。そもそも大衆の間でよく飲まれているものだし、開けてしまえば早く飲まなければならないからだ。

先ほど積み荷を降ろすときも、麦酒樽を見つけた兵士たちが歓声を上げていた。嬉し泣きしている者さえいた。

ここでの問題は。

この酒が比較的新しいこと。

その生産地が、隣国の大穀倉地帯オブギだったこと。

そして、ラベルに旧アスネ王国ではなくサヴィア王国の名前が入っていたことだ。

つまり、アスネがサヴィア王国に占領されてから作られたサヴィアの麦酒が、サヴィアと戦の真っ最中でもちろん国交も途絶えているはずのフローライド国内に、堂々と出回っているということになる。

「……………これを、どこで」

「だから、シルベル領の領都ジラノスですってば」

ルツヴィーロ・コルークは皮肉を込めて、にっこり笑って繰り返した。

何度繰り返し問われても、指揮官殿がどんなに渋い顔をしていても、彼の答えは変わらない。だって本当なのだから。

食糧庫の前で歌い踊って喜んでいたあの兵士たちは、いま現在フローライドに攻めてきているサヴィア王国が麦酒の出所だと気付いていているだろうか。

「わたしは聞いていないぞ！」

だん、と力任せに机を叩く男に、ルツヴィーロは「おや」とのんびり驚いた。

「北市場のこと、あなた様なら知っていると思ってましたが。指揮官様は、つい先日までジラノスに居たのでは？」

「……知らん」

返す言葉がないのか、単に言いたくないのか。

ベニード・グラナイドはルツヴィーロを睨みつけた。

無駄に人あたりが良いからか、あるいは聞き出すのが上手いのか。

ここへ来て半日も経たないのに軍内のいろんな部署の兵士たちから愚痴やらぼやきやらを聞かされているルツヴィーロ・コルークは、目の前の総指揮官がしばらく不在にしていたという情報を知っている。なんでも、軍をほったらかして領都の高級宿でのんびり寝泊まりしていたとか。

よりによってリュベクにサヴィア王国の旗が立ってしまった、その時にだ。

この指揮官様が領都で遊んでいたのか、何かほかの事をしていたのか。

そこまで彼は知らないし、探るつもりもない。が。

「早く決着がつくのはまずいのだ！」

ベニード・グラナイドは苛立たし気に再び机を叩いた。

ここではないどこか遠くを見据えているらしい彼は、己の足元を知らないし知ろうともしていないのだろう。

高い所に上りたければ、梯子がいる。しっかりと作られた梯子と安定した土台がなければ、そもそも高く上ることもできないのに。

「……リュベクが落ちたこと、いまだに中央は知らないようです」

「ふん、それがどうした」

ルツヴィーロの言葉に、ベニードは驚くどころかしれっと返した。

シルベル領が中央への報告を怠っているのと同様、彼もまた意図的に報告を怠っていた。

そうでなければ、こうも情報が届かないということはあり得ない。

「知ろうとしないのは、あちらの怠慢だろう。仮に知ったとして、あの無能な連中に何ができる。何をしてくれる。それよりも――――」

後半の言葉はぼそぼそと小声な上に早口で、ほとんど聞き取れなかった。

呟きながら少しだけ苛立たし気な、あるいは焦ったようなベニードの様子を、ルツヴィーロは冷ややかに見つめる。

彼だって中央の、そしてシルベル領の怠慢を否定はしない。不満が無いわけがない。

が。この指揮官殿も、傍目にはじゅうぶん仕事をしない無能者に見えることを、本人は分かっているのだろうか。

「遅い。もう駆けつけて下さってもおかしくない頃合いだというのに。何か問題でもあったというのか。いやあの方さえ来て下されば――」

途切れ途切れにしか聞こえない小さな呟きを何となく耳にいれながら、ルツヴィーロ・コルークはため息をついた。

うちの国の軍を率いているのがコレだものなあ、と。

第５章

そんな嵐の前の空騒ぎ

Episode 5

「……オーカちゃん、元気かなあ。早く帰って来ないかなあ」

ジェイル・ルーカははあ、とため息をついた。

元気かなあ、早く帰って来ないかなあ。これは、彼の仲間内で一日一回以上は必ず呟かれるもはや口癖である。

彼らの可愛い後輩であるミアゼ・オーカがシルベル領へ出発してしばらく。

まだ一か月も経っていないのだが、統括局の実働部隊ことジェイルとその〝同志〟たちは、そう呟いてはため息をつく日々であった。

心配は、それほどしていない。

少々ウッカリしているところはあるものの、彼女はなかなか飲み込みが早いし要領がいいし、丁寧で人当たりも良い。リュベクといわず、どこでもそれなりに上手くやっていけるだろう。

彼女の身の安全も、まあ大丈夫だろうと思う。

以前に比べて領内の治安は悪くなっているかもしれないが、使役魔獣たちも全員連れて行ったのだ。あれらを連れている彼女に、滅多なことは起こらないはずである。

最前線に近いとはいえ、文官が戦場に立つわけでなし。どこぞの上司が密偵の真似事をして来いと見当違いのことを喚いていたが、言われた本人はもちろん、統括局にはあれの無責任発言を真に受ける馬鹿な者はいない。

ジェイル・ルーカたちの仕事も、今のところは変わらない。

優秀な後輩はちゃんと自分の仕事を片付けて行ったし、現在困っているのは仕事の押し付け先を失くした、長官の取り巻き連中くらいである。ジェイルと同志たちの仕事量はそんなに変わらない。

彼女が統括局に来る前の統括局に戻っただけ、とも言える。

それでも、ミアゼ・オーカには統括局に一日でも早く帰ってきて欲しいと思う。

なんというか。彼女がいないと仕事が面白くないのだ。

もといた世界でも似たような机仕事をしていたという彼女のやり方は、非常に効率が良い。

重要なものとそうでない仕事、急ぎのものとそうでない仕事、関連する書類や類似の書類をそれぞれに仕分けすること。

他の部署へ持っていく書類や受け取らなければならない書類は、ほかの職員の分もまとめて一度で済ませること。

似たような案件や定期的に作成しなければならないような書類はマニュアルを作ること。

厄介だった、あるいは難しかった案件はやはり記録を残しておいて、次に生かすこと。

それから書類をきれいにまとめて、読みやすく整えること。

特別なことは何もない。魔法など、使ってもいない。

しかしそれらを当たり前のように行う彼女を見て、自分たちがいかに効率の悪い仕事をしていたのかが分かった。

幸か不幸か、羽根ペンを使う手書きが苦手らしい本人は、結果として仕事を仕上げる早さは周囲と大して変わらないので目立ってはいない。が、彼女の仕事ぶりを参考にしたジェイルらの仕事の効率は上がっているので、他部署にも仕事の早さを驚かれたくらいだ。

それになにより、長官室の金庫破りである。

あれは日頃の鬱屈した気分も溜まっていた仕事もスッキリの、実に気分爽快な珍事であった。

あのスリルとちょっとした背徳感は癖になると危険だなとは思いつつ、あんなにどきどきワクワクした体験の後では、これまでのお役所勤めが味気なく感じてしまうのは仕方ないと思う。

ハンコが必要な書類も、ハンコが入っている金庫を開けてくれる彼女がいないので残念ながらまた溜まり始めていた。

あとは、紅一点が居ない、見ているだけでちょっとほっこりする小さな使役魔獣たちも居ない、むさい男たちばかりの現在の統括局には、単純に潤いが足りない。

ぜんぜん足りない。

ミアゼ・オーカが居ないから、というわけではないと思うが、彼らの上司・統括局長官様のご機嫌もここしばらく低空飛行のままだ。

国王の〝視察〟外出ブームはとっくに終わってしまい、長官も部署の自室に居座る時間が増えてしまった。

とはいえ、この上司が本来の仕事を真面目にしてくれるわけもなく。

長官がいても、長官印が必要な書類は長官室に置きっぱなしのまま、ぜんぜん片付いていない。

こちらの仕事の邪魔になることが多いので、ジェイルたちは逃げられるときは逃げるようにしている。

彼の風魔法でさらっと探ったところによれば、朝の会議が終わった本日の長官様は、またいちだんとご機嫌斜めな様子だった。荒々しくも重々しいどっすどっすという足音もそうだが、鼻息も、そして口からとめどなく溢れる悪態からも、滲み出ている。

面倒くさい事、確実である。

仲間には合図しておいたので、彼らも何かと理由をつけて部署から逃げているはずだ。

仕事の山に四苦八苦している取り巻き連中を生け贄に置いてきたので、まあ昼頃には怒鳴り疲れて少し静かになっているだろう。

「いっそ、あのメタボ長官が前線でもどこでも行ってしまえばいいのになー」

こんなあり得ないことを呟くくらいには、ジェイル・ルーカは疲れていた。

彼が避難場所の書庫に向かうか、それとも早めの昼食に行こうかと思案していたところ。

「お前はこれの価値が分かっているのか！」

書庫の管理人のひとりであるジント・オージャイトの怒鳴り声が響いてきた。

それなりに付き合いのあるジェイルでも滅多に聞かない声量に、彼は驚いて書庫のほうへと足早に向かう。

書庫の入口に居たのは、手紙のような数枚の紙を持ったジント・オージャイトと、中央官の若い男ひとりであった。

「はっ、価値？　わかりませんよ！　そもそも読めないんだから！」

男も負けじと怒鳴り返す。

見覚えがあると思ったら、彼は統括局管轄の、転送用の魔法陣が置かれた部署の担当官だ。

転送陣は、王城から少し離れた城下町まで、人や物を行き来させることが出来るものだ。国の各地方とも、人は無理だが書類や手紙などの遣り取りはできる。転送陣と、それを使って行き来するモノ全てを管理しているのが彼ら担当官である。

ジントの持っている手紙のような紙束は、どうやらその転送陣を使って送られてきた手紙のようだ。彼らが怒鳴り合っている原因も。

「やっとシルベル領から手紙が来たと思ったら……こんなふざけた手紙！　この忙しいときに紛らわしい手紙の遣り取りをしないで下さいよ！」

「どこがふざけているというのだ、どこが！」

「どこもかしこもでしょうが！　僕には子供のラクガキにしか見えませんからそれ！」

「子供と言えば子供だが、子供ではないのが分からないのか！」

「わっかりませんよ！　あんた自分で何言ってるかわかってます!?」

……どうやら手紙は、ジント・オージャイト個人宛てだったらしい。

友達が少なそうなジントだが、意外と手紙の遣り取りは頻繁に行っている。研究仲間が各地にいるのだ。

それで。

件の手紙の出所はシルベル領。国境付近で諜報活動をしていたシェブロン・ハウラはとっくに帰ってきているし、目ぼしい研究施設のないその領地からとなると――。

「えっうそ。もしかしなくてもオーカちゃんから!?」

ジェイルはその手紙に飛びついた。

子供のラクガキ風。読めない手紙。

ジントが興奮気味にぱさぱさ振っている手紙はぜんぜん読めないが、しかし読めないながらもなんだか見覚えがある線と曲線の集まりだった。

子供のような姿だが子供ではない使役魔獣〝一郎〟が、書き損じなどの裏紙に線と曲線でできた見慣れない変な文字をちまちまと書いていたのを、ジェイルは見たことがあった。

たしか、〝にほんごのひらがな〟とかいう異世界の文字だ。

「おれのとこにも何も来てないのに。なんでジンちゃんだけっ？」

「ジンちゃん言うな。そして破れるはーなーせ！」

〝流れ者〟が召喚した使役魔獣が書いた、異世界の言葉。

それは〝流れ者〟研究者にして召喚魔法の研究者であるジント・オージャイトにとって垂涎物の研究材料だっただろう。

が、他の者から見れば「なんだこりゃ」という代物には違いない。

ジェイル・ルーカだって、その文字を以前に見たことがなければ転送陣の担当官と同じ反応をしていたと思う。

ところでその転送陣係の官吏は、いつの間にか姿を消していた。

奇妙なものを見るような、そして少し憐れむような顔つきでこちらを見ていたので、手紙を取り合う男たちに下手に関わりたくないと思ったのかもしれない。

他に誰もいない事を確認して、ジェイルはジントを手紙ごと書庫の管理室へと引っ張り込んだ。

「手紙から手を離せと言っているだろうが！」

「はいはい分かった。分かったからジンちゃん、それ読んで。とっとと読んで」

仏頂面のジント・オージャイトだったが、彼だってミアゼ・オーカからの手紙――というよりは、〝流れ者〟の使役魔獣が書いた異世界の文字――を早く読みたかったようだ。

管理室の空いた机の上に、丁寧に紙を並べていった。

「……ふむ。対訳も同封されている。さすがはミアゼ・オーカだ、よく分かっているな。〝にほんごのひらがな〟だけであればわたしでもさして時間をかけずに読むことは可能だが、そもそも〝にほんご〟とは極めて難解な異世界文字で、〝ひらがな〟以外にも文字が複数存在し文字によってはその世界の者でさえ容易に読めない書けないという難解なものまで存在する謎に包まれた神秘の――」

語り出したジントはこうなると長いので、ジェイルはまずミアゼ・オーカが書いたらしい〝にほんごのひらがな〟……と一緒に書かれた、こちらの言葉に直した訳を見ることにした。

異世界の言葉なんて分からないからだ。

その内容は。

簡単にまとめると「宿で食べたパンケーキが豪華で美味しかった」。

それだけの話だ。

「……」

ご丁寧に、一郎が描いたパンケーキのイラスト付きである。

「パンケーキ……」

「こんな細かな絵まで描けるようになったとは。さすがはイチローだ。随分上達している」

意外に早く自分の世界から戻ってきたジントが、まるで孫の成長を喜ぶおじいちゃんのような事を言ってうんうんと頷いている。

……なるほど。これはジント・オージャイト宛てだ。彼にしかこの手紙の価値はわからない。あるいは、彼にしか価値を見出せない。

「……あれ？　っていうか、なんでオーカちゃんはジラノスで止まってるんだ？」

地方都市リュベクに行くはずのミアゼ・オーカは、領都ジラノスに滞在しているらしい。

しかも、彼女が泊まっているのは一泊二泊ではないようだ。

領都の一等地に立ち、黙っていても三食どころか豪華なおやつまで出て来る至れり尽くせりなこの宿。中央の高官ならともかく、旅費をケチられた下っ端公務員がのんびり滞在できるような懐に優しい宿泊料金ではない。

本来の目的地であるリュベクへはいつ向かうのだろう。

本人からもシルベル領からも、何も連絡が無いのだが。

首を傾げていると、一郎直筆のほうに見入っていたジント・オージャイトが顔を上げた。

「おいジェイル・ルーカ。読んだならそれを返せ。訳と照らし合わせて……ん？」

「……っああ！　急に引っ張るな！」

破けるだろうがー、と先ほどとは逆に抗議の声を上げたジェイル。

しかし手紙を引っ張った本人は気にしない様子で、ミアゼ・オーカが書いた方を容赦なく奪い取り、極めて至近距離で眺め観察して眉間にしわを寄せた。

「まさかわたしが読み間違えているのか。いやしかし前半の数行は一字一句違えていないし単語の訳が違っている、いや訳自体が違う、いや違うのはこちらか……？　ああくそ、辞書は書庫の奥だな」

ぶつぶつ、ぶつぶつと呟くその内容を聞くともなしに聞いたジェイルも「んん？」と片眉を上げる。

「訳が違う……って？」

「る、か…？　ああ、ここにお前の名前もあるぞ。ええと。教えて……可能であれば。るか、先輩、へ、向ける……いや、向けて、だなここは」

「ええっ？」

ちなみに、こちらの言葉で書かれた〝対訳〟には、〝ルカ先輩〟のルの字も出て来ない。

これは一郎の絵日記風のお手紙にみせかけた、ミアゼ・オーカからの伝言だ。

決定的であった。

〝流れ者〟の使っていた異世界の文字など、同じ世界の出身者かそれを研究している専門家くらいしか解読できない。よほど一字一句注意して確認しなければ、途中で文字が多少違っていても気付けないだろう。

それを利用して、彼女はジント経由でジェイル宛てにこっそりと何か伝言を送って来たのだ。

「暗号文？　なんでオーカちゃん本職の密偵みたいなことをしてるんだ……？」

もう一度周囲を確認し、彼は管理室の扉も閉めた。

彼女は、どうしてこんな回りくどいことをして送って来たのか。

横の研究馬鹿は目をキラキラさせて単純に喜んでいるが、ジェイル・ルーカ自慢の後輩はこんな時期にこんな暗号文のようなものをお遊びで寄越すような空気の読めない人物ではない。

一郎の手紙に紛れ込ませた彼女の言葉は、あまり多くはない。

文字数を気にしたのか、あるいは本当に詳しく知らないのか。おそらく両方だろうが、彼女が書いた〝にほんごのひらがな〟の手紙から状況を推測すると。

シルベル領との情報の遣り取りが、意図的に遮られている。

先ほどの担当官の話しぶりからするに、無かったのは彼女からの連絡だけではない。シルベル領からの連絡すべてだ。

転送陣が壊れたとか妨害にあったという話は聞かないので、おそらくシルベル領側がわざと止めている。

ミアゼ・オーカがこれをどうでもいい手紙にみせかけたのは、たぶんそれが理由なのだろう。そうでなければ届かないと薄々は勘付いて。

そういえば、諜報部に所属しているシェブロン・ハウラも指示があって前線から帰ってきたと言っていた。

——もし、仮に。

仮に、だが。

いま現在シルベル領がどうなっているのか、王都にいる者が誰も把握できていないとすれば。

「……この状況、ものすごくマズいんじゃないの」

とりあえず、まだジラノスは無事だとは思う。少なくともこの手紙が出された時点では。

サヴィア王国軍に占領されていれば、そこに滞在している中央官で〝魔法使い〟のミアゼ・オーカが宿でのんびりパンケーキをつついていられるはずがない。この手紙だって送れなかっただろう。

しかもパンケーキ。

王都でも材料の小麦の値段が爆上がりして、お手軽に食べに行けない値段になってしまったそれ。

あちらの領内で、しかも領主のお膝元である領都で、どう考えても非正規経路で流れてきた可能性が高い輸入品がわりと堂々と、しかもかなり出回っていることを考えると、時間の問題であるようにも思える。

「あそこの今の領主は……当てにならないしなあ……」

ジェイル・ルーカはため息をつく。

現シルベル領領主は、セルディアン・コルドー。

数年前まで統括局の副長官をしていた男なので、彼の人となりをジェイル・ルーカはよく知っていた。

セルディアン・コルドーは長官タボタ・サレクアンドレの腹心の部下……というか、ちょっとよく動くただの取り巻きだった。特別仕事ができるわけではないが、長官をおだてていい気分にさせるのが上手い。そうして出世してきた男だ。

出世欲はあってもそこそこで、頂点に立とうとまでは思っていない。二番手、三番手あたりを確保し、なるべく楽をして甘い汁を吸いたい人物である。だからこそ自分が一番でないと気が済まないタボタ・サレクアンドレともうまが合っていたのだろう。

そんな男なので、リーダーシップは期待できない。

自分が先頭に立って何かをしようという気がそもそも無い。自らの保身は考えても信念は無い。だから、率先してサヴィア王国に寝返ったり裏で通じたりもしないと思うのだが。

……脅されるか逆に上手く懐柔されてしまえば、寝返る可能性はある。

考えれば考えるだけ、悪い予感しかしない。

「実はサヴィア側の思惑とか暗躍とかぜんぜん関係無くて、中央から怒られるのが嫌だったアノ小心者が自分の失態を全部隠して責任逃れを企んで、任期満了までやり過ごそうとしてる……とかいう、しょうもない理由だったらどうしよう」

まさかなー、いくらなんでもなー。と。

冗談半分、やけっぱち半分に呟いたそれこそ正解に限りなく近い答えだったのだが、もちろんジエイル・ルーカが知るはずもなく。

ほんとにどうしよう、と彼は頭を抱えた。

こんなとき、相談をするにも協力を仰ぐにも頼れる上司が誰も思いつかないのは痛い。

結束の固い仲間はいるが、所詮はみんなヒラ官吏である。

「とりあえず、何とかしてオーカちゃんをこっちに戻さないと……」

「なんだかよく分からないが。うちの上司に相談してみるか？」

手紙から目を離さずに言ったのはジント・オージャイトだ。

「うちの部署は地方に対して大した影響力はないが、長官の夫がシルベル領に出向いているから、そちら経由で何か情報が入っているかもしれない。あの人もミアゼ・オーカのことは気にかけているようだしな」

「時間あるか？　さすがに高官は忙しいんじゃないか？」

「よほどの事がなければ話はちゃんと聞いて下さる方だ。書庫への様子見ついでに彼女の状況を伝えるくらいはいいだろう」

「……いい上司だなー」

「統括局のアレよりはな」

人間不信気味のジント・オージャイトがこれだけ言うのだ。ジェイルはこれまであまり接点がないので分からないが、学術局長官ティタニアナ・アガッティはある程度信頼できる人物なのだろう。

彼は少し反省した。

多少ずる賢くてもわりと単純で御しやすい。彼は上司タボタ・サレクアンドレについて、そう内心で嘲笑っていた。しかしそんな暇があったら、少しでもまともなのにすげ替える努力をすれば良

かったのかもしれない。

「ああそれから。研究所にも知らせておいたほうがいいと思うぞ」

ジント・オージャイトが、情け容赦のない追い打ちをかけた。

ぴきっ、とジェイル・ルーカの双眸が恐怖に凍り付く。

「……おれが？」

「当たり前だろう」

手紙から視線を外し、ようやくこちらを見たジント・オージャイト。

無表情ながら変な圧を感じる眼差しに、ジェイルは口元を引きつらせる。

頭に浮かんだのは、マゼンタにある王立魔法研究所にいるはずのミアゼ・オーカの過保護者ふたりである。

「じ、ジンちゃーん」

「ジンちゃん言うな。そしてミアゼ・オーカをよろしく頼まれているのはお前だ」

「う、うえぇ……」

実の姉シェーナ・メイズへ送る手紙。

それにミアゼ・オーカから伝授された仕事のノウハウが生かされる余地はなく。彼が悩み抜いて書き上げるまで、まる二日かかったという。

「何か……厄介なことになった、かも……しれない？」

滞在している宿の一室にて。

木乃香は、ぐったりと椅子に腰かけ、テーブルに額をくっつけた格好で突っ伏していた。

情けなくもあやふやな独り言を聞いているのは、彼女の使役魔獣たちだけである。

宿の従業員たちが用意してくれた子供用の椅子に腰かけた一郎が、彼女の向かい側から心配そうにのぞき込んでいる。

二郎は彼女の足元をうろうろと歩いてはちろちろと落ち着きなく主（あるじ）を見上げ。

四郎は突っ伏す彼女の背中で丸くなると「にあー」と鳴いた。

三郎と五郎――現在彼女が悩んでいるその原因の一端である彼らは、テーブルの上で揃ってしゅんと頭を垂れていた。

……何が厄介かもしれないのかというと、先日の北市場でのひと騒動が、である。

反省はしているが、後悔はしていない。そこは間違いない。

あの美少女を魔法使い（変質者）たちの魔の手から守ろうと思ったら、仕方がないことではあった。

だって、放っておけなかったのだ。

灰色の魔法使いたちに追いかけられているのを、どうしても見過ごせなかった。他人事に思えなかったのだ。

問答無用で向こうから飛び込んで来られて避けられなかったというのもあるが、むしろあの時は

「この子はわたしが守らねば」という使命感に燃えてすらいた。

ついでに、精神不安定のため少女が自身の魔法力を制御しきれなくなっていたのだから、それがまた強大な力だったものだから、何とか抑えようとつい頑張ってしまったのも仕方がないと思う。

そう。仕方がなかったのだ。

問題だったのは、さらにその後に出遭った彼ら。

少女の連れである男たち（と使役魔獣）である。

彼女の師なのか兄弟子なのか、それとも別の関係なのか分からないが、スプリルというふっさふさの使役魔獣を連れていたあの魔法使い。

少女ほどではないが、かなりの魔法力を持っているようだった。

少女の兄だと紹介されたもうひとりの男も同様だ。

宿付きの護衛であるロレンよりもよほど洗練された身のこなしと殺気で、手をかけていた腰の剣には大きな魔法石すらはめ込まれていた。

魔法剣。剣を振るえば自身の持つ魔法力の効果まで付けられるという、武闘派魔法使いのために作られた武器である。

召喚した武器ではなく人工で作られたそれらはフローライドではあまり見かけないが、研究のためにと師ラディアル・ガイルが収集していたので彼女にはなんとなく分かった。分かってしまった。

そんな彼らは、〝魔法使い〟の証である外套（マント）を身に着けていなかった。

フローライドで認定された〝魔法使い〟は、その証である支給品の外套を常に身に着けていなければならない。という決まり事が、この国にはある。

といっても、見せびらかす必要はない。

すぐに見せられるように持ってさえいれば良く、上から他の外套などを羽織って隠しても、なんならバッグの中にしまっていても問題ないらしい。

階級が上の魔法使いならば尚更、あえて見せつけて歩いている者も多いが、例えばルツヴィーロ・コルーク氏のような商人であれば、必要なければ身に着けずに持ち歩いているだけの人も多いのだという。

そして、彼らは外套を身に着けていなければ、持ってもいなかった。

何なら格好もどことなく異国風だった。

つまり彼らは、フローライドの認定〝魔法使い〟ではない――他国から来た魔法使いである確率が高いということになる。

それらを踏まえて。

現状、ここシルベル領で見かける他国の魔法使いといえば。

「サヴィア王国の人……っぽい、よねえ……」

男たちから向けられた殺気を思い出して、身震いする。

彼らは終始にこりともしなかった。「礼がしたい」などと口では丁寧に言っていたが、結局彼らは自分たちのちゃんとした名前も素性も、滞在先さえはっきりと明かさなかったのだ。

秘密裏に潜入しているのなら、あの警戒ぶりは納得である。

にこりともしない、というか出来なかったのは木乃香も一緒だが、しかし彼女のほうは相手にフローライドの〝魔法使い〟だと、その滞在先までばっちり知られてしまった。

せめて自分も魔法使いの外套を隠しておけば、と後悔しないでもない。

が、あの時は最初、護衛を頼まずひとりで行く気だったので防犯に必要だと思ったし、護衛のロレンが言っていた通り、もともと隠していないのだから少し調べれば彼女の素性なんてすぐにばれる。早いか遅いかの違いだけだ。

ここで気になるのが、シルベル領はどれくらいサヴィア王国とつながりを持っているのか、ということだ。

こんな状況下でシルベル領内に他国から輸入された品が当たり前のように流通しているこの状態がおかしい事くらいは、彼女にだって分かる。

で、そんなおかしな品物も並ぶ北市場には地方軍からの警備兵だって配置されていたのだ。シルベル領とサヴィア王国がすでにある程度繋がっていると考えて間違いはないと思う。

とはいえ、領主から末端までまるごと寝返っているのだとしたら、木乃香は今のようにのんびりまったり自由な宿暮らしなんて出来ていないだろう。

下っ端とはいえ、木乃香は中央機関、統括局の職員なのだから。

「うう……わからない」

ごん、と額をテーブルにぶつけてみる。

一郎が「わあ」と驚いたように声を上げ、テーブルの上の三郎と五郎がびくびくっとそれぞれの体を震わせた。

わからない事は中央に聞けばいいのかもしれないが、彼女が王都へ向けて送った手紙は、たぶん間違いなくどこかで意図的に止められている。

転送陣は使えるようだし、どこで止まっているかまでは分からないが、だっておかしいのだ。

仕事という名の嫌がらせで送った自分の部下が目的地にも行かず、それどころか領都でも指折りの高級宿で三食おやつ昼寝付きの厚遇を受けていると知って、あの上司から何も反応がないわけがない。

サボるんじゃない。とっととリュベクへ行け、もしくは帰って来いこの役立たず。——そんな怒りの手紙が王都から飛んで来ないのは、絶対に変なのだ。

上司だけならその他の書類と同じように長官室の机に山積みにされて忘れられている可能性もないわけではないが、ジェイル・ルーカや他の同僚宛てに送った手紙にも反応なしだ。

それで考えたのが、あの暇つぶしに見せかけた一見どうでも良さげな一郎直筆の絵日記風お手紙であった。

ジント・オージャイトなら届いたその日に速攻で読んでくれるだろうと思って。

これも届かないようなら、あとは小鳥(さぶろう)を飛ばすしかない。

情報が少ない、もしかしたら敵陣の真っただ中かもしれないこの場所で、そうと知ってしまっては安易に動けない。

かといって、ただじっとしているのも怖い。

こうしている間にも、ジラノスにサヴィア王国軍が攻めてくるかもしれないのに。

「…うう。どうしたらいいの」

誰か、誰でもいいから教えて。

そんな心の叫びが届いたのかどうか。

手紙を出してから三日後。北市場での出来事から一日後のその日の夕方。

木乃香のもとに、中央から出張の取り消しと帰還要請の手紙が届いた。

「あんなふわっとした説明では納得できませんよ」

ユーグアルト・ウェガにそう訴えるのは、カルゼ・ヘイズルである。

眉間にぎゅっとしわを寄せ、額に手の平を当てている。頭痛を堪えるような仕草だが、実際考え過ぎて少し頭が痛かった。

納得できないのは、先日の北市場での一件。

ナナ――――ナナリィゼ・シャル王女が街中で危うく魔法力を暴走させるところだったのを、この国の〝魔法使い〟であるらしい女性が抑えてくれた。

ちょっと街の様子を見に連れて来ただけでそんな大事になるとは思わず、加えてナナリィゼの魔法力の痕跡をたどって入り込んだ路地裏が予想以上に複雑で合流までに時間がかかったのは完全に同行者である彼らの注意力不足、判断ミスだ。

それはそれで大いに反省すべきとして。それよりも。

「いったいどこをどうやったら、魔法力の暴走が途中で収まるっていうんですか！」

これである。

サヴィア王国の魔法使いたちは、王女の魔法力の強大さに喜びつつもその暴走にずっと頭を悩ませてきた。

成長とともに自身で制御できるようになると言われていたのに、年々魔法力は増大するばかりで制御のほうが追い付かない。

フローライドなどの他国から魔法使いを招いてみたり文献を取り寄せたりもしたが、大した成果は得られず。もう半ば諦めてさえいたのだ。

魔法力が暴れ出すと同時に王女の周囲に複数の……いや大勢の魔法使いたちが防御結界を張って被害を抑える、というのがいつもの対処法であった。

今回も、放っておけば北市場とその周辺は最悪レイヴァンの砦のような瓦礫の山と化していただろう。

あのとき。魔法の感知能力に優れたカルゼの感覚と、一足先に現場に駆け付けた彼の使役魔獣スプリルの報告、王女本人の様子や証言から、少なくとも暴走の兆候があったことは事実だ。

少なくとも王女ひとりで抑え込むのは絶対不可能な段階である。

だというのに、一緒にいたフローライドの〝魔法使い〟は彼女が自分で抑えたのでは、と簡単に言う。

「精神を安定させるとか、そんな基礎中の基礎を持ち出されても！」

嘘くさい。果てしなく嘘くさい。

絶対に納得できない。

「……全部が嘘ではないのだろうがな」

ユーグアルトが腕を組みつつ、慎重に言った。

彼らが合流できたとき。

魔法力が暴走しかけた後だというのに、ナナリィゼ王女の力はびっくりするほど落ち着いていた。

精神状態も落ち着いていたのは確かである。表情は穏やかだったし、あの女性ににっこり笑って手まで振っていた。

彼女の様子から、あの〝魔法使い〟と一緒にいた、女子供に受けそうな小さい使役魔獣たちがそれに貢献したのだろうというのも分かる。

が。

「程度がおかしいとは思う」

「そう！　そうなんです！」

小さくて可愛いだけのモノを王女にくっつけて魔法力の暴走がなくなるのなら、最初から苦労なんてしてねーんだよという話なのだ。

暴走しかけたナナリィゼの側にいて終始けろりとしていられるのは、よほど魔法力に鈍感な者かよほど対処できる自信がある者かのどちらかである。

果たして、あの〝魔法使い〟はどちらだったのだろうか。

彼女の羽織っていた外套は、フローライドの認定魔法使いのもの。白に近い色だったので、階級は下から数えたほうが早い。

しかし、フローライド王国の魔法使いの階級はとっくに形骸化していて、実力を測るのに全くあてにならない、という情報もある。

そもそもフローライド独自の階級制度である。下級とか上級とか言われても、サヴィア王国から来た彼らにはピンと来ない。

それに。

「あの女性は、嘘をついている。いや、隠し事をしている、のほうが正しいか」

警戒すべき者か否か。

それを見極めようと会話をしながらもじっと観察していたが、ほとんど目を合わせようとせずそわそわと居心地悪そうな、落ち着きのない様子は、後ろ暗いところがある者のそれだ。まあ、最初に思い切り殺気を向けてしまったので、単に怯えているだけという可能性もあるが。

少なくとも、こちらへの敵意や害意といったものはまったく感じなかった。

「と。我々は思っているんだが。何か意見はあるか？」

隣に座る自分の妹に、ユーグアルトは問いかけた。

「……」

ナナリィゼ・シャルは、あれから様子がおかしい。

魔法力が暴走しかけた後ではあるが、体調に問題はないようだった。

平時に何をするでもなくぼんやりしているのにも似ているが、それにしては何かを悩んでいるような、迷っているような顔つきをしていることが多い。

話を聞いているのかいないのか、今も返事どころか何の反応も返ってこなかった。

カルゼも小さく肩をすくめている。

百聞は一見に如かず。人の話を聞くだけでなく自分の目で見てみろ、とナナリィゼをシルベル領の領都まで連れてきたのはユーグアルトだ。

フローライドの民を悪政から解放するのだと拳を握り意気揚々と彼らに付いてきた彼女は、最初は威勢が良かった。

情報収集のための潜入だと言っているのに、さっさと領主の館に乗り込もうと言い出すくらいには。

「ユーグ兄さまと一緒なら一網打尽です！」

「……行かないと言っているだろう」

そんな会話だってしていた直後。

北市場で、事件が起きた。そしてその後から、彼女は急に大人しくなった。

街中で魔法力が暴走しかけたこと、それで周囲に迷惑をかけたことに落ち込み反省しているのかとも思ったが――――確かに原因のひとつではあるのだろうが、それだけではないようだ。

「ナナリィゼ」

兄の声に、彼女はぴくりと肩を震わせた。

見つめていた手のひらを、反射的にきゅっと握りしめる。彼女がぼんやりとしている時は、自分の手のひらを眺めていることが多かった。

そこに何か手がかりがあるのだとでもいうように。

ユーグアルトはそんな妹の様子を見て、労わるように背中をぽんと叩いた。

何も言わず、優しく叩くだけにしておいた。


魔法力が暴走する一歩手前だった。

無事で良かった、と兄たちはほっとしていた。

周囲にも大した被害が出なくて良かった、とも言っていた。

確かに、被害はとても少なかった。

逃げている途中で多少は物を壊したり燃やしたりしたものの、怪我人は出さなかった。壊れた物に関しては追いかけてきた男たちに弁償させることになったらしいので、まあそれも良かった。

攻め込もうとしている国だが、そこに住む一般の人々までも簡単に巻き込んで良いとは思っていないのだ。

しかし兄たちの話は、ここだけは違うとナナリィゼは思う。

彼女の力は、彼らが来た時にはとっくに暴走し終わっていたのだ。

ナナリィゼには自覚があった。

あのとき。けっきょく魔法力を制御することなんて出来なかった。

内にある自分の力が自分のものでなくなるような、階段を上る途中で思い切り足を踏み外してしまったかのような、あの焦燥と喪失感。

何度体験しても慣れない、怖くてたまらない感覚は間違えようがない。

周囲に被害がなかったので、後から来た兄たちは「暴走しそうだったけどしなかった」という結論を出したのだろうが、違う。

暴走した魔法力は、いつも通りに身体の内で暴れて外へと抜けてしまった。

……そして。外に出た魔法力は周囲への暴力に変わる前に、どういうわけか無くなったのだ。

いや、理由は分かっている。

ずっと傍に居てくれたあの女性――フローライドの〝魔法使い〟だという、あの人だ。

「遠慮なく、どうぞ」

あの人は真面目な顔で、確かにそう言った。

そしてあの小さくて温かくてふわふわとした使役魔獣が寄り添ってくれた。

魔法力を暴走させてしまったときは、誰もがとにかくナナリィゼから距離を取る。それが双方にとっていちばん安全だからだ。

だというのに、彼女は逃げようとするナナリィゼを捕まえて。そして押しても引っ張っても絶対に放してくれなかった。

彼女の魔法力の嵐が過ぎ去るまで。

それだけではない。

……あの人の〝力〟は、それだけではないのだ。

ナナリィゼは、自分の手のひらを見つめる。

自分たちが滞在しているこの建物に戻ってきたとき、彼女の手の平は汚れていた。

石畳の道に手をついてしまったことで付いた土汚れや埃と、そして血液、である。

洗い流せば彼女の手の平は擦り傷ひとつないきれいなものだったが、石畳に手をついたときに感じた痛みと熱は、たぶん嘘ではない。

彼女の魔法力の暴走を抑え、怪我の治癒まで行う。

あの女の人のような能力を持った者は、少なくともサヴィア王国では見たことがない。

これらのことは、本来であれば兄やカルゼ・ヘイズルらに言うべきなのだろう。

しかし、彼女はなぜか、言わない方がいいような気がしていた。

だってあの人はフローライドの〝魔法使い〟。

敵と定めていた国の、魔法使いなのだ。

「……ええと、ごろちゃんがあの子の様子を見に行くの？」

「きゅ」

それまで大人しく、じーっと様子を窺っていた使役魔獣の突然の申し出に、木乃香は思わず「え？」と聞き返した。

「きっ。きゅう」

「…まあ、何かあったらごろちゃんがいると安心かもしれないけど」

「きゅ」

薄ピンクのハムスターは、そうでしょう？　と言いたげだ。

後ろ足でしゃんと立ち小さな頭をくっと持ち上げているハムスターは、普段より二割増しで頼もしく感じられる。

……もっとも、小さく庇護欲そそりまくりの見た目が見た目なので、そこからの二割では大した増しもないのだが。

大人しく人見知りの使役魔獣がこんな事を言い出したきっかけは、王都フロルからの帰還要請である。

それは出張命令が出たときと同じく唐突だった。

その上、大した理由付けもなく「戻れ」だ。

もともと上司である統括局長官が嫌がらせでねじ込んだ出張である。やはり行っても行かなくても問題無い出張だったのだろう。

分かっていたつもりだが、行かされた身としては複雑な気分だ。

役所の窓口業務の方々のほうがむしろ重荷から解放されたような、ほっとした顔つきをしていたので、こちらにも迷惑をかけたなあと思う。

帰還要請の正式文書には、小さなメモが添付されていた。

ジェイル・ルーカからのものだ。

『うっかり喋ったら長官がものすごく怒っているゴメン。お土産でも買ってなるべく早く帰ってきてくれ』

大層ご立腹な長官様の真っ赤な顔と、大層ご立腹するよう仕向けたジェイル・ルーカのいい笑顔が目に浮かぶようである。

――ともあれ。

帰還要請を受け取ったことで、木乃香は王都へ帰る大義名分を得たことになる。

ジラノスで足止めをくらう退屈で意味不明な日々は終わりだ。

しかし、帰れるとなったらなったで、それもスッキリと喜べない。

気になることはいろいろある。

その最たるものが、先日の北市場での一件。

あの〝ナナ〟という少女のことだ。

少女とその同行者である彼らは、まだジラノスに留まり続けているようだった。

北市場での騒ぎがあったからか、もともとその予定だったのか、あれから彼らが外に出る事はほとんどない。

彼らの正体や、彼らが何を考えているかはよくわからない。

何か大変なことになりそうだから知りたくもない。

しかし、少女がまた魔法力を暴走させるようなことがあれば。彼女は市場だけでなく北区全体を壊してしまうかもしれない。

あのときの少女は、壊すことをひどく怖がっているように見えた。

おそらく十代半ば――もといた世界では思春期と呼ばれる年齢なのだ。精神的に不安定で、結果として力が不安定になるのも仕方がないかもしれない。

「あんなに〝力〟があるんだったら怖いし、抑えるのもそりゃあ大変だよね」

「ぴ」

「きゅ」

「………」

木乃香の呟きに、そのとき一緒に居た三郎と五郎が同意し、離れていても魔法力は感じ取っていたらしい二郎もぴこぴこと尻尾を振った。

彼らの様子を見て、一郎も不安そうに眉尻を下げる。

「せめて、今じゃなくて半年くらい前に会ってたらね……」

「ぴぃ……」

「きゅ」

「……」

つい、ため息がもれる。

使役魔獣たちも思う所があるのか、あるいは単に主の真似をしただけか、それぞれにため息のようなものをついていた。

せめて、隣国と緊張状態が続く今でなければ。

木乃香は難しいことは何も考える必要なく、マゼンタの魔法研究所あたりを頼って少女のことを相談できただろう。

なにしろ相手は、ほぼ間違いなくサヴィア王国の関係者。まして木乃香自身が領外への連絡すら満足にできない現状では、何も助けてあげられない。

助けを申し出たところで、先日の様子からしてたぶん連れの男たちに過剰に警戒され睨まれて終わりだ。

うー、と呻きながら頬杖をついた木乃香の様子をじっと見つめていて、様子を見に行きたいと言い出したのが五郎だった。

「……そういえば、ごろちゃんがあれだけ〝力〟を使ったのは初めてだったかな」

「きゅ」

召喚してから今まで五郎が特殊能力を使った回数は、実はわりと多い。

しかしそれらは大したことがないものばかりだった。

面白半分に、あるいは研究熱心にマゼンタの魔法研究所の研究者たちが放ってきた魔法だったり、王都での一部の〝魔法使い〟たちからの嫌がらせだったりしたわけだが、少なくとも命の危険がある、あるいは街や建物が滅茶苦茶になるほどの威力はなかった。

つまり、五郎があんなに強大な魔法を一度に吸収するのは初めてだった。

明確にこちらに向けられたものではなく、暴走してどこに向かうか分からない力を強引に引き寄せて吸い取ったのも初めて。

そしてこちらのほうが五郎の負担が大きく木乃香の魔法力を大幅に消費するというのも、今回初めて分かった事である。

引きこもりの末っ子使役魔獣は、〝探偵ごっこ〟には積極的に参加していなかった。

しかし報告だけはいつも木乃香の傍らでじーっと聞いていた。

半分以上は暇つぶしと面白がっているだけに違いない三郎や四郎あたりと違って、五郎は五郎なりに気にしていたのかもしれない。

主（あるじ）が気にかけているから、というのも、もちろん理由ではあるのだろうが。

目の前の小さな使役魔獣からはこれまでにない、なんだか溢れんばかりのやる気を感じる。

「……ごろちゃん大丈夫？」

「きぅ」

あれ以来、あの少女の魔法力が不安定になるような様子は見られない。少なくとも、木乃香の使役魔獣たちは感知していない。

ただ、先日。似たような雰囲気の男たち――――つまり商人の格好をした、あまり商人に見えない男たちがまた数名、彼らに合流したらしい。

それが少しだけ気になるところだ。

「無理しなくていいんだよ？」

「きぅ」

木乃香もまた、不要不急の外出は避けて宿で過ごしている。

そんな状況でここまで外の――――とりわけサヴィア王国からの潜入者の状況を把握している彼女は、諜報部あたりが知れば速攻で引き抜きの話が出てもおかしくないくらいだ。

しかしこの場に諜報部所属の者は居ないし、使役魔獣たちの遊びの延長だとしか思っていない召喚主にもぜんぜんそんな自覚はなかった。

うーん、と木乃香はまた唸った。

「……ほんとに大丈夫？」

「きゅーう」

「ぴっぴぃ」

「にゃあ」

できるよー、と鼻をひくひくさせる五郎。

三郎と四郎は、小さな弟分を手伝う気満々である。

木乃香たちが王都へ帰るのは、三日後と決まっていた。

行きはヴィーロニーナ商会の商隊に同行させてもらったのだが、帰りは役所で次の領の領都まで行ける連絡馬車を紹介、その座席予約までしてもらえた。

至れりつくせりである。

というか、窓口職員の皆さまの様子からしてこれが普通なのだと思う。

命令してきた直属の上司からほったらかされ、別部署の長官ティタニアナ・アガッティの心遣いでヴィーロニーナ商会に同行させてもらった行きとは大違いだ。

そんなわけであと三日。

どうせ彼らについて考え心配してしまうのだ。使役魔獣たちに様子を見てもらうのもいいかもしれない。

見る以外、木乃香に何かできるわけでもないのだが。

「……見るだけだよ?」

「きゅう」

ほんとうは、こんな状況でなければもう一度会って話をしてみたいのだが。

「こっそりね」

「きゅう」

「自分がちょっとでも危ないと思ったら、すぐに帰ってくること」

「きゅう」

「そのうえであの子が危ないと思ったら、助けてあげてね」

「きゅ」

木乃香が周辺をうろつくより、使役魔獣たちが行った方が簡単だし、危険も少ない。

使役魔獣たちは、戻ろうと思えば召喚主である彼女のもとへ一瞬で戻れるのだ。彼らの為にも木乃香は安全な場所で待機していたほうがいい。

そう、分かってはいるのだが。

「……やっぱり心配だなあ」

「きーう」

「ぴっぴぃ」

「にゃあ」

……ここで、言い訳をするなら。

木乃香は、使役魔獣たちがどの程度まで彼らに近づくつもりなのか、知らなかったし指示もしなかった。だってこれまでも勝手にやっていたのだ。

いままで外から窺う程度だったので、今回もそうだろうと思い込んでしまっていた。

三郎と四郎がこれまでの偵察で建物への侵入経路を見つけており。

その身体の小ささと存在感の薄さを生かした五郎が屋根裏までちゃっかりと入り込んでしまうとは。

木乃香は本当に、予想もしていなかったのだ。

「夢でも見たんじゃないの」

とことん冷めた声で言ったのは、サフィアス・イオル。

歴史あるサヴィア貴族の生まれなのにやたらと口が悪く、王弟でもある団長ユーグアルト・ウェガよりも態度がでかい彼は、これでもサヴィア王国軍第四軍の最年少幹部である。

シルベル領領都ジラノスの潜伏先で合流した彼に、北市場での件を説明した後の反応がこれだ。

カルゼ・ヘイズルはがっくりと肩を落とした。

「……そうだよな。そう言われると思ったよ」

「いくらここが魔法大国っつったって、端だろ。国境侵されてもろくな魔法使いが出て来ないってのに、あの王女の力を抑え込めるような凄腕とこんな街中でバッタリ出くわすとか。どんな確率だよ」

「いや、抑えたというか鎮めたというか」

「どっちにしろ、出来るわけないって言ってんの」

サフィアスが商人風の外套をぽいっと乱暴に放りながら言い放つ。

彼の所属は魔導部隊ではない。

が、こんなにびしっと断言するのは、彼は剣を振るうほうが得意だが魔法も使え、これまでにナナナリィゼ王女の暴走っぷりを何度も目の当たりにし、そして後始末に奔走してきた経験だってあるからだ。

「だがもし本当の話であれば、その魔法使いは我々にとって脅威となるのでは」

淡々と、しかし持ち前の低い声で静かに意見を述べたのは、同じく後から合流したバドル・ジェッド。

この中では一番大柄な強面だが、こちらは相手が老若男女誰であろうと丁寧な敬語で話す礼儀正しい男だ。平時、味方に対しては、という但し書きが入るが。

ちなみに、こちらは生まれも育ちも貴族のきの字も無い。

バドルは魔法の才能にまったく恵まれなかった。が、どこぞの城の蔵に眠っていたという魔法剣――ある程度の魔法による攻撃や結界なら切って無効化できてしまうという剣だ――を下賜されていて、やはり魔法力暴走への対処や後始末の経験があった。

第四軍所属の彼らだが、第四軍に所属しているわけでも、常に一緒に行動しているわけでもないナナリィゼ王女への対応経験がそれなりにあるのは、王女が暴走するのは戦場に限った事ではないからだ。

力をぶつけてもいい敵がいる戦場のほうが、むしろお互いに楽だ。

王女もその安心感が精神の安定につながっているのか、意外に戦場では暴走せずに魔法を扱えたりするから皮肉なものだ。

慎重なバドル・ジェッドの言葉にも、カルゼ・ヘイズルは「うーん」と唸る。

あらためて件の女性魔法使いとその使役魔獣たちを思い浮かべてみた。

「脅威か……〝脅威〟、なのかなあ」

街中なら、まだいい。

いや何がいいのかと言われても困るが、たぶんマシだ。

だが戦場のど真ん中で、魔法使いはともかくあの使役魔獣たちと対峙するはめに陥ったとしたら。

「嫌だなあ、あんな〝脅威〟……」

足元で行儀よくお座りしていたカルゼの使役魔獣〝スプリル〟が、主（あるじ）に同意するようにふっさりと尻尾を揺らした。

下っ端の歩兵にでもうっかり踏み潰されて終わりそうなあの小さな使役魔獣が大陸を震撼させているサヴィア王国軍の〝脅威〟とか、嫌すぎる。

「まあ、とりあえず警戒はしておけという話だ」

ユーグアルトが、ふっと小さくため息をついて言った。

彼だってカルゼ・ヘイズルだって、あのジラノスの市場での件については納得しきれていないのだ。

「おれとカルゼが見た時には、終わっていたことだ。本当のところが分かるのはナナリィゼだけなんだが」

そこで彼は部屋の隅で静かに座っている妹王女に視線を向けた。

つられるように、彼の部下たちも彼女を見る。

その視線に気付いているのかいないのか、そもそも人の話を聞いているのかいないのか、彼女は一言も発さずに俯いたままだ。

ものすごく静かだが、彼女は最初からずっとそこにいた。

「こういうわけでな」

「……」

ナナリィゼの様子がおかしい。

それだけは後続組が見ても明らかだった。

そもそも王女が部屋の隅で大人しくしているのがおかしい。平時ならともかく、敵地に潜入したこの状況でだ。

感情を乱して魔法力の暴走を引き起こすよりはましだが、この静けさはなんだか不気味なくらいだ。

「……警戒心は、薄れていたかもしれません」

深いため息とともに、バドル・ジェッドが言えば。

見てはいけないものを見てしまった、というような、怖いもの見たさというような、複雑な眼差しで王女を見つめていたサフィアス・イオルも同意した。

「ここへ来るのも拍子抜けの連続だったからな。簡単すぎて」

サヴィア王国軍と悟られるわけにはいかないので、彼らは商人を装っていた。

しかし、ただでさえ行き来する商人が激減しているこの領内で、外から来た商人は目立つし不審がられるだろう。サヴィア軍の駐屯地からここまでの間には、フローライド王国軍だって広く展開しているのだ。

だからそれなりの下準備をして対策も練っていたが。

ほとんどが不要だった。

「うちの軍の陽動があったにしても、フローライド軍のあんな近くを通って見つかりもしないってさあ。哨戒はどうなってんの。しかもここの関所の警戒感の無さってなに。あっけなく通り過ぎて逆に罠かと思った」

いや本当にさ、とサフィアスが呆れたように言うと、別の方向から返事があった。

「兵は慣れてますからねえ、そういういうの」

この場にいる第四軍の幹部たちではない誰かの声は、商人姿の男のもの。

いつの間にか部屋の入口に立っていた彼は、潜伏先として使わせてもらっているこの建物の商会の者ではない。

正真正銘のフローライド商人。ただし、後続組がジラノスに入る際に世話になった〝協力者〟でもある。

殺気がなくてもそれなりの緊張を感じ取ったのか、「あ、すみません」と彼は軽い口調で付け足した。

「そろそろお暇しようかと思いまして、ご挨拶に来ました。ドアが開けられていたのでいいかなと思ったのですが、大事なお話をされてましたか？」

「いや、大丈夫だ。部下が世話になり感謝している」

彼らが滞在しているようなそれなりの規模の商家なら、大事な商談や聞かれては困る密談のために防音の結界が張られた部屋がひとつやふたつはある。

ドアが開いていれば結界魔法は発動しない。つまり聞かれて困る話はしていない、ということになる。そもそもこういった部屋は、部外者が簡単に近づける場所には無いのだが。

この商家も、一般のお客様立ち入り禁止である上階にこの部屋はあった。

ユーグアルトが商人を室内へ招こうとしたが、彼は「いえわたしはこちらで」とにっこり笑って遠慮する。

お暇すると言いながら軽装で、外套も羽織っていない。

おそらく何も隠し持っていませんよ、危害を加えませんよという意志表示なのだろう。

付き合いの浅い相手から信頼を得たければ、これくらい徹底したほうがいい。

例えば、先ほど簡単に放り投げたサフィアス・イオルの外套だって、ゆったりした作りなのを良いことに内側にいろいろと仕込んでいるのだ。

このフローライドの商人は、以前から協力してくれている仲間というわけではない。

ここ潜伏先の商会の主と顔見知りのようだが、それも後で知った事実である。

サフィアスらがジラノスへと向かっていた途中、ばったり出くわしたのが彼と彼が率いる商隊だった。出くわしたというか、たぶん向こうから寄ってきたのだろう。

すぐそこに駐留しているフローライド王国軍に物資を納めて出てきたところだったらしい。

初対面の商人に遠慮なくずかずかと近寄られ、彼らだって警戒しないわけではなかったのだが。

「いやもう、なんか馬鹿馬鹿しくなりまして」

今のような鉄壁の営業スマイルに加え、なぜか額に青筋まで浮かべて彼はそう言った。

もう愛想が尽きたのだと。

「わたしはフローライドの体制そのものを変えたいとまでは思っていなかった。うちの奥さんが頑張っていることだし、いまの国王と一部いや大半の上層部の心根が気に食わないだけで。うちの奥さんがいるから何とかなるかなと思って。いやうちの奥さん、ものすごく有能なんですよ？　仕事しているときはキラキラしてて、ちょっと黒いけどそれも可愛くて」

〝うちの奥さん〟が良いならそれで良かったと、大きく主張した後。

でもね、と彼は言った。

「……もう駄目だな。上の顔ぶれを変えたってこの国は変わらない。目の前に分かりやすくサヴィアという脅威が迫っていてさえバラバラだし危機感がないぜんぜんない。これはうちの奥さんひとりじゃどうしようもないでしょう。せめて彼女くらいの人材が十数人いれば良かったんだけど。いない事はないいんだけど」

どんどん低く早口になっていった後半は、聞かせたかったのかもはや独り言か。

「――――というわけで、協力できることはするので欲しかったらどうぞ」

と、彼は締めくくった。

お安くしときますよー、とでも続けそうな商人が「どうぞ」と言っているのは、店の売れ残り商品ではなくフローライドという国である。

海千山千の商人相手に、第四軍の中でも交渉事に長けているとは言い難いサフィアス・イオルとバドル・ジェッドが太刀打ちできるわけがなかった。

困惑したのは、そうやって悩んでいる間にフローライド軍どころか領都ジラノスの関所の兵士たちの目も掻い潜り……というかほぼ商人の顔パスであっさり通過。気が付けばジラノスの街中に立っていたことだ。

それで先行していたユーグアルトらと合流してみれば、こちらはこちらで王女に関する不可解な現象の話をされる。

彼らにしてみれば、仲間の言葉が信じられないというよりはとっくに頭の許容範囲を超えて混乱しきりだった。

「兵が慣れている、とは？」

あらためてユーグアルトが聞けば、商人の男はすぐに答えた。

「言葉通りですよ。今でも旧アスネ側から来る商人たちは割といるんです。殿下はジラノスの北市場をご覧になったんでしょう？　現在シルベル領は慢性的な物資不足で、訴えても国王や領主は何もしてくれない。何もしてくれないから忠誠心もわかない。豊かさに慣れている土地ですから、そ

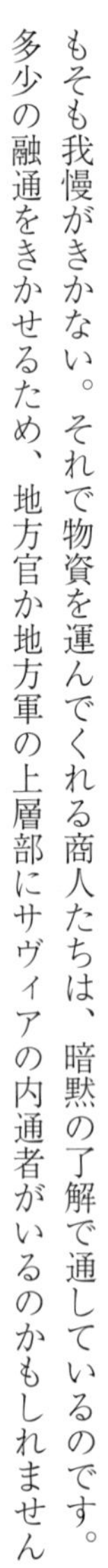

もそも我慢がきかない。それで物資を運んでくれる商人たちは、暗黙の了解で通しているのです。多少の融通をきかせるため、地方官か地方軍の上層部にサヴィアの内通者がいるのかもしれませんが、それはあなた方のほうが良くご存じですね」

「……ザルだな」

「ええまったく」

呆れたような呟きにも、商人は楽しそうに相槌を打つ。

何か吹っ切れたような、あるいは振り切ったようなスッキリ笑顔であった。

「これもまあ察しているかと思いますが、フローライド中央軍と地方軍は、お互いに張り合って連携がまったく取れておりません。それぞれの軍の内部でさえ統率取れてませんし、統率取れそうな人材もいませんし。軍務局は長官が代わっても、副長官があれじゃあねえ」

「……」

「魔法大国のくせに、いまだに上位の魔法使いが出て来ないのが不思議だったでしょう。こちらは平和ボケに加えて能天気と自信過剰ですね。魔法で一発撃退できると思っているのに、自分は行かない。上層部は腰が重いのが多いんですよ、じっさい身体も重いし」

けっこうひどい言われようである。

敵だというのに、聞けば聞くだけ情けない気分になるのはなぜだろう。

こんな状況でこれまで国の体裁を整えていられたのが逆にすごい。

酒の席での愚痴のように内部情報をさらっと吐きだす商人は、周囲を見回した。

さあどうしますか、とこの場の者たちに問いかけるように。

挑発にあえて乗ったのか乗せられたのか、まず口を開いたのはサフィアス・イオルだった。

「おれは正直いりませんね。こんな面倒くさい国」

面倒くさい、と商人が繰り返したが、彼は構わずに続ける。

「オーソクレーズといいフローライドといい、同じ大陸の国でもサヴィアとはいろいろ違い過ぎる。取ったところで苦労するのが目に見えてるだろ。その苦労を背負ってまで手に入れる利点がこの国にあるのか？　無いと思うね」

歴史だけは古い北の〝お荷物〟オーソクレーズでの苦労を知っているだけに、彼の言葉は辛らつだが説得力がある。

「おれの意見は違います」

丁寧に前置いて、口を開いたのはバドル・ジェッドだ。

「勝手に我が国に寝返った地域への対応を間違えると厄介です。協力者も多数いることですし、中途半端に領土の割譲を迫るくらいならいっそこれを機に王都まで攻め上り、国王の首を取ったほうが手っ取り早いのでは」

いらないからといってさっさと撤退できるくらいなら、そもそも第四軍に応援要請など来ないのだ。

バドル・ジェッドのはたいへん脳筋な意見だが、引いても面倒、攻めても面倒なのが現状であることは間違いない。

そしてこの場の誰もが「できない」とは言わないし、思ってもいなかった。

「完全な撤退か、徹底的な制圧か。最終的にはその二択だと思います」

言ったのはカルゼ・ヘイズルだったが、おそらくはこの場の共通意見だ。

「シルベル領の交易都市は魅力ですが、それだけを奪ってもフローライド王国内との交易が出来なければ意味がない。奪い返しにくることを想定した防衛設備を作る手間暇などを考えると、むしろ益はないですね」

旧アスネ王国とフローライドの国境は、森が広がっているがなだらかな平地だ。

シルベル領内とそこから延びる王都フロルへの街道にも、難所らしい難所は見当たらない。

同じく国境に接するマゼンタ領は平地でも街道が整備されていない、というかできない荒野で、加えて危険な魔獣まで出没するので、商人たちの行き来はどうしてもシルベル領に集まる。

フローライドにとってもシルベル領は重要な交易拠点のはずなのだが、少なくとも彼らが調べた限りではレイヴァンの砦以外に大した防衛設備はなかった。

ここ数年、サヴィア王国という分かりやすい脅威があったはずなのに、何かを新しく作った形跡はない。それどころか街や集落の入口に設けられた関所でさえ多少の賄賂で簡単に通り抜けられてしまう。

それはもうザルに水を通すがごとくだ。

そんな具合なので、ジラノスまで攻め落とすのはおそらく簡単。

しかしその後、守るのは非常に難しい。

フローライド側としてもシルベル領を失うのは困るはずで、これまで以上に取り返そうと躍起になるだろう。

つまり、中途半端な領土の割譲はいちばん面倒なのだ。

「団長の意見は、どうなん、です？」

続いたカルゼ・ヘイズルの言葉だが、途中で不自然に途切れかけた。

それはほんの一瞬。

何かを探るように眉をひそめたのも、わずかな時間だ。

数々の戦場を共にした仲間たちにしか、分からないほどの。

「……さすがにこれ以上は我々だけでは決められない」

あくまでさりげなく会話を続けながら、ユーグアルトが問いかけるような視線を魔法使いの部下に向ける。

サフィアスとバドルも同様だ。

「ってか陛下だったらけっきょく現場に任せる、とか言うんじゃないの」

「まあ、あの方だってわざわざ中枢の判断を仰いでから動くという効率の悪さを知ってるはずですからね」

「いつまでもここに潜伏しているわけにには」

成り行きを見守るフローライドの商人は出入り口付近から動かず。張り付けた笑顔もまたちらとも動かなかった。

彼ではないそんな気配はないとカルゼはかすかに首を振る。真剣に今後の対応を話し合うよう見せかけたまま、妙な気配は上、と天井にそっと視線を動かした。

までだ。

カルゼ・ヘイズルは第四軍の魔導部隊の指揮を任されるほど魔法に長けた男である。

中でも魔法感知能力やそれを活用した索敵に優れている。

その彼がいちばん先に勘付いたなら、それは何らかの魔法が関わっているとみて間違いない。

ただ、彼をもってしても、その妙な気配はひどく微弱にしか感じ取れなかった。

彼らがいる部屋は三階建ての建物の最上階にある。

いるのは、おそらく天井裏。魔法の気配が薄く殺気もないとなれば、暗殺目的ではなく単なる情報収集といったところだろうか。偵察とはっきり分かれば、偽の情報を流すなどして利用することも出来るのだが。

ただ、ここは腐っても魔法大国フローライド。カルゼ・ヘイズル以上の能力を持った魔法使いが近くに潜んでいないとも限らない。

慎重に探っているのはそのためだ。

ユーグアルトは、妹王女が座る部屋の隅へと移動した。

その真上が、カルゼの目線が「怪しい」と示した場所である。

「ナナリィゼ、おまえの意見はどうだ」

「え……」

急に名前を呼ばれた王女は、ゆっくりと顔を上げた。

この中でいちばん魔法力の多い彼女だが、彼女は他者の魔法の気配や、実質的なそれを探るといった繊細な技は苦手としている。

その上自分の気持ちにいっぱいいっぱいな彼女は、〝相手〟に気取られぬようほんの少しずつ周囲が緊張しだしたことにも気付いていない様子だ。

ユーグアルトは彼女と目を合わせるようにして、斜め向かいの椅子に腰かけた。

「あんな話を聞いたいつものお前なら、ここの誰よりも早く攻めろ落とせと騒いでいただろう。今日はまだナナの意見を聞いていない。何か思う所があるのなら、言わなければわからないぞ」

「……兄さま」

ナナリィゼは、テーブルの下で両手をきゅっと握りしめた。

サフィアス・イオルは先ほど脱いだ外套をさりげなく拾い上げつつ、いつでも動けるようにそれとなく体勢を整え。

バドル・ジェッドはちょっと目が留まった、という素振りで壁に掛けられていた装飾の多い槍を眺め、柄を撫で感触を確かめた。

気配を探り続けているのか何か思案しているのか、カルゼ・ヘイズルは俯いて腕を組む。

そして彼の傍ら、使役魔獣のスプリルがのっそりと体を起こし、出入り口付近に立っている商人のほうへと優雅に歩いて行く。

そこに立つ見慣れない客人を観察するように、ふさりと尻尾を揺らしながら。

商人は最初こそ驚いたように目を見張ったものの、すぐに笑顔に戻った。

「やあこんにちは。素敵な毛並みの使役魔獣ですね。怪しそうに見えるかもしれませんが怪しい者ではないですよ」

商人は気安く話しかけた。

……使役魔獣に向かって。

にもかかわらず、その直後に「あ」と口を押さえる。

「普通の使役魔獣には簡単に話しかけないほうが良かったのかな？」

「……声を付けていないので返事はできませんが」

思わず変な顔をして召喚主のカルゼが答えた。

スプリルはこの国で〝良い〟とされている戦闘能力特化の使役魔獣ではない。

むしろその脚力や身のこなしを生かした偵察や離れた場所への伝達に使っているモノだ。

鋭い牙や爪で襲いかかろうと思えばできるが、問答無用で襲ったりはしない。

ちょっと目が合ったとか話しかけたとかくらいではスプリルは何もしないのだ。

そして召喚主ではない誰かに懐くこともない。これに関しては世界共通の常識だと思うのだが。

常識の範囲内である使役魔獣・スプリルは、商人の言葉に反応を示すことはなく、そちらを探るように見つめるばかりだ。

「そうですか。すいません、うっかりしていました」

この商人、たしか先ほどまでフローライド王国の〝魔法使い〟の証である外套（マント）を羽織っていなかったか。

鉄壁の笑顔ではなく単なる苦笑をこぼす彼にカルゼが呆れたような視線を向けた一方。

商人の言葉を聞いていたナナリィゼは、なぜか少し泣きそうな顔つきになった。

「わからないの……」

力なく、ぽつりとこぼす。

「わからなく、なってしまって」

そのとき。

かさり、と。

わずかな——会話が途切れた静かな室内であっても聞き逃してしまいそうな程にかすかな音が、天井裏から聞こえた。

「おまえは今、どうしたいんだ？」

また黙り込んでしまった妹を急かそうとはせず、ユーグアルトがゆっくりと問いかける。

何気なく、テーブルの上に肘をつきながら。

「また、…………会ってみたい」

誰に、とは言わず。

親に叱られている小さな子供のように、恐る恐る口からこぼしたナナリィゼ。

ユーグアルトが口を開こうとしたときだった。

かりっ。

ごくごく小さな。何かを――おそらくは天井裏を引っかく音が、先ほどよりはっきりと聞こえた。

そのとたん。

ユーグアルトは、服の袖に隠してあった中指の長さほどの小刀を素早く手のひらに滑り落とし、真上に投擲する。

小刀は軽い音とともに、しかししっかりと木製の天井に突き刺さる。

と同時にその刃から炎を吹き出し、もとの何倍もの大きさの火球となって天井の一部を瞬時に焼いた。

魔法力の大きさでは妹王女に遠く及ばないユーグアルトだが、彼は自身の魔法を普通の武器にまとわせる、少々珍しい戦い方をする。

炎が収まらないうちにバドル・ジェッドが、槍の穂先とは逆の持ち手の部分で勢いよく天井を突き上げた。

サフィアス・イオルが真下にいたナナリィゼを椅子ごと下げて自身の外套を頭から被せ、彼女を守るように抱き込む。

と。

焼け焦げた天井の破片がばらばらと落ちて来るテーブルの上。

一緒になって何かが、ぽてっ、と落ちてきた。

「きゅ」

落ちた衝撃で思わず、といった小さな小さな鳴き声が上がる。

手のひらに余裕で乗るほどちんまりとした体。

場違いなまでにふわふわもこもことした、薄ピンクの丸っこいソレ。

「あ……」

以前に見たことがなければ、天井裏に置き忘れた毛糸玉か子供の玩具か、と勘違いしたに違いない。

じっさい、ソレがのそりと動くまではサフィアス・イオルやバドル・ジェッドはまったく注意を向けてはいなかった。せめてもう少し大きな何かが居ると、そう思っていたのだ。

そして薄ピンクの存在を認めてからも、それぞれに中途半端な表情で何も言えずに固まっている。

ぱらぱらと天井の残骸が降るだけの奇妙な沈黙の中。

ちょっと大きなまんじゅうくらいの大きさしかないソレは、そろり、そろりとブルーベリーのような暗紫色の鼻先を左右に動かした。

恐る恐る、辺りをうかがうように。

やがて。

自分の姿が周囲に丸見えで、しかも部屋の誰もが自分に注目しているとようやく気付いたソレは、ひくっと気まずそうに髭を動かす。

「きゅ」

どうもお邪魔してます。

のそりと後ろ足で立ち上がりながら、そんな感じで控えめに鳴いて。

驚いて薄青の目を真ん丸にしているナナリィゼに向かってちょっと首を傾げ。

ふっ、とその場から消えた。

サヴィア王国軍の精鋭たちが慌ただしく指示を飛ばし自らも武装していた。

「やはり密偵だったか」

「まあこんな時期に中央からの派遣職員なんて、十中八九そうでしょうね」

「一時期下手な探りをいれてくる連中が煩いくらいだったのが急に気配が消えたと思っていたら。いつから探られていた？」

「どのみち、我々のことを知られたのなら長居はしていられません」

「……もしかして恐ろしく切れ者なのかあの魔法使いは」

「あのとぼけた雰囲気がつくられたものだったとしたら、大したものです。うちの諜報部隊に引き抜きたいくらいですよ」

そんな正解と不正解がごちゃ混ぜになった推論を交わしながらも、彼らの手は止まらない。

サヴィア王国軍は、そもそも大体が動きを重視した軽装だ。準備も早かった。

「さっきの……。あれは、もしかしてゴロー？　はあ？　いや、どうしてこんな所に？」

ばたばたと迅速に、しかしあくまで密やかに動く彼ら。

しかしその脇で。もともと八割がた部外者のフローライド商人――ルツヴィーロ・コルーク氏の呆気にとられた呟きには、残念ながら誰も気が付かなかった。

余話5

小鳥は手紙と幸せを運ぶ

人々がいた。マゼンタにある王立魔法研究所。その食堂の片隅で、テーブルに突っ伏して屍のように動かない

「オーカちゃんの使役魔獣たちがいないぃー……」

「……癒やしが足りない」

「……潤いが足りない」

〝オーカの使役魔獣を愛でる会〟の会員たちである。

ミアゼ・オーカとその愉快な使役魔獣たちが王都へ行ってしまったことで愛でる対象がいなくなったこの会は、現在休止状態であった。

現在はこうやって時々、なんとなく集まっては楽しかった日々を思い出す切ない日々を送っている。

でもってその隣のテーブルでは。

「〝流れ者〟がいなくなった……」

「使役魔獣たちがいなくなった……」

「けっきょく謎は謎のまま、解明できなかったか……」

こちらも半ば放心状態で、天を仰いでいる灰色マントの〝魔法使い〟たちがいる。

ミアゼ・オーカとその風変わりな使役魔獣たちという研究対象が王都へ行ってしまったことで、彼らもまたなんとも言えない喪失感を抱えていた。

現在は別の研究に取りかかっているものの、いまいち身が入らない状況である。

〝愛でる会〟のひとりがきっと顔を上げて、隣のテーブルを睨んだ。

「あんたたちがオーカちゃんを追い回すから、いなくなっちゃったじゃない」

「いつも付き纏っていたのは、むしろそちらだろうが」

「あんたたちと一緒にしないでくれる？」

「そうよ。オーカちゃんたちはねえ、一緒にいたときはいつも笑ってくれて、使役魔獣のコたちも楽しそうで、楽しくて――」

「……はあ」

「……ふう」

木乃香たちがいなくなっても犬猿の仲であることに変わりはない。が、寄ると触ると始まっていたケンカも、すぐにため息で終わってしまう。

そして、本来であれば食堂でにらみをきかせている厨房係のゼルマまでもが、彼らの様子をちらりと見て「はあ」とため息を吐くだけだった。

「みんな、元気でやってるかねえ……」

元気ならいいんだ元気なら、と呟く彼女がぼんやりと見つめる先は、よく彼女たちが座って食事をしていた窓際の席である。

ゼルマに限らず、同じく厨房で働く彼女の旦那さんも、それからたまに手伝いに来る息子さんでさえ、なんとなく元気がなかった。

仕事はちゃんとやっている。彼らは、研究所の職員たちに美味しい食事をいつも提供してくれている。

しかし、なんとなく食事に彩りが減り、なんとなくバリエーションが減り、なんとなく甘味が減った気はする。

とはいえ。それもこれも、〝流れ者〟ミアゼ・オーカが現れるまでの王立魔法研究所に戻っただけなのだ。

彼女たちが居なかった以前の生活に戻っただけ。

――それが、こんなに静かで味気ないものだったとは。


「ああ、やっぱりここに居た」

まだお昼なのに夕暮れ時のようなもの寂しさと雰囲気的な薄暗さがある食堂に入ってきたのは、シェーナ・メイズだった。

彼女と、そして。

「ぴっぴっぴぃっ」

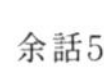

弾んだような小さな囀りに、食堂の面々はぴくりと反応する。

「ああ……サブローちゃんの幻聴まで聞こえる」

「だめだ、わたしもだ」

「あたしなんか、その黄色い姿まで見えて……あれ？」

ゼルマが何度目をこすっても消えない小さくて黄色い小鳥は、シェーナ・メイズの肩に留まってぴっぴぴっぴと上機嫌に鳴いていた。

「ね。こんな感じでみんな元気ないのよ」

「ぴぃーぴっぴっ」

ほらほら元気出してーとでも言いたげにぱたぱたと羽を広げる三郎。

「じ、実物……？」

「ホンモノ？」

「ぴっぴぃ」

返事をして彼らのもとに飛んできた小鳥型の使役魔獣に、お通夜のようだった食堂は騒然となった。

シェーナと木乃香の手紙のやりとりは、最初は王都と研究所を結ぶ転送陣で行っていた。

しかしシェーナが「研究所の皆が寂しがっている」という話をしたところ、木乃香が、というよりはそれを聞いた三郎が自分が手紙を届けるー、と言いだしたので、「じゃあお願いしてみるか」

となったのが今回だったようだ。

「うぅぅ……サブローちゃんだよう。この手のひらサイズのふわふわと可愛い鳴き声……っ」

「イチローのときもそうだったが、これだけ召喚主と離れても姿を保てているその秘訣はなんなのだ？　この小さい体のどこにミアゼ・オーカの魔法力が――」

「サブローちゃん、疲れただろう。果物食べるかい？」

「ぴっぴぃ」

食べるー、と言いたげに食堂のカウンターへと飛んでいく三郎。

小さな小鳥が運べる手紙の量は転送陣よりも少ないが、しかしこの使役魔獣が姿を見せるだけで研究所の空気がぜんぜん違う。

使役魔獣たった一体、されど一体。

決して頻繁ではないが、また会えると分かった研究所の人々は、急に元気になったのだった。

その後。

ほかの使役魔獣たちの様子ももっと知りたいと思った者たちによって王都との情報のやりとりは妙に増え。

とくに〝オーカの使役魔獣を愛でる会〟のメンバーのハングリー精神と、会の趣旨に賛同した一部の王都の人々によって、近い将来には〝愛でる会〟王都支部まで出来てしまうのだが、それはまた別のお話。

研究所には木乃香の使役魔獣たちのお友達、魔法使い見習いクセナ・リアンの使役魔獣ルビィがいる。

使役魔獣たちはお互いに意思疎通ができるので、つまり三郎が何を言っているのか、ルビィを通すことでクセナが通訳できるのだ。

その通訳を介して、三郎の話を聞いたシェーナ・メイズがすうっと栗色の目を細めた。

「へえ……新人いびり。王都の中央官様方はそんな幼稚なことやってるんだ」

「大抵のことはサブローたちで何とかするから大丈夫だって」

「くるるぅ」

「ぴぴぴっ」

彼女の低ーい呟きを聞いて、付け足して通訳するクセナと「そうそう」と同意するルビィ。

三郎は、大きなドラゴン(ルビィ)の赤い頭の上に乗って、嬉しそうに囀っている。

「腹が立つけど……サブローたちが付いているならまあ、安心かしらね」

「ぴぴぃっ」

気になるのは、木乃香の手紙には「大変だけどなんとか仕事頑張ってます」くらいしか書かれていなかったことだ。

王都から遠く離れたマゼンタに居てはなかなか助けてあげられないが、愚痴るくらいは甘えてくれて良いのに、とも思う。

「所長に知られると思ったら、こっちに愚痴を吐くのは無理かしら……」

「ああー、あの人、オーカが出て行ってから怖いもんね」

駄目かとため息をつくシェーナに、無理だねと同意するクセナ。

魔法研究所所長ラディアル・ガイルは最近、というか木乃香が王都へ行ってからずっと、機嫌が悪い。

ただ彼女が心配でしょうがないだけなのだと思うが、四六時中いらいらとしていて、ぴりぴりとした空気を隠そうともしていない。周囲に当たり散らさないだけまだマシだが、何しろ彼は、国内屈指の実力を誇る最上級魔法使い様。攻撃的な魔法力の威圧感だけで半端ないのだ。けっこう迷惑である。

「とりあえず……うちのバカルカに何やってんのよって文句を送りつけてやるわ」

残念なことに、今はそれくらいしか出来ることが思い浮かばない。

「ぴぴぃ」

「くるるーぅ」

「三郎が、手紙なら配達するよって言ってるって」

拳を握りしめるシェーナ・メイズに、使役魔獣たちの鳴き声とそれを通訳したクセナ・リアンの声が応えた。

第６章

どんな嵐と台風の目

Episode 6

Konna Isekai no Sumikkode

「きゅきゅきゅうーっ」

ごめんなさいごめんなさい見つかっちゃったー！

いきなり帰ってきて木乃香の目の前にぽんと現れた五郎は、きゅうきゅうと訴えた。

「えっ？　ええっ？」

「きゅ、きゅうっ」

……曰く。

この最小使役魔獣は、様子を見に行った先の建物の中でしばらく潜伏していたらしい。

あまり素早く動けないので、屋根裏でただじっとしていただけのようだが。

とはいえ、大きな商会や貴族の邸宅にはありがちな、魔法あるいは物理防御、不法侵入者探知といった防犯設備をあっさりとすり抜け。

さらにはあのカルゼという魔法使いが重ねて張っていたらしい魔法探知にも引っかからず、である。

まあ、けっきょく見つかってしまったのだが。

「なっなんでそんな近くまで行ったの！」

「きうぅ……」

だって入れたんだもん。

五郎はしゅんと髭を垂らす。

……皮肉にも、上司タボタ・サレクアンドレの「小さすぎて見つからない」という言葉通りになったわけだ。

相手の様子がよく観察でき、何かあればすぐ対処もできる。ついでに風雨もしのげて屋根裏はけっこう快適だったという使役魔獣に、木乃香は怒れない。彼女がちゃんと言わなかったせいでもあるのだ。

本職の偵察顔負けの距離まで近づけるとは、ぜんぜん全く想像もしていなかったが。

そのうち、五郎について行っていた三郎と四郎も帰ってきた。

五郎(ハムスター)の姿かたちは以前に知られてしまっているし、召喚主である木乃香が滞在する宿だって向こうは知っている。さっそくこちらへ向かっているようだ。

そもそも彼らは隣国から潜入してきたらしい人間で、そんな彼らの話を勝手に屋根裏に入り込んで聞いていたのだ。

まず間違いなく、敵認定されているだろう。

そんなつもりはなかったし、悪気はなかったんです、と言ってもおそらく信じてもらえないだろう。木乃香が彼らの立場ならまず信じられない。

数日前の北市場で、彼らから向けられた殺気を思い出す。

あのときは誤解だったのですぐに殺気を引っ込めてくれたが、今度はそうはいかないはずだ。

問答無用で殺される……わけではないと、思いたいのだが。

「と、とりあえず逃げ……ええと、荷物、荷物をまとめて。ああ、そんな時間ないか。とりあえず貴重品だけ……、でも、うう、宿の人に迷惑が……っ」

「……」

「このかー……」

落ち着きなく部屋の中をうろうろする割におろおろするだけで何も進まない彼女の後ろを心配そうに見上げて健気に追いかける二郎と、同じく追いかけながら「落ち着いて」となだめようとする一郎。

「ぴっぴぃっ」

「にゃあ」

室内を器用にぱたぱたと飛び回る三郎に、窓辺で外を見ている四郎は「はやくはやく」と彼女を急かしているようだ。

そして五郎は、木乃香が椅子から取り上げた外套のポケットになんとか滑り込んだ。

……とりあえず、いったんは出る。素早く宿から遠ざかる。

今はそれしか思い浮かばない。

と。木乃香のそんな思いもむなしく。

「おでかけですか？　皆さんお揃いでなんて珍しいですねえ」

なにも知らない宿のフロント係が、にこやかにそう言って呼び止めた。

お揃いというのは、使役魔獣たちのことだ。

近くの役所へ行くときのようにするりと通り過ぎようとした木乃香だが、連れている使役魔獣の多さで気を引いてしまったようだ。

「ロレンがもうすぐ帰ってきますから、少々お待ちください」

「え、ロレンさん？　……あっ、いえ護衛はいりませんから！」

「いえいえ必要です。若い娘さんがこんなに可愛い子たちを連れて、人さらいに攫ってくれと宣伝しているようなものですよ」

何かと物騒ですからね、と大真面目な顔でフロント係が言う。

使役魔獣たちが可愛いのはまったくもってその通りだと思う。が、彼らは見た目ほど頼りないわけではない。

じっさい、下町をうろつくスリから街道沿いに現れる窃盗団まで、木乃香が被害に遭ったことはない。彼女がその存在すら気付かない間に使役魔獣たちが撃退している場合もある。

……が。

「この前も、北市場からヨロヨロになって帰って来たでしょう」

「うっ……」

それを言われると反論できない。

「ロレンに支えられてやっと歩いていたじゃないですか。彼が居てくれて助かったと我々にも頭を下げていらしたと記憶しておりますが？」

「そ、そう…でしたね……」

宿の従業員たちは、もちろんお客の誰にでもこんな過保護発言をしているわけではない。

〝魔法使い〟であればなおさらだ。相手によっては心配するのも失礼だと怒られかねない。目の前の〝魔法使い〟様がそんな簡単には怒り出さない、むしろ自信なさげに視線をうろうろさせているようなお客様だからこそ、宿側としてもついつい世間一般の若いお嬢さん――しかも世間知らず――の扱いになってしまうのだ。

ここで、一郎が木乃香の外套の裾をくいくいと引っ張った。

「……このか」

「いっちゃん？　どうしたの？」

見下ろせば、使役魔獣第一号が不安そうな、どこか悔しそうな顔つきをしている。早く行こうと急かしているのかと思えば、そんな風でもない。

宥めるように小さな赤い頭を撫でていると、フロント係がまた声をかけてきた。

「ところでどちらへお出かけのご予定ですか？」

「え？　いえ、ちょっと、ええと……散歩？」

「そうですか。それならお勧めのカフェなどご紹介させて頂きますよ」

「え」

「ロレンに案内させますので」

馴染みの護衛が付くのはもう決定事項らしい。

そして手書きのメモがびっしりと書かれた周辺地図を取り出したフロント係は、本領発揮とばかりにどこそこのカフェがいいとか、ここの甘味が美味しいとか、滔々と語り出した。

「このような状況ですが、ジラノスの街にはまだまだお勧めのお店はございます」

「にゃーぅ」

足元の四郎が、そういうのはいいからー、と突っ込みを入れるように鳴く。

が。フロント係には通じなかったようで、にこにこと「そうですなあ、使役魔獣の皆さんは甘いものがよろしいですか？　それともお食事の方で？」と返された。

サヴィア王国が攻めて来る前までは、フロントでのこんなやり取りは日常茶飯事だったのだろう。

どこか嬉しそうで少し得意げな彼の言葉を穏便に遮るような、上手い言葉が見つからない。

宿の専属護衛であるロレンが帰ってきたのは、そのフロント係の前で彼女が「う」とか「あの」とか口の中でもごもごと言っているときだった。

「ただいま戻りましたー。あ、ミアゼ・オーカさん」

従業員の彼ひとりだったなら裏口から入って来ただろう。

しかし残念ながら、彼には連れが居た。

――――残念ながら。

「お客様ですよ。ちょうど宿の前で会ったんです」

一郎が、木乃香の外套の端をぎゅうっと握りしめた。

「おお。それは入れ違いにならなくて良かったですねえ」

「ひっ……」

にこやかなフロント係の言葉に被るようにして、木乃香は小さな悲鳴を上げた。

ロレンと一緒に入って来たのは、彼女が会いたくなくて逃げ出そうとしていた、まさにその相手だったからだ。

「どうも。先日のお礼に伺いました」

ロレンの後ろからにこやかに言ったのは、間違いなく北市場で遭遇した、カルゼと呼ばれていた男性である。隣にはもうひとりの、黒髪の男性もいる。

どちらもぱっと見表情は穏やかだが、目はぜんぜん穏やかではない。

こちらを油断なく捉えるそれに、言葉通りの友好的な雰囲気はかけらも感じられなかった。

外套のフードを取ったカルゼは、少し癖のある茶髪だ。傍らにいる使役魔獣のふさふさの毛並みによく似た色合いだった。

そう。

使役魔獣が、すでに召喚されて傍にいる。

「お礼もそうですが、もう一度会ってお話を聞かせていただこうと思っていたんですよ」

「わんわんわん！」

彼の言葉に重なるように二郎が突然騒ぎ出した。

それで木乃香は、彼が召喚魔法に加えてさらに宿全体に結界まで張ろうとしていたことに気が付いた。

こんな静かで速やかで滑らかな結界の作り方はいままで見たことがない。しかも普通に歩きなが

ら、関係のない話をしながらだ。

結界の種類は防御。

外へ魔法や物理攻撃などの被害が及ばないようにするものだ。

それ自体に対象を攻撃できるような力はない。

しかし木乃香はぞっとした。たぶん吠えた二郎もそうだったのだろう。

だって話をするだけなら、こんなものを作る必要はないはずだ。

これは結界の中、つまり宿の中で彼らが暴れる予定ですと言っているようなものではないか、と。

彼女がマズいと思ったのが先か、彼女の使役魔獣たちが動いたのが先か。

彼女の足元に隠れた四郎がにゃ、と短く鳴いたかと思うと、あと少しで完成しかけていた結界がぴきんと凍って停止し、ぱんと音を立てて粉々に砕け消えた。

「……はっ？」

余所行きの、どこか胡散臭い顔で笑っていた男がぽかんと目を見開く。

結界作りはフローライドの〝上級魔法使い〟にも負けず劣らずの秀逸さだと自負している。

ナナリィゼ王女以外に彼の結界を壊せた者は今までになく、まして完成前に凍らせて破壊するなど、そんな破壊方法を見たこともない。そんな話だって聞いたことがない。

カルゼ・ヘイズルの驚いた表情が、さっと険しいものに変わった。

このときの木乃香も必死だった。

が。とっさの事とはいえ、後から考えてみればこれは悪手だったかもしれない。

訪ねてきた男たちに対して、抵抗の意思あり――――つまり、敵か味方かで言えば彼女たちは敵、と完全に見なされてしまったのだから。

北市場で出会った女性。

妹王女を保護してくれたあの黒目黒髪の女性に、ユーグアルトは興味を持っていた。

今までにない人種に会ったぞと、そういう感じの物珍しさだ。

怪しいと思わなかったわけではない。

普通に考えればものすごく怪しい。

困っているところに出くわして颯爽と助けに入り、人見知りの妹の信頼まであっという間に勝ち取ったなど、タイミングが良すぎるし何か裏があるとしか思えない。

そんな彼女は、後日調べたら本当に王都フロルから来た官吏だった。

後から合流したバドル・ジェッドとサフィアス・イオルなどは、話を聞くなり顔をしかめ警戒心を露わにしていた。

それはそうだろう。話を聞いただけならば、ユーグアルトも同じ反応をしたと思う。

しかし実際に見た印象は、どうも違う。

見た目だけではない。北の大国オーソクレーズを攻めていたころ、うんざりするほどあの手この

手で入り込んで来た刺客だの密偵だのハニートラップだので鍛えられた感覚までが、あれは違う、裏はないと告げて来るのだ。

まず、素性がばれるのが簡単すぎる。

こちらを油断させたいのなら、そもそもあんな「フローライドの〝魔法使い〟でございます」と主張するような外套で近づいて来ないだろう。連れの護衛も彼女を変に隠したり偽ったりする様子はなく、実に素直だった。

むしろ彼女からは、面倒事から全力で遠ざかりたいという意思がだだ洩れだった。そういえば顔色も悪かったように思う。

にもかかわらず、あのとき最大の面倒事だったに違いないナナリィゼのことは放り出さず、最後まで気にかけていた様子で。

人見知りなところがある妹王女がすぐに懐いてしまったこともいい。

役に立つのか立たないのかよく分からない、疑った先から疑った自分が馬鹿馬鹿しくなるような、人懐こくて緊張感のない使役魔獣といい。

国の役人だろうとなんだろうと、彼女はもうただのお人好しという判断でいいのではないかと思う。

ユーグアルトは、彼女を妹の側仕えとして引き抜けないかとまで考えていた。

だから、彼女の使役魔獣が天井裏に潜んでいたのにも少々驚いた。と同時に、やはりただの〝下級魔法使い〟ではないなと確信もした。

何の意図があってこちらを探っていたのかは分からないが、ならばいったん捕らえて話を聞きださなければならない。彼女に悪意があろうと無かろうと、これは変わらない。

幸い彼女の滞在先は把握済みだし、この短時間では逃げたとしてもそう遠くへは行けないはずだ。

ここに居るのはサヴィア王国軍第四軍を束ね、指折りの実力を誇る士官たちである。彼らにとって、魔法使いとはいえ女性ひとりの捕縛など、とても簡単なことのように思われた。

そう思っていたのだ。


――――ユーグアルトらが余裕を持って構えていられたのは、ここまでだった。

彼女に相対する前、目的の宿にたどり着くだけでも大変な思いをすることになろうとは、いったい誰が予測できただろう。

まず、商会で馬車を用意してもらったところ。

先ほどまで軽快に動いていたはずの馬車が、正確には馬車を引く馬が、動かなくなった。

押しても引いても鞭をあてても、まったく動こうとしない。それならと直接馬の背に乗ろうとしても、嫌がって振り落とそうとする始末である。

何か薬でも嗅がされたか、あるいは飲まされたのかもしれないが、さすがに馬に構っている暇はない。

彼らは商会の者に後を託して、自分の足で移動することにしたところがだ。

大通りに停まっていたまったく関係のない馬車が、今度は勝手に動き出す。

フローライド側の襲撃か、と身構えたのは一瞬。

彼らの前に立ちはだかったのは、またしても馬車を引いていた馬だけだった。

急に動いては彼らの行く手を塞ぐように方向を変える。御者が居ても居なくてもお構いなしである。

ぶるるっと鼻を鳴らして前足でがしがしと地面を蹴る馬は、明らかにこちらを睨みつけ威嚇していた。

それも馬車一台きりでは終わらず、近くに停まっていた馬車のほとんどすべてが動く。そして狙いすましたように彼らが通ろうとするときに道を塞ぐ。

馬ごときに怯む軍事国家の士官たちではない。

が、少しずつでも確実に時間を取られている苛立ちと原因が分からない不気味さは感じる。

彼らは大きな馬車が通らない、一本横に入った小さな通りを進むことにした。

すると今度は、上から野生の鳥が襲来してきた。

普段は街に近づかないか、近づいてもはるか上空を飛んでいるような鳥である。よほどのことがない限り人を襲うことも無い、比較的穏やかな種だったはずだ。

それが複数羽、大きな翼で彼らの頭上ぎりぎりを飛んではぎゃあぎゃあと何かの警告のように鳴いている。

追い払おうとしても、一時的に上空へと逃げるだけで繰り返し絡んでくる。

そう。襲うというよりは絡むという感じだった。

怪我はしない。しかし突いてくる嘴は地味に痛いし、近くで羽をばさばさと動かされるとうっとおしい上に視界が塞がれ安易に動けない。

狭い場所では簡単に剣を振り回したり魔法を放ったりもできないし、派手に動いて目立ちたくもない。そんな彼らの心情をあざ笑うかのような動きだった。

もともと短気なサフィアス・イオルがとうとうキレて炎の魔法で鳥の羽根を焼き、驚いた鳥たちが逃げていくまでそれは続いた。

これだけ奇妙なことが重なれば、運が悪いで片づけられるレベルではない。

そして彼らは考える。

自分たちはいったい何をしているのだろうか。

何を、相手にしているのだろうかと。

「……っざけんな、よ」

馬鹿にするのも大概にしろ。

サフィアス・イオルの苛立った声に殺気が混じり始めたのも、仕方がない事だったかもしれない。

「スプリル！」

男が声を上げれば、オオカミにライオンを足したような四本足の獣が軽い音とともに跳躍した。狙いは木乃香を守る彼女の使役魔獣たちだ。

しかし。

「だめ！」

木乃香の外套をぎゅうぎゅう握りしめた一郎が「まて」を教えるように小さな手の平をソレに向かって突き出す。

と、飛びかかってきた使役魔獣は一郎の横に着地したかと思うとすぐに後ろに飛び退いた。その場で足踏みしたりうろうろと首を巡らせたりしている。

行こうかどうしようか、と迷っているような仕草だ。

そもそもこの使役魔獣、召喚したときから明らかに気が進まないといった風で、召喚主の周りをうろうろとしていたのだ。そんな様子の使役魔獣を見たのは初めてだ。

「スプリルっ!?」

「わんわんっ」

「なにやってんのカルゼ、……っ？」

背後から呆れたような声と鋭い殺気が飛んでくる。

裏口からでも侵入したのだろうか。正面の男たちと同じような旅装の金髪の男が、木乃香を挟んだ反対側にいた。

二郎がそれに反応して――正確には男の放った炎の魔法に反応して、吠える。

反射的に振り返ってしまった木乃香は、振り返ってしまったことを激しく後悔した。

彼女の頭ほどの大きさの炎が、彼女の頭めがけて向かってきていたのだ。

しかしその炎も、届かない。

彼女の手前で風に吹き消されたように、ふっと消えてしまった。

「サフィアス！」

ユーグアルトが咎めるように声を荒らげたのとほぼ同時に、金髪の男が舌打ちする。

「ちっ、結界魔法の使い手なんて聞いてないぞ！」

「結界なら自分が」

低く短く呟いて向かってきたのは、カルゼの横をすり抜けた大柄な男だ。

すらりと抜き放った、体格に似合わない細く華奢な武器は魔法剣である。

彼はそれを大剣か斧のように相手へと振り下ろす。

今度はずん、と鈍い音とわずかな振動があった。

しかしそれだけだ。粘土を切ったような重い手ごたえがあっただけで、剣先が木乃香に届くことも、〝結界〟を切った感覚もない。

次いで両手で大仰に構え相手めがけて突き出すが、同じように剣先が届く前にぴたりと止まる。

一瞬の後。今度は力がそのまま跳ね返ったかのように、大柄な男が真後ろに吹っ飛んだ。

男が、いや男たちが息を呑む。

外套の内ポケットに収まっていた五郎が小さく、しかし勇ましく鳴いたが、その声は小さすぎて

彼らの耳には届かなかった。

金髪の男が剣を抜き放ち、薙ぎ払う。叩きつける。

吹っ飛ばされた大柄な男も、体軀に見合った大ぶりの剣に持ち替えて向かってくる。

しかし振り下ろしても横に払っても、相手の外套をかすめることすらできない。

「物理もダメかよ……っ」

金髪の男が吐き捨てる。

手ごたえは、相変わらずあって無いようなものだった。

跳ね返されるわけではなく、剣先を捉えられたわけでもない。

何かに触った感触すらもない。ただ、先から力がすっと抜けていくような、奇妙な感覚があるだけだ。

張れない結界。

思うように動かない使役魔獣。

まったく当たらない魔法。

かすりもしない剣先。

傷ひとつ付けられない相手に対して、サフィアス・イオルとバドル・ジェッドが苛立ちよりも焦燥感に支配されかけたころ。

「はあ」

ユーグアルトはため息を吐いた。

重い、重いため息である。肩まで落とさなかったのは、これからやる事があるからだ。

迷いのない足取りですたすたと近づきながら、腰に下げていた剣を鞘ごと外す。

そして相対する女性の靴先まであと二歩という場所まで迫ったとき。

今まさに振り下ろされようとしていたバドル・ジェッドの剣を、自らのそれで弾き飛ばした。

「……っ！」

バドルはすぐに体勢を整えて素早く後ろを振り返る。

剣を弾いたのは、宿の入口にいたはずのユーグアルト。それを知って、彼は驚くと同時に思わず硬直する。

固まるバドルを一瞥し、次に彼はサフィアス・イオルの喉元に鞘付きの剣先を突き出す。

とっさに仰け反ることで避けたサフィアスは、体勢を崩して後ろに下がりながら不満げに唸った。

「団長！　どうして邪魔するんだよ！」

「落ち着けお前ら。……カルゼはいい加減に戻って来い」

どん、と剣で床を叩けば、後ろでぽかんと呆けていたカルゼ・ヘイズルがはっと我に返った。横で彼の使役魔獣が労わるように主を見上げている。

「バドル、サフィアス。おれは逃げられないように裏を守れと言ったが、危害を加えろと命令した覚えはない」

「しかし……」

「はっ。怪我のひとつもないだろう!?　こいつを見れば――」

やけくそのように笑ったサフィアスだったが。

「命令違反だと言っている。それに、見た目に傷がなければ何をしてもいいのか」

冷静に指摘されて、ぐっと詰まる。

傷があろうとなかろうと、無抵抗の女性相手に複数の男たちがよってたかって痛めつけようとしていた図は変わらない。

誰かに目撃されれば……それこそ潔癖なナナリィゼ・シャル王女にでも知られれば、こちらが非難の対象になり王女の攻撃対象ともなることは間違いなかった。

ユーグアルトも、焦る気持ちは分からないでもない。

先走る部下を見ていなければ、彼も同じように刃を向けていたかもしれない。

サヴィア王国の士官たち複数対フローライドの〝下級魔法使い〟ひとり。圧倒的に有利であるはずなのに、相手は未だまったくの無傷なのだ。

傷ひとつ付けられない、得体の知れない相手。

彼女はかつてサヴィア王国が魔法大国フローライドに抱いていた畏怖そのものだ。

しかし。

ユーグアルトは、あらためて周囲を見回した。

部下たちに見せつけるように。

「気付いているか？　彼女もそうだが、周りの誰も血など流していない」

目の前でうずくまる女性や彼女の使役魔獣だけではない。対する男たちも、そして玄関に取り残され巻き込まれてしまった宿の従業員も、かすり傷ひとつ負っていない。従業員たちは、腰は抜かしているようだが。

サフィアスたちが出てきたはずの従業員専用の裏口や客室へ続くドアは、いつの間にか隙間が氷で覆われ動かせなくなっていた。向こう側からドアを叩く音や慌てたような声が聞こえるので、従業員たちがうっかり出て来ないように――巻き込まれないように配慮したのだと思われる。

とっさの状況で、よくもまあここまで周囲に気を配れるものだと思う。

これだけ氷が操れるのなら、氷を使って反撃することも、隙をついて自分だけ逃げ出すことも可能だっただろうに。

彼女は、やはり。

「敵ではない」

少なくとも、敵意はない。呆れるほどに臆病で優しい、ただのお人好しである。

ユーグアルトは、女性の傍らに膝を突く。

すると彼女の白っぽい外套から、ひょこりと赤い頭がのぞいた。

小さな子供のような、しかし子供とは違うソレは、見間違いでなければ先ほど他の使役魔獣(スプリル)を言葉と手の平だけで止めていた。

これも彼女の使役魔獣だというのなら、彼女が庇うように抱き込んでいるのは世間一般の使役魔獣と召喚主の位置関係が逆だ。

だが、それも彼女らしいかもしれない。

「このか……」

小さな角を持つ赤髪の使役魔獣は、ちらりとこちらを見上げてからしゅんと眉尻を下げて召喚主へと小さな手を伸ばす。

もみじのような手が彼女の頭をそっと撫でる。

と、それが合図だったかのように彼女の身体がぐらりと傾いた。

ユーグアルトがとっさに腕を伸ばして抱きとめる。

サヴィア王国軍第四軍の士官たちは決して弱くはない。その力を容赦なくぶつけられて、彼女もとっくに限界を超えていたようだ。

外套の陰からもう一体、手のひらに乗るくらいの薄ピンクの毛玉がころんと転がり出た。

屋根裏に侵入していたソレは、見つかったときと同じようにふるふると髭を震わせてこちらを見上げている。

両脇にいた黒い子犬と白い子猫も、彼女を守るようにより一層彼女に身を寄せる。

赤髪の子鬼は、外套をきゅっと摑んだままだ。

いま彼が彼女を傷つけるような素振りでも見せれば、彼はただでは済まないだろう。

——そういえば、以前会った時には黄色い小鳥もいたな。

ふと思い出したユーグアルトだが、あまり深くは考えなかった。

使役魔獣は、必要な時に必要な時間だけ召喚して使うという魔法使いが多いし、鳥がいなくてもすでにここに四体いる。

小さくてもこれだけ召喚すれば、魔法使いはじゅうぶん大変だろうと。

小さな使役魔獣たちの強い視線が、彼に集中する。

周囲を囲んでいる男たちが再び動こうとする剣呑な様子を目で制し、彼は出来る限りの穏やかな声音で話しかけた。

「手荒な真似はもうしない。簡単に信じてくれとは言えないが……すまなかったな」

エピローグ

Epilogue

シルベル領シグート。

西隣のマゼンタ領に程近いここは、普段はふたつの領を行き来する商人たちやその荷物で賑わう、そこそこ大きな街である。

マゼンタから入ってくる品物があるおかげで領都ジラノスほどひどい物資不足にはなっていないのだが、情勢が情勢だけにやはり閑散としてどことなく荒んだ雰囲気が漂っているような気がする。

ましてそんな街の上空。

これまでに見た事のないような、禍々しいほどに鮮やかな赤色をしたドラゴンがゆるりと旋回しているのだから、人々は不安げに空を眺めていたのだが。

「ねえリアン、付いてきて良かったの？　お母さん心配してるでしょ」

「ちゃんと言って来たから大丈夫だよ！」

「くぁぅう」

そうだよ大丈夫ーと言いたげに鳴いたのは、彼らの上を飛んでいるその真っ赤なドラゴンである。

ああ自国の魔法使いたちの使役魔獣か、と納得した人々は、空飛ぶドラゴンは見て見ぬふりをすることにした。よく分からない使役魔獣には下手に関わりたくないのだ。

「ふたりと一緒だって言ったら母さんも安心してたから。危なかったらルビィに乗って逃げるしさ」

「ぐあぁぅう」

まかせとけーと勇ましくドラゴンが吠える。

近くにいた子供がきゃあっと怖がって悲鳴を上げたので、ルビィは少ししゅんとして翼を下げた。

「それにオーカのとこの使役魔獣と会っても、イチロー以外の言ってることが分かるのはおれのルビィだけだし。で、ルビィの言ってることが分かるのはおれだけだろ」

「うーん、まあそうなんだけど」


シェーナ・メイズはいつも木乃香からの手紙を運んでくれる小鳥（さぶろう）に、ひとつお願いをしていた。

彼らの主である木乃香の身に危険が迫ったとき、彼女と使役魔獣たちではどうしようもないとき、魔法研究所の自分たちまで知らせて欲しいと。

どうせオーカは変な遠慮をしたりやせ我慢をしたりで知らせてくれないだろうから、と。

幸いというべきか、たとえ召喚主が意識を失って倒れたとしても、召喚された彼らは消えずに動けることは証明済みである。

そしてそんな場合、彼女が使役魔獣たちに指示できるかどうかもまた怪しいところだ。

現時点で、三郎からの緊急連絡は来ていない。

木乃香から手紙が来ないのも、前回の「シルベル領に行くことになりました」という定期連絡からそんなに間は空いていないので、さほど不自然ではない。

ただ、王都に居るジェイル・ルーカからちょっと心配な内容の手紙が特急で来たので、彼らはマゼンタから隣のシルベル領までやって来たのだった。

というか。

手紙を見るなりすぐにでも暴れ出しそうな凶悪な顔つきになって研究所を飛び出したラディアル・ガイルがいたから、シェーナとクセナ・リアンがそれを追いかけて無理矢理くっついてきたのだ。

たぶんオーカが王都へ行ってから心配で心配でしょうがなかったところにジェイルからのちょっと不穏な手紙が来て、何かのたがが外れてしまったのではないかと思う。

変に意地を張ってるから、と内心で呆れつつ、シェーナはため息をつく。

だから日頃から自分で連絡をとってみるなり、なんなら王都へ様子を見に行ってみるなりすれば良かったのに。

ただでさえ国境付近にサヴィア軍がいるというのに、この国の最上級魔法使い様が問答無用でジラノスに乗り込んで領主の館に殴り込みとか、そんな内戦のような事態はなんとか阻止できたと思いたい。

が、少し前を歩くラディアル・ガイルは、これでもかと眉間にしわを寄せた怖い顔のままだ。

「――――オーカは、たぶん大丈夫よ。自分で連絡が取れないってことに気がついて、機転を利かせてジントに手紙を送っているくらいなんだから」

「こっちに連絡が何もないってことは、つまりオーカとあいつらは大丈夫ってことだよ、きっと」

「くるるう」

シェーナに続いて、クセナとルビィもラディアルに言い聞かせるように言う。

……本当は。シェーナだってクセナだってかなり不安だ。

オーカは意外にしっかりしている。使役魔獣たちだって、けっこう頼りになる。
しかし彼らも「たぶん」とか「きっと」とかついつい付けてしまうのは、彼女はいきなり無自覚に、本人でさえ予想外のとんでもないことを仕出かす場合がたまに、いや割とけっこうあるのだと、じゅうぶん知っているからだ。
「……とにかく所長、勝手に暴走したらダメだからな」
いちばん年下の魔法使い見習いの言葉に、むう、とラディアル・ガイルは口元を不満げに歪めた。

大丈夫。そんな祈るような言葉もむなしく。
クセナの使役魔獣ルビィが、三郎の気配を近くに感じて騒ぎ出すまであと少し。

サヴィア王国軍
機密情報

Confidential information

Konna Isekai no Sumikkode

ユーグアルト・ウェガ

肩書き：王国軍第四軍・軍団長／前国王の5番目の王子（第7子）
性格：責任感が強く苦労性
メモ：天才ではなく努力型の王子様。
真面目で上から可愛がられ、面倒見が良いので部下にも慕われている。
突出した力はないが、剣と魔法がバランス良く使えるオールラウンダー。
武器や手足に魔法をまとわせて戦う接近戦が得意。

ナナリィゼ・シャル

肩書き：前国王の3番目の王女（第10子）
性格：素直で流されやすい
メモ：ユーグアルトの異母妹。
見た目は儚げな美少女。火と雷の強大な魔法を使う。
強すぎる魔法力は持て余し気味で、しばしば暴走して周囲を壊してしまう。
日頃は無気力でぼんやりしていることが多い。

カルゼ・ヘイズル

肩書き：王国軍第四軍・魔導部隊隊長
性格：わりと打たれ弱い調整役
メモ：防御や補助の魔法が得意な魔法使い。
召喚術のほか、防御に優れた結界を作ることなどが出来る。
ナナリィゼの強すぎる魔法や木乃香のよく分からない使役魔獣を前に、
頭を抱えて悩む日々。

スプリル

召喚主：カルゼ・ヘイズル
メインカラー：茶色
かたち：オオカミ+ライオン
性格：静かなるツッコミ役
メモ：大人しくてかしこい大型犬。声がないので吠えない。
日頃は各所に伝令を届けたり、偵察に行ったりしている。
牙や爪を使って戦うこともできる。

サフィアス・イオル

肩書き：王国軍第四軍・副団長
性　格：傍若無人なひねくれ者
メ　モ：見た目はサワヤカ王子様だが、口を開けば周囲に敵を作りまくる反抗期継続中の青年。サヴィアでは歴史のある家柄の子息だが、その割に言葉遣いと態度が荒い。火属性の魔法が使え、剣と魔法の連携が得意。

バドル・ジェッド

肩書き：王国軍第四軍・副団長
性格：生真面目な常識人
メモ：体型はぎゅっと絞ったような逆三角形の、いかにもな武人。
魔法はいっさい使えないが、武器は普通の剣と魔法を切ることができる
魔法剣を持っている。日頃は口数が少なく静かに控えているが、
戦場に出ると豹変するらしい。

ジュロ・アロルグ

肩書き：王国軍第二軍・軍団長
性　格：陽気なくまさん
メ　モ：がっちりムキムキの大男。
戦場では大きな槍を振り回す。
体格と気迫で圧倒されがちだが、顔は意外と優しげ。
魔法はいっさい使えないが、カンで魔法を察知し回避できる特技の持ち主。

サヴィア王国軍　組織図

大将軍（総軍司令）

- **第一軍**
  - 副団長　ルーファイド・スティル
- **第二軍**
  - 団長　ジュロ・アロルグ
- **第三軍**
- **第四軍**
  - 団長　ユーグアルト・ウェガ
  - 副団長　バドル・ジェッド
  - 副団長　サフィアス・イオル
  - 魔導部隊隊長　カルゼ・ヘイズル

あとがき

この本を手に取って下さって、ありがとうございます。

お久しぶりです。初めての方は初めまして。作者のいちい千冬です。


というわけで、おかげさまで『すみっこ』二巻でございます。

お話の内容は前回と同様、『小説家になろう』にて投稿させていただいているものですが、今回も加筆・修正をそこそこ加えております。先に連載を読んで下さった方もお楽しみいただければと思います。


そういえば、この作品の呼び方ですが。

わたしは『すみっこ』と略しておりますが、読者の方から（表紙で字が目立って見えたので）『とすごす』と略したらどうだというお話もいただきました。『とすごす』。なんか可愛い。声に出してみると適度に気が抜けてる感じで（笑）いいと思います。

もちろん長い作品名をフルで言っていただいても構いませんし（笑）皆様の好きなように呼んでいただいて、ぜひぜひ今後も愛着を持ってお付き合いいただきたいと思います。

さて、今回のお話についてですが。

就職が決まって王都にお引っ越し、王都編が始まるのかと思いきや。木乃香さんはすぐに国境に行かされています。

新しい登場人物がいっぱい。一巻で出てきた主要キャラの半分以上はほぼ出番なしという、全方位にあまり優しくない仕様となっております。

おまけとして、本書にキャラクター紹介などの参考資料を付けていただけました。ときどきソレをぺらぺらとめくりながら本文を読んでいただけると、分かりやすいと思います。なんとかついてきて下さい（笑）。


今回は国境付近のごたごた、つまり戦争のお話がメインとなっております。

でも、そこはほら。『すみっこ』なので。

〝戦争〟なんだけどその後に『(?･)』もしくは『(苦笑)』とか付くようなゆるい感じで進んでおります。

一巻のあとがきにも書きましたが、このお話は読むのに覚悟がいるような重いストーリーも、残酷な描写も流血沙汰もありません。あ、擦り傷程度ならありますが。

このお話を書いている間、実際に起こっている、あるいは過去に起こった戦争を映像などで見るにつけ、異世界が舞台とはいえ、この題材をこんな軽い書き方で表現していいのかとちょっと悩んだ時期がありました。不快や不満に思われた方もいるかもしれません。

でも、このヌルさが『すみっこ』世界でもあるので。

この作品中、戦争が好きな人間なんていない、誰も本気で戦争をしたいなんて思っていないいんだと、そういうことが伝わればいいのかなと思っています。


最後に、皆様に御礼を。

まずは、お話を読んでくださった皆様。前回に引き続き、けっこうな厚さにもかかわらず、手に取ってくださってありがとうございます。相変わらずサイトのほうは執筆速度が上がりませんが、根気強く待っていてくださる読者の皆様にも感謝です。感想や励ましのお言葉からも、すごく力をいただいております。

それから宣伝部長（笑）友人A子様と、ほか応援してくださった友人の皆々様。またランチとか気分転換に付き合ってくださいー。美味しいランチに行きたいー。

この本を出版するのにご尽力くださったアース・スタールナのスタッフの皆様。担当者様方。今回は原稿が遅くなり、大変ご迷惑をおかけしました。皆様のおかげでなんとか予定通り（で、ですよね……）二巻を出すことができました。

引き続きイラストを担当してくださった桶乃かもく様。原稿が遅れたので、桶乃様にもご迷惑がかかってしまいました。相変わらず、というかそれ以上の素敵なイラストをありがとうございます。うっすらぼんやりしたわたしのメモから、こんな魅力的な筋肉……げふん。魅力的な人物が出来上がるなんて。イラストを見て、にやにやしながら執筆しておりました。
たくさんの人に支えていただいて、ほんとうにいちい千冬は幸せ者だなあと思います。
どうか皆様も、幸せでありますように。
またどこかでお会いできることを願いつつ。

いちい千冬

チュニック
なし
木乃香さん
有難う
ございました!

こんな異世界のすみっこで 2
ちっちゃな使役魔獣とすごす、ほのぼの魔法使いライフ

発行 —— 2023年9月1日　初版第1刷発行

著者 —— いちい千冬

イラストレーター —— 桶乃かもく

装丁デザイン —— AFTERGLOW

発行者 —— 幕内和博

編集 —— 結城智史　佐藤大佑

発行所 —— 株式会社アース・スター エンターテイメント
〒141-0021　東京都品川区上大崎 3-1-1
目黒セントラルスクエア　7F
TEL：03-5561-7630
FAX：03-5561-7632
https://www.es-luna.jp

印刷・製本 —— 図書印刷株式会社

ISBN 978-4-8030-1830-1